Miss Marple

Agatha Christie's

Miss Marple

Ihr Leben und ihre Abenteuer

Nach Originaldokumenten
aufgezeichnet von
Anne Hart

Scherz

Erste Auflage 1991
Einzig berechtigte Übertragung aus dem Englischen
von Ursula von Poellheim.
Titel des Originals: «The Life and Times of Miss Jane Marple».

Schutzumschlag von Heinz Looser

Inhalt

Für meine liebe Tante
Anita Elliott Baird,
an der Miss Marple viel
Gefallen gefunden hätte

1

St. Mary Mead

Für mich, wie für viele andere, ist das Lesen
von Kriminalromanen eine Sucht wie Tabak oder
Alkohol ... die Geschichte muß bestimmten
Regeln entsprechen (mir fällt es zum Beispiel sehr
schwer, einen Kriminalroman zu lesen,
der nicht im ländlichen England spielt).

W. H. Auden in *Mord im Pfarrhaus*

«Mach mir eine schöne Tasse Tee, Tante Jane,
dazu ein paar dünne Scheiben Brot mit Butter, und
tröste mich mit Geschichten über deine frühesten
Erinnerungen an St. Mary Mead.»

Inspektor Craddock in *Mord im Spiegel*

Der hübsche kleine Ort St. Mary Mead wird immer dafür bekannt sein, daß dort Miss Jane Marple zu Hause war, die großartige Spürnase, deren Schöpferin uns so viele Jahre lang so geschickt hinters Licht geführt hat. Es ist tatsächlich unmöglich, sich St. Mary Mead ohne Miss Marple vorzustellen oder Miss Marple ohne St. Mary Mead; es ist das Urbild eines englischen Dorfes, das allein für sie geschaffen wurde. Daß seine freundlichen Häuser und Straßen fast fünfzig Jahre lang immer wieder die Szenerie für Verbrechen abgaben, hat nie auch nur im geringsten dem in seinem Kern behaglichen und charmanten

Ort Abbruch getan. Ehe wir Miss Marple genau kennenlernen, ist es daher erst einmal notwendig, den Leser mit St. Mary Mead bekannt zu machen.

St. Mary Mead liegt in der Grafschaft Downshire (manchmal auch Radfordshire genannt), etwa dreißig Kilometer südlich von London, und ist circa achtzehn Kilometer sowohl von Market Basing* wie von der Küste bei Loomouth entfernt. Danemouth, ein beliebter Badeort, ebenfalls an der Küste gelegen, ist etwa siebenundzwanzig Kilometer von Much Benham entfernt, der Hauptstadt der Grafschaft, und diese wiederum drei Kilometer von St. Mary Mead.**

Über Ursprung und Geschichte des Namens wissen wir wenig. Es stimmt allerdings, daß ein bekannter Archäologe einmal nach St. Mary Mead kam, um auf dem Besitz von «Old Hall» eine alte Schubkarre auszugraben, aber die dann folgende Entdeckung, daß er nur ein Betrüger und darauf aus war, Colonel Protheroes gregorianische Salzstreuer und die Tasse Charles' II. zu stehlen, hat dem kurz aufgeflammten Interesse an der Vergangenheit des Ortes offensichtlich den Garaus gemacht. Beschäftigung mit der Ortsgeschichte gehörte jedenfalls nicht zu den in St.

* Ein reizvolles Landstädtchen und in den zwanziger und dreißiger Jahren der bevorzugte Aufenthaltsort eines bekannten Zeitgenossen von Miss Marple: Monsieur Hercule Poirot (siehe *Stille vor dem Sturm* und *Der ballspielende Hund*).

** Auf die Gefahr hin, den Leser noch mehr zu verwirren, muß hier doch angemerkt werden, daß Miss Marples St. Mary Mead nicht der Ort gleichen Namens ist, der in *Der blaue Expreß* beschrieben wird. Jenes St. Mary Mead liegt in Kent.

Mary Mead gepflegten Aktivitäten. Die täglichen Ereignisse und Ablenkungen scheinen seinen Bewohnern wenig Zeit gelassen zu haben, sich um Touristen zu kümmern oder sich mit etwas anderem als den Tagesneuigkeiten zu beschäftigen.

Einen interessanten Plan von St. Mary Mead kann man in jenem nützlichen Führer aus der ersten Zeit finden, in dem Kriminalroman *Mord im Pfarrhaus.* Ein paar Ergänzungen – vor allem Hinweise auf «Gossington Hall» und Much Benham und die neue Siedlung – sind hinzugefügt worden, um die Geographie des Ortes auf den letzten Stand zu bringen. Wie man an diesem Plan erkennen kann, ist St. Mary Mead eine kleine Ortschaft, deren Geschäfte und Häuser behaglich verstreut an der Hauptstraße liegen, die vom Bahnhof am einen Ende bis zum «Blue Boar» am anderen Ende reicht. Drei Häuser, unter anderem auch das des Pfarrers, gehen auf eine Seitenstraße hinaus, und in dieser Gegend gibt es mehrere Pfade und Wege, die zu den angrenzenden Wäldern und Feldern führen. Einer dieser Wege führt auch zu «Old Hall», einem der beiden «großen Häuser» von St. Mary Mead. «Gossington Hall», das andere große Haus, liegt etwa zwei Kilometer nordöstlich an der Lansham Road. Um dort hinzugelangen, muß man eine Neubauanlage passieren, eine Blütenlese von mit Fachwerk verbrämten nachgemachten Tudor-Häusern, die in falschen rustikalen Toren schwelgen und Namen wie «Chatsworth» tragen. Diese Neubauanlage, die in den späten zwanziger Jahren gebaut wurde, sollte nicht mit der plebejischeren Siedlung

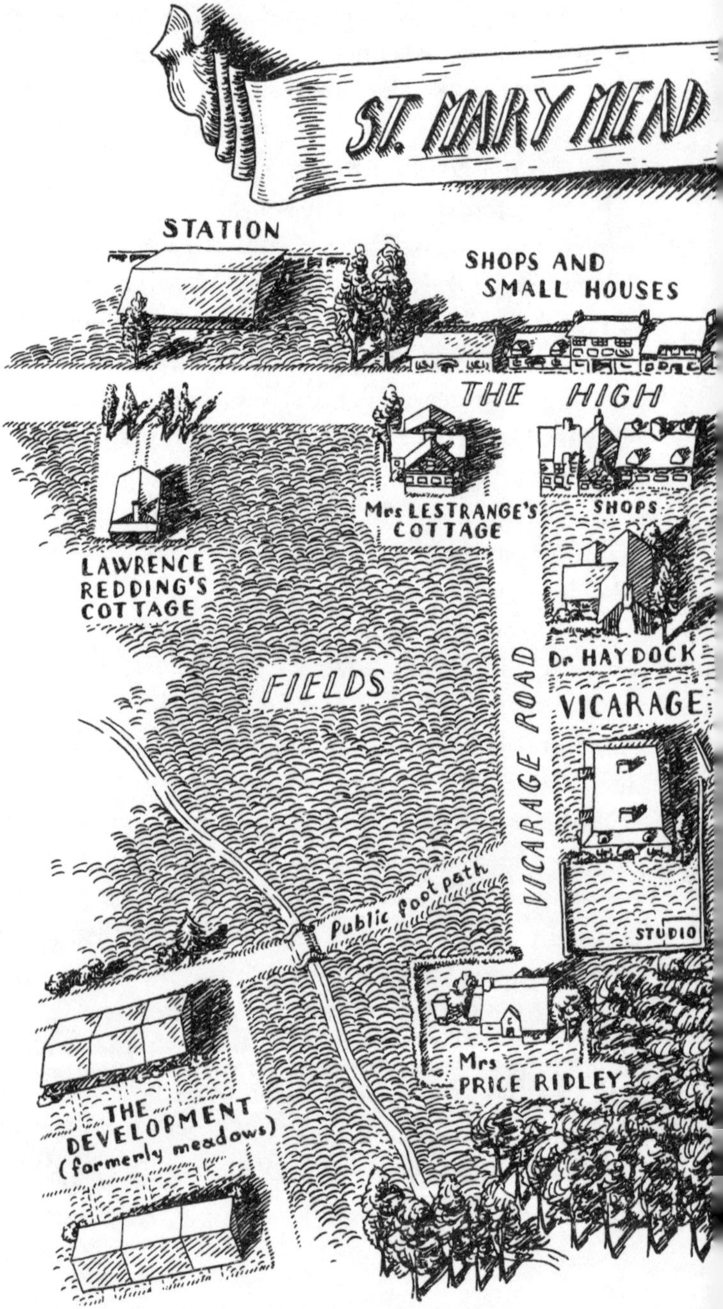
ST. MARY MEAD
STATION
SHOPS AND SMALL HOUSES
THE HIGH
Mrs LESTRANGE'S COTTAGE
SHOPS
LAWRENCE REDDING'S COTTAGE
FIELDS
VICARAGE ROAD
Dr HAYDOCK
VICARAGE
Public foot path
STUDIO
Mrs PRICE RIDLEY
THE DEVELOPMENT (formerly meadows)

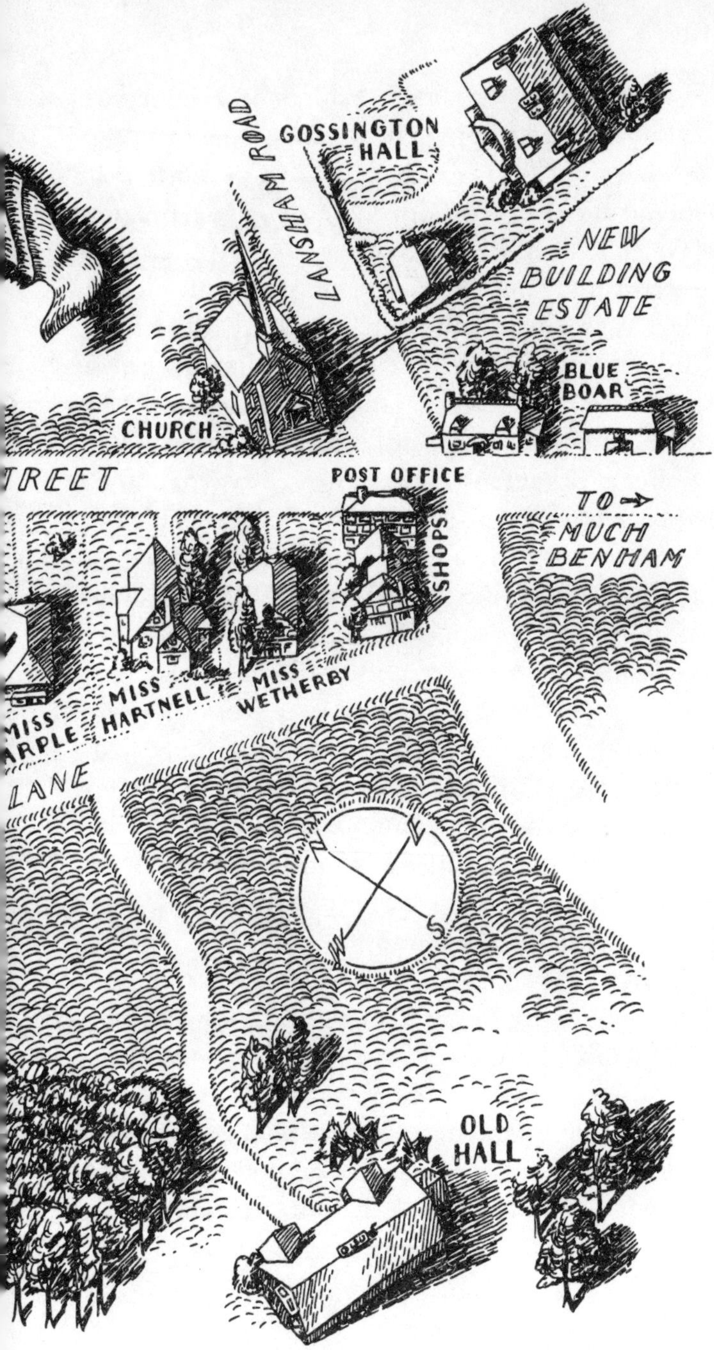
GOSSINGTON HALL
LANSHAM ROAD
NEW BUILDING ESTATE
BLUE BOAR
CHURCH
TREET
POST OFFICE
TO → MUCH BENHAM
SHOPS
MISS
ARPLE
MISS HARTNELL
MISS WETHERBY
LANE
N
E
S
W
OLD HALL

verwechselt werden, deren zahlreiche Häuser samt Fernsehantennen Anfang der sechziger Jahre emporschossen und die fröhlichen Wiesen zerstörten, auf denen früher Farmer Giles Kühe zu weiden pflegten.

Glücklicherweise liegen diese neueren Viertel gut versteckt und sind von der Hauptstraße aus nicht zu sehen. Wenn man heute durch St. Mary Mead führe, würde es ungefähr den gleichen Anblick bieten wie vor vierzig oder fünfzig Jahren. Bedauerlich ist natürlich, daß der Fischhändler ein modernes, unansehnliches Schaufenster hat einbauen lassen, und der neue prachtvolle Supermarkt, der den Korbladen ersetzt hat, ist für die ältere Generation eine ständige Quelle der Mißbilligung («All diese Großpackungen mit Frühstücksflocken, statt dem Kind ein ordentliches Frühstück mit Eiern und Schinken zu machen»). Doch das Herz der alten Welt, wie Miss Marple es gern im stillen nannte, das gibt es noch immer – die Kirche, das Pfarrhaus und das «kleine Nest von Queen Anne und georgianischen Häusern», in denen in der guten alten Zeit das schreckliche Triumvirat der alten Dorfjungfern wohnte: Miss Marple, Miss Hartnell und Miss Wetherby.

Es macht Spaß, sich in jene Zeit zurückzuversetzen. Aber wo beginnen? Vielleicht könnte man willkürlich ein günstiges Jahr auswählen, etwa 1935. Viele ungewöhnliche Dinge waren in den vorangegangenen zehn Jahren geschehen, und, was die Sache noch interessanter macht, jeder kannte (fast) noch jeden. Miss Marple sollte sich fünfzehn Jahre später wie folgt darüber auslassen:

«Es waren Leute, deren Väter und Mütter und Großväter und Großmütter oder deren Tanten und Onkel vor ihnen dort gelebt hatten. Wenn jemand neu zuzog, brachte er Empfehlungsschreiben mit oder hatte im selben Regiment oder auf demselben Schiff gedient wie einer der Ortsansässigen. Wenn jemand kam, der wirklich neu war – ein richtiger Fremder –, also, der fiel auf – alle fragten sich, wer das wohl sei, und gaben keine Ruhe, bis sie es herausgefunden hatten.»

Die Leute, die bei solchen Nachforschungen niemals Ruhe gaben, waren Miss Marple, Miss Hartnell und Miss Wetherby:

«Die Garde alter Damen in bescheidenen Verhältnissen, die in hübschen Häusern bei der Kirche wohnten und alle Verästelungen der Verwandtschaftsverhältnisse der Familien in der Grafschaft kannten, obwohl sie eigentlich genaugenommen selbst nicht dazugehörten.»

Nicht alle Leute sprachen so freundlich von ihnen: «Boshafte alte Hexen», hieß es da, «alte Jungfern» oder auch «Tee und Skandale um halb fünf.» Sogar Colonel Melchett, der einer von Miss Marples größten Bewunderern werden sollte, hörte man einmal ausrufen: «Zu viele Frauen in diesem Teil der Welt.»

Miss Hartnell, die neben Miss Marple wohnte, wurde vom Pfarrer beschrieben als «vom Wetter abgehärtet und leutselig und bei den Armen sehr gefürchtet.» Über Miss Wetherby, die neben Miss Hartnell wohnte, schrieb er, sie sei eine «Mischung aus Essig und Überschwenglichkeit». Im selben Absatz hatte er Miss Marple vorher als eine «weißhaarige alte Dame mit freundlichem, einnehmendem Wesen» geschildert und schloß dann mit den Worten: «Von den beiden ist Miss Marple die weitaus gefährlichere.» In gewissem Sinn hatte er recht. Miss Marple war tatsächlich gefährlich – aber nicht als Klatschbase, wie der Pfarrer anfangs vermutete.

Zum Glück für St. Mary Mead ging Miss Marple aus den Reihen der herrschenden alten Jungfern als erstklassige Detektivin hervor, mit einem Witz und Einfallsreichtum, den sie am Dorfklatsch geschult hatte. Das Rätsel um Miss Wetherbys verschwundene Shrimps, der Fall der gestohlenen Opalnadel von Miss Hartnell, die Geschichte des getrennten Haushalts des Kirchenvorstehers – dies alles bereitete Miss Marple ausgezeichnet vor auf die Welle von Morden, versuchten Morden, Diebstählen und Unterschlagungen, die in den nächsten vierzig Jahren über St. Mary Mead hereinbrechen sollte.

Gab es eigentlich, abgesehen von den kritischen alten Jungfern, in St. Mary Mead eine herrschende Klasse? Nach dem üblichen Schema eines Dorflebens hätte das natürlich der Landadel sein müssen, die alten Familien der Grafschaft, die in den großen Häusern lebten. Aber Downshire konnte für sich nicht in Anspruch nehmen, ein beliebtes Jagdgebiet zu sein, und im St. Mary Mead jener Vorkriegszeit waren die Besitzer von «Old Hall» und «Gossington Hall» verhältnismäßige Newcomers – wohlhabend, selbstverständlich, aber mit Ansichten und einem

Lebensstil, der sich von dem der Mittelschicht des Ortes nicht merklich unterschied.

In «Gossington Hall» – «gut und solide gebaut, ziemlich häßlich, viktorianisch» – wohnten die Bantrys, die angenehm und bescheiden waren. Colonel Bantry, gutmütig, «mit rotem Gesicht und breiten Schultern», war der oberste Richter des Distrikts, las die *Times* und verteidigte das Empire. Seine Frau, die zu Miss Marples engsten Freundinnen gehören sollte, war ein Engel.

«Old Hall» war ein großes viktorianisches Haus, von baumbestandenen Wiesen und Wald umgeben. Dieser Wald erwies sich als besonders geeigneter Ort, um Zeitzünder für ein Alibi zu legen, belastendes Beweismaterial zu vergraben und Steine für Miss Marples japanischen Garten zu liefern. Die leerstehende «North Lodge» von «Old Hall» hatte ebenfalls ihr Gutes. Sie war hervorragend dazu geeignet, von dort aus anonyme Anrufe zu tätigen.

«Old Hall» wird immer in Erinnerung bleiben als das Heim des widerlichen Colonel Protheroe aus *Mord im Pfarrhaus*. Zu seiner Zeit wurde die Eingangstür zu «Old Hall» von einem Butler geöffnet, während sich in den Seitentrakten eine Haushälterin, ein Dienstmädchen, eine Köchin, ein Küchenmädchen, ein Diener und ein Chauffeur aufhielten. Nach Colonel Protheroes plötzlichem Ableben kamen für «Old Hall» harte Zeiten. Es wurde zum Verkauf ausgeschrieben und erwies sich nicht nur als unverkäuflich, sondern auch als nicht vermietbar, bis «ein unternehmungslustiger Spekulant es in vier Wohnungen aufteilte, mit einer zentralen Warmwasserversorgung, und Grund und Boden den Mietern zur gemeinsamen Nutzung überließ.»

An der Straßenkreuzung auf halbem Weg zwischen «Old Hall» und «Gossington Hall» stand die Pfarrkirche. «Unsere kleine Kirche», nannte der Pfarrer sie und fügte dann häufig stolz hinzu, daß sie einen interessanten Lettner habe «und ein paar ziemlich schöne alte Glasfenster, und eigentlich ist die Kirche selbst auch sehr sehenswert».

Hin und wieder scheint sich eine Handvoll Einwohner, meist neu Hinzugezogene, mit anderen Glaubensrichtungen beschäftigt zu haben als mit der anglikanischen Kirche: Sie liebäugelten zum Beispiel mit dem Spiritismus oder der Oxford-Group (wie der junge Ted Gerard, der seine Unterschlagungen offen eingestand) oder mit den Methodisten (deren Geistlicher sich weigerte, die Zähne seiner Tochter regulieren zu lassen, weil es der Wille Gottes sei, daß sie vorstünden). Im allgemeinen waren die Einwohner jedoch treue, wenn nicht sogar streitbare Mitglieder der englischen Staatskirche. Wie Miss Marple es einmal ausdrückte: «In meinem Heimatort St. Mary Mead drehen sich die Dinge so ziemlich alle um die Kirche.» Und tatsächlich scheinen die Gemeindemitglieder, besonders die Frauen, eine beeindruckende Reihe von Aktivitäten unterstützt zu haben. Da gab es den Frauenverein, der ständig mit der Distrikt-Krankenschwester und der Lehrerin des Ortes in Fehde lag, den freiwilligen Frauenhilfsdienst und die Mütterunion. Da gab es die Näh- und Stickgilde samt der Vertriebsorganisation ihrer Arbeiten, die Pfadfinder, die kleinen Pfadfinderinnen, den Mädchenverein, die Ausflüge der Chorknaben und die Kricketspiele des Jungenklubs. Da gab es die Gesellschaft zur Verbreitung der Heiligen Schrift, die Mission des heiligen Ägidius und den Aufruf des Bischofs zur Unterstützung der Tiefseefischer. Da gab es den Johanniterhilfsdienst, den Fonds zur Restaurierung des Kirchenschiffs und den Männerverein der Kirche von England. Da gab es Komitees, die sich um unverheiratete Mütter kümmerten, das Arbeitshaus und das Waisenhaus. Diese Aufzählung ließe sich noch beliebig fortsetzen.

Moralische und finanzielle Unterstützung für all diese achtbaren Zwecke zu sammeln, war an sich schon eine wichtige gesellschaftliche Aktivität. Das passende schwarze kleine Buch in der Hand, konnte man an jede Tür klopfen, am Jahrestag des Waffenstillstands mit den künstlichen Mohnblumen Klatsch austeilen und dafür Informationen erhalten, die sich häufig als sehr wertvoll erwiesen. Miss Marple merkte rasch, daß dies bei einigen ihrer schwierigeren Fälle eine besonders hilfreiche Methode war, Nachforschungen anzustellen. Natürlich kam es beim Sammeln, wie im Zusammenhang mit vielen Aspekten des Lebens in St. Mary Mead, auch zu unglückseligen Zwischenfällen. Nicht so schnell vergessen wurde weder «die Frau, die hier auftauchte und behauptete, sie sei von der Wohlfahrt, und, nachdem sie Spenden eingeheimst hatte», einfach wieder verschwand, noch Mrs. Partridge, die Spenden für das Rote Kreuz in Höhe von fünfundsiebzig Pfund für ihre eigenen Zwecke verwendete.

Den Vorsitz bei diesen verschiedenen Gemeindeaktivitäten führte der Pfarrer von St. Mary Mead, manchmal mit leichtem Unbehagen. Im Laufe der Jahre hatte eine ganze Reihe von Geistlichen dieses Amt innegehabt. Der denkwürdigste unter ihnen war Reverend Leonard Clement, einer der liebenswertesten Gestalten in den Geschichten und Romanen mit Miss Marple, und als Erzähler von *Mord im Pfarrhaus* selbst auch Autor. Während seine unbezähmbare Frau Griselda und seine Pfarrkinder ihn als hoffnungslos zerstreut und weltfremd betrachteten, «ein freundlicher Mann mittleren Alters, der immer als letzter die Dinge erfuhr», verraten seine Berichte ein unerwartet scharfsinniges Verständnis für die dörflichen Angelegenheiten. «In meinem Alter», schreibt er, «weiß man, daß das Schlimmste gewöhnlich wahr ist.» Man kommt nicht umhin zu vermuten, daß die Unbestimmtheit und das «Abgehobensein» des Pfarrers zum größten Teil ein Verteidigungsmechanismus gegen die Eskapaden seiner Herde waren. Er mußte die erregten Damen seiner Gemeinde ertragen, die sich wegen der Ausschmückung der Kirche zankten und ihm zu Weihnachten Bettschuhe schenkten; einen Organisten, der sich jungen Mädchen gegenüber «wirklich sehr seltsam» verhielt, gefolgt von einem anderen, der den Chorknaben die Süßigkeiten verbot; einen gutaussehenden jungen Kurator, den die weiblichen Gemeindemitglieder so attraktiv fanden, daß es fast peinlich war, und seinen

Nachfolger, der von der Hochkirche kam und dessen «Verbeugen und Nicken und Bekreuzigen» die Gemeindemitglieder beinahe so empörte wie seine Unterschlagung der Vesperkollekte; den unbeliebten Kirchenvorsteher, der im Arbeitszimmer des Pfarrers mit einem Kopfschuß aufgefunden wurde. Niemand konnte behaupten, daß St. Mary Mead ein einfacher Amtsbereich war.

In seinem Privatleben scheint der Pfarrer ständig mit Versuchungen gerungen zu haben: mit dem Wunsch, den neuesten Kriminalroman zu lesen, statt die nächste Sonntagspredigt vorzubereiten; mit seiner ständigen Sehnsucht nach einer richtigen Mahlzeit; und vor allem mit seiner unschicklichen Vernarrtheit in Griselda, seine junge Frau, die ganz und gar das Gegenteil der üblichen Pfarrersfrau war. Sie behauptete, ihren Mann «einem Minister, einem Baron, einem reichen Unternehmer, drei Offizieren und einem Frauenhelden von großer Anziehungskraft» vorgezogen und ihre Entscheidung nie bereut zu haben. «Es ist so viel netter, für jemanden eine heimliche, köstliche Sünde zu sein als ein Federschmuck an seiner Mütze.» Als Hausfrau war sie eine Katastrophe. «Schlechtes Essen und ein Haufen Staub und tote Wespen – darüber lohnt es nicht, sich aufzuregen», sagte sie einmal, und man muß zugeben, daß weder die Brigade der alten Jungfern noch die Clique der Tennisspieler sich durch diese Dinge abhalten ließ, Griseldas unordentliches Wohnzimmer zu ihrem bevorzugten Treffpunkt zu machen.

Außer Miss Marple hatten die Clements noch

zwei weitere Nachbarn: Mrs. Price Ridley und Dr. Haydock. Mrs. Price Ridley war eine «reiche und herrische Witwe», deren makelloses Haus auf der dem Wald zugekehrten Seite der Pfarrhausmauer stand. Obwohl keine alte Jungfer, war sie ein wichtiges Mitglied der Tee-und-Skandale-Gruppe und, zum heimlichen Bedauern des Vikars, eine eifrige Kirchgängerin. Auf der anderen Seite der Clements wohnte Dr. Haydock, praktischer Arzt und auch Polizeiarzt. «Haydock ist der netteste Kerl, den ich kenne», schrieb der Vikar, und Colonel Melchett sagte von ihm: «Er ist bei seiner Polizeiarbeit sehr sachlich und vernünftig. Wenn er etwas behauptet, dann ist es auch so.»

Von Zeit zu Zeit ließen sich seltsame Zugvögel in St. Mary Mead nieder, die nicht enden wollende Aufregung verbreiteten. Der falsche Archäologe wurde schon erwähnt, der auf dem Besitz von «Old Hall» graben wollte. Andere Vertreter dieser Spezies waren Mrs. Spenlow, eine Dame mit Vergangenheit, die man mit einem Maßband erwürgt auf dem Teppich vor ihrem Kamin liegend fand, kurz nachdem sie sich in St. Mary Mead niedergelassen hatte; oder Rex Stanford, ein harmlos wirkender junger Architekt, der innerhalb eines Monats nach seiner Ankunft des Mordes überführt wurde; und der schillernde Basil Blake, der eines der falschen Tudor-Häuser der Neubauanlage bezog und lärmende Wochenendgäste mitbrachte sowie eine Wasserstoffblondine, die ständig dort wohnte.

Zwei andere Fremde, die den Taubenschlag in

Unruhe versetzten und deren Häuser auf dem Plan in *Mord im Pfarrhaus* eingezeichnet sind, waren Lawrence Redding und Mrs. Lestrange.

«Er ist ein sehr gutaussehender junger Mann», sagte Miss Wetherby über Lawrence Redding. «Aber liederlich», meinte Miss Hartnell. «Muß er ja sein. Als Künstler! Paris! Modelle! All so was!» Der Pfarrer stellte dem jungen Künstler freundlicherweise seinen Gartenschuppen als Atelier zur Verfügung, und dort wurden Miss Hartnells schlimmste Prophezeiungen Wirklichkeit. Aber niemand, nicht einmal Miss Marple, konnte viel über die Frau herausbekommen, die bezeichnenderweise Lestrange hieß, und wäre ihr früherer Mann nicht unter seltsamen Umständen gestorben, wären ihre Geheimnisse sicherlich bis auf den heutigen Tag nicht gelüftet worden.

«Little Gates», Mrs. Lestranges Haus, hatte vorher einem pensionierten anglo-indischen Colonel gehört, einem weitaus vertrauteren Typ des Neuankömmlings. Tatsache war, daß es über ganz St. Mary Mead verstreut einige Sammlungen von Messingtischen und burmesischen Götzenbildern gab: bei Major Vaughan in «The Larches» zum Beispiel und bei Colonel Wright in «Simla Lodge». Träger, Tiger, Chota hazri (erstes leichtes Frühstück) und Safari wurden vertraute Worte. Aber diese alten Knaben von Soldaten und ihre Frauen betrachtete man sowieso nie als Fremde (das heißt: als verdächtig). Bewaffnet mit Einführungsschreiben und einer alten Regimentskrawatte, wurde der pensionierte General oder Kommandeur, der sich in St. Mary Mead niederlassen wollte, als «einer von uns» begrüßt.

Zwei weitere wichtige Personen in St. Mary Mead waren der Bankdirektor und der Anwalt. Zunächst war Mr. Petherick der Anwalt, «ein vertrockneter kleiner Mann mit Brille, über die er immer hinwegblinzelte, anstatt hindurchzusehen». Nach seinem Tod führte sein Sohn das Familienunternehmen weiter, aber aus irgendwelchen Gründen erfahren wir wenig über ihn oder Mr. Wells, seinen Nachfolger, außer, daß der junge Ronnie Wells von St. Mary Mead nach Ostafrika fuhr, um dort ein paar Lastschiffe auf den Seen zu betreiben und bei diesem Abenteuer sein ganzes Geld verlor.

Die Zweigstelle der Middleton's Bank befand sich in der Hauptstraße, Nummer 132. «Erinnerst du dich noch an Joan Croft, Bunch?» fragte Miss Marple einmal eine Patentochter. «Spazierte herum und rauchte Zigarre oder Pfeife. Einmal gab es einen Überfall auf die Bank, und Joan Croft war gerade drinnen. Sie schlug den Mann nieder und nahm ihm den Revolver ab. Zu ihrem Mut wurde sie vom Richter beglückwünscht.» Leider ist das alles, was wir je über Joan Croft erfahren werden.

Mit den Jahren erinnerte sich Miss Marple an mehrere Bankdirektoren und ihre Familien. Da gab es einen Mr. Hodgson, «der eine Kreuzfahrt unternahm und eine junge Frau heiratete, die seine Tochter hätte sein können. Keine Ahnung, wo sie herstammte.» Dann war da Mr. Eade, «ein sehr konservativer Mann – aber vielleicht ein wenig zu sehr ins

Geld vernarrt». Der junge Thomas Eade, sein Sohn, entpuppte sich ein wenig als schwarzes Schaf und strandete auf einer Insel in Mittelamerika. «Als sein Vater starb, kam er nach Hause und erbte eine ganz schöne Menge Geld. Wie erfreulich für ihn.» Und es gab noch Mr. Emmett, der unter seinem Stand geheiratet hatte, mit dem bedauerlichen Ergebnis, daß seine Frau «in einer schwierigen Lage und sehr allein war, denn natürlich konnte sie nicht mit den Ehefrauen der Kaufleute verkehren».

Zweifellos sprach Miss Marple dieses «natürlich» auf ganz besondere Weise aus, wobei sie den Kopf «ein wenig schieflegte und aussah wie ein freundlicher Kakadu», denn die Tatsache war nicht abzustreiten, daß St. Mary Mead in zwei Welten geteilt war, unter der stillschweigenden Voraussetzung, daß die Dinge sehr viel besser funktionierten, wenn jeder in der blieb, in die er nun mal hineingeboren war. Was uns zu dem Teil des Ortsplanes bringt, der mit «Geschäften und kleinen Häusern» gekennzeichnet ist, und zu den Menschen, die dort wohnten und arbeiteten.

Das Fischgeschäft, das in der Hauptstraße lag, gegenüber der Einmündung der Pfarrhausstraße, war offenbar der Hauptumschlagplatz für Dorfinformationen. Über die Jahre hin hatte dieses Unternehmen mehrere Verkäufer und Botenjungen, die alle Fred genannt wurden. Es ist verwirrend, alle diese jungen Freds auseinanderzuhalten, aber bei zweien von ihnen wissen wir sicher, daß es verschiedene Leute waren – der eine ist Fred Jackson aus *Mord im Pfarrhaus*, der andere Fred Tyler, an den sich Miss Marple in *Ein Mord wird angekündigt* erinnert. Die Hauptaufgabe dieser jungen Männer scheint es gewesen zu sein, mit Mädchen zu flirten und zusammen mit Kipper und Hering Nachrichten über das neueste Verbrechen zu liefern. In *Die Stecknadel* antwortet Miss Marple nur mit zwei Worten: «Der Fisch», als Constable Palk von ihr wissen will, wieso sie schon eine halbe Stunde nach Entdeckung der Leiche von dem Mord erfahren habe. In *Das Geheimnis der Goldmine* sollte viele Jahre später jener Fred der unschuldige Grund dafür sein, daß Miss Marples Mädchen Gladys den Ort verließ, um eine andere Stelle anzutreten und ein schreckliches Schicksal zu erleiden. Man kann nur hoffen, daß sie ein paar glückliche Augenblicke erlebte, ehe sie erkannte, daß der junge Fred nicht ernsthaft an ihr interessiert war – vielleicht in dem ominösen Zimmer über dem Fischladen, über das Miss Wetherby im Gespräch mit dem Vikar einmal eine schelmische Andeutung machte. «Ich weiß jetzt», schrieb er resigniert, «wohin die Dienstmädchen an ihren freien Tagen gehen.»

Der Metzger, der geniale Mr. Murdoch, beschäftigte ebenfalls einen Botenjungen, aber der scheint es nie zu der gleichen Anhängerschaft gebracht zu haben wie der junge Fred. In diesem Unternehmen war es Mr. Murdoch selbst, der sich einen gewissen Ruf als Don Juan erwarb, obwohl «manche Leute behaupteten, es sei alles nur Klatsch und Mr. Murdoch gefiele es, diese Gerüchte auch noch zu verstärken».

Mr. Golden, der Bäcker, hatte einen Lieferwagen

und außerdem ebenfalls einen Botenjungen; in *Die Hausmeisterin* wurden seine Türen ausgehängt, um für das Mordopfer als Bahre zu dienen. Mr. Golden hatte auch eine ehrgeizige Tochter, Jessie, die St. Mary Mead verließ, als Erzieherin arbeitete und den Sohn des Hauses heiratete, der aus Indien auf Urlaub kam.

Barnes, der Lebensmittelhändler, war ein Liebling der alten Garde, und sehr zu Miss Marples Erleichterung blieb sein Laden dreißig Jahre lang unverändert. «So *zuvorkommend*, bequeme Stühle an der Theke, auf denen man sitzen kann, und gemütliche Gespräche über Schinkenstücke und Käseauswahl.» Mit dem Gemüsehändler dagegen war das eine andere Sache. In *Mord im Pfarrhaus* stellen wir fest, daß er sich «der Frau des Apothekers gegenüber ganz und gar nicht ordentlich benommen» hat, was nicht erstaunlich war, wenn man bedenkt, daß die Apotheke sich stets in einem Zustand von Krieg und Aufruhr zu befinden schien.

Der Apotheker, dessen Frau die Aufmerksamkeiten des Gemüsehändlers genoß, erfreute sich des Namens Cherubim. An einen von Mr. Cherubims Vorgängern, einen Mr. Badger, erinnert sich Miss Marple in *Die Tote in der Bibliothek*. Er «machte eine Menge Aufhebens um die junge Dame, die in seiner Kosmetikabteilung arbeitete. Er sagte zu seiner Frau, sie sollten sie wie eine Tochter betrachten und im Haus wohnen lassen.» Mr. Badger war so betört von ihr, daß er ein Gutteil seiner Ersparnisse für ein Diamantenarmband und einen Radioapparat mit Plattenspieler ausgab und ihr schenkte, bis er entdeckte, daß sie an einem ganz anderen Mann interessiert war. Trotz dieses Rückschlags scheint Mr. Badger in seinen Bemühungen nicht nachgelassen zu haben, denn als nächstes hören wir in *Das Todeskraut* von ihm als angeblichem Witwer:

«. . . mit einer sehr jungen Haushälterin – so jung, daß sie nicht nur seine Tochter, sondern sogar seine Enkelin hätte sein können. Kein einziges Wort zu irgend jemandem, und seine Familie, ein Haufen Neffen und Nichten, war voller Hoffnungen. Und als er starb, man stelle sich vor, da war er mit ihr seit zwei Jahren heimlich verheiratet.»

Der Wolladen wurde von Mrs. Cray geführt, die «ihren Sohn sehr liebte und natürlich verzog. Er hat sich dann mit einem seltsamen Haufen herumgetrieben.» Das Papierwarengeschäft gehörte Mrs. Pusey, deren Neffe «Zeug nach Hause brachte, das er gestohlen hatte. Er zwang sie, es zu verkaufen . . ., und als die Polizei erschien und Fragen zu stellen begann, wollte er ihr auf den Kopf schlagen». Bei Longdons, dem Textilgeschäft, ließ Miss Marple ihre Gardinen nähen; Mrs. Jameson, die «einem eine schöne, feste Dauerwelle machte», kümmerte sich um ihr Haar; und Miss Politt, die über dem Postamt wohnte und eine Hauptrolle in *Die Stecknadel* spielte, war ihre Schneiderin.

St. Mary Mead hatte auch einen Bauunternehmer namens Cargill, der «eine Menge Leute so einschüchterte, daß sie Sachen an ihren Häusern machen ließen, die sie niemals geplant hatten»; und einen

Automechaniker, Jenkins, der bei Batterien nicht ganz ehrlich war; sowie einen Tierarzt, Mr. Quinton, dessen kleine Schwächen, falls er welche hatte, nicht erwähnt werden.

Eines der ehrwürdigsten Unternehmen des Ortes war Inch's Taxi Service. Es war von Mr. Inch vor vielen Jahren in der Zeit von Pferd und Wagen gegründet worden, und obwohl es seitdem längst zu Motorfahrzeugen übergegangen war und andere Besitzer hatte, behielt es den Namen Inch. Die älteren Damen von St. Mary Mead beriefen sich bei ihren Taxifahrten unterschiedslos darauf, daß sie «im Inch» gefahren seien, als seien sie Jonas und Inch ein Wal.

Das Postamt befand sich an der Kreuzung, an einer Ecke gegenüber der Kirche. Der Postbote war zerstreut, und die Posthalterin ebenfalls. Griselda neckte einmal ihren Mann:

«Ach, Len, wie du mich anbetest! Erinnerst du dich noch an den Tag, als ich in der Stadt blieb und dir ein Telegramm schickte, das nie ankam, weil die Schwester der Posthalterin Zwillinge bekam und diese vergaß, es dir zuzustellen? In was für einer Verfassung du da warst! Und du riefst Scotland Yard an und machtest einen schrecklichen Wirbel.

Woraufhin der Pfarrer düster notierte: «Es gibt Dinge, an die man nur äußerst ungern erinnert werden möchte.»

Die Ankunft des Busses aus Much Benham vor dem Postamt am Nachmittag um mehr oder weniger genau zwei Uhr dreißig war in St. Mary Mead eines der Tagesereignisse. Man konnte darauf zählen, daß

Mrs. Blade, die Posthalterin, herausstürzte, um seine Ankunft mitzuerleben, und so das öffentliche Telefon für etwa vier Minuten unbewacht ließ, ein wichtiger Umstand, der Miss Marple half, den Mordfall in *Die Stecknadel* aufzuklären.

Auf der anderen Seite der Kreuzung stand der «Blue Boar», das Dorf-Pub. Der erste Wirt, von dem wir erfahren, hieß Joe Bucknell. «Soviel Aufregung, weil seine Tochter es mit dem jungen Bailey hatte», erinnerte sich Miss Marple einmal. «Dabei war es die ganze Zeit seine Frau, diese wilde Hummel.» Wann genau die Bucknells St. Mary Mead verließen, ist ungewiß. Ihre bemerkenswertesten Nachfolger waren die Emmotts. Tom Emmott, «ein großer, bulliger Mann mittleren Alters mit schlauen Augen und brutalem Kinn» war nach Colonel Melchetts Meinung ein ziemlicher Lump. Genau wie Joe Bucknell hatte er Familienprobleme. Seine hübsche, eigensinnige Tochter nahm im Fluß, genau unterhalb der Mühle, ein vorzeitiges Ende.

Der «Blue Boar» hatte, wie so viele Wahrzeichen von St. Mary Mead, auch einige atypische Verwendungszwecke. Er war zum Beispiel ein guter Ort, um dort genau in dem Augenblick beim Trinken beobachtet worden zu sein, wo angeblich ein Mord geschehen war. Es war ein angenehmes Zuhause für auf Besuch weilende Chief Constables und Scotland-Yard-Inspektoren. («Der ‹Blue Boar› serviert eine erstklassige Mahlzeit, ein Stück Fleisch mit zwei Gemüsen», erzählte der Pfarrer Colonel Melchett einmal sehnsüchtig.) Im Bedarfsfall war das Pub auch der geeignetste Ort in St. Mary Mead, um eine Anhörung abzuhalten.

Der Bahnhof lag am entgegengesetzten Ende des Ortes an der Nebenstrecke nach Much Benham. Die Wogen der Gefühle konnten hochschlagen und Alibis zerstört werden, wenn die Züge Verspätung hatten, ein nicht ungewöhnliches Ereignis. Wenn man nach London wollte (die verbilligte Rückfahrkarte am Donnerstag war besonders beliebt), konnte man den Morgenzug nehmen oder früh zu Mittag essen und mit dem Zug um 12 Uhr 15 fahren. In jedem Fall mußte man in Much Benham umsteigen. Der 6-Uhr-50 am Abend war beliebt, um wieder heimzufahren. Wenn man nach Mitternacht zurückkehrte und feststellte, daß der letzte Zug nach St. Mary Mead bereits abgedampft war, konnte man in Much Benham ein Taxi nehmen – aber hoffentlich nicht, um damit in den Tod zu fahren wie der arme Giuseppe, der italienische Butler von «Gossington Hall».

Als Polizist auf der Wache von St. Mary Mead zu arbeiten muß ein interessanter Posten gewesen sein. War er zum Beispiel begehrt im Sinne einer Beförderung, oder wurde er als Strafversetzung betrachtet, so als würde man an die russische Front geschickt? Wie auch immer, Constable Hurst wird in *Mord im Pfarrhaus* als «sehr bedeutend, aber leicht besorgt» aussehend beschrieben, und Constable Palk aus *Die Stecknadel* und *Die Tote in der Bibliothek* scheint den nervösen Tick entwickelt zu haben, an seinem Schnurrbart zu saugen. Rückblickend hätte man denken können, daß einer der Vorteile dieses Postens die

Möglichkeit war, eng mit Miss Marple zusammenzuarbeiten, aber undankbarerweise scheinen sich diese Polizeibeamten zunächst immer an das Präsidium der Grafschaftspolizei in Much Benham um Hilfe gewandt zu haben, wo Miss Marples alter Widersacher Inspektor Slack herrschte. «Inspektor Slack? Hier spricht Constable Palk. Gerade ist der Bericht gekommen, daß heute morgen um 7 Uhr 15 die Leiche einer jungen Frau entdeckt wurde ...», und die Jagd war eröffnet. Die schweren Geschütze rollten an.

Noch in manch anderer Hinsicht fiel St. Mary Mead unter die Oberhoheit von Much Benham. Dort war es, wo Colonel Melchett, der Polizeichef der Grafschaft, und Dr. Roberts, der Gerichtsarzt, ihr Büro hatten; dorthin fuhr man, wenn man sich im Leichenschauhaus eine nicht identifizierte Leiche ansehen mußte (Brandy war vorhanden); in das dortige Krankenhaus wurde man gebracht, wenn man ernsthaft erkrankte oder einen Unfall hatte; dorthin fuhr man, wenn man Colonel Bantry war und an einem Treffen der Konservativen teilnehmen wollte; dorthin fuhr man, wenn man Mrs. Price Ridley war und einen besonders schicken Hut kaufen wollte; dorthin fuhr man, wenn man altes Silber schätzen lassen wollte, weil man da «einen sehr guten Mann» kannte; dorthin fuhr man heimlich, wenn man Griselda war, um Bücher über Mutterschaft zu erwerben (nur um dabei prompt von Miss Marple entdeckt zu werden). «Unsere Nachbarstadt», sagten die Einwohner von St. Mary Mead, aber Much Benham, größer und nur drei Kilometer entfernt, muß St. Mary Mead insgeheim als ihren künftigen, wenn auch etwas schwierigen Vorort betrachtet haben.

Abgesehen davon, daß man schnell mal nach Much Benham fahren oder London besuchen konnte, jemanden zum Tee besuchen ging oder im «Blue Boar» vorbeischaute oder bei den Gemeindeaktivitäten mit Hand anlegte – wie verbrachten die Einwohner von St. Mary Mead ihre offensichtlich reichlich bemessene Freizeit sonst noch? Wenn man Lust dazu hatte, konnte man ins Kino gehen oder in den Bingo-Klub oder «Dorf-Bridge» spielen. War man mehr von der energischen Sorte, konnte man den Golfschläger oder das Tennisracket schwingen. War man beschaulicher veranlagt, konnte man im Garten arbeiten, Vögel beobachten oder die Leihbibliothek aufsuchen. Aber vor allem anderen nahmen einen, wenn man in St. Mary Mead wohnte, Verbrechen in Anspruch – entweder als Täter, Opfer oder Zuschauer –, denn es ist Tatsache, daß mit den Jahren die Zahl der Verbrechen, vor allem der Morde, die innerhalb der Grenzen dieses einen kleinen englischen Ortes begangen wurden, im Vergleich zu seiner bescheidenen Größe eine außerordentliche Höhe erreichte.

Werfen wir einen Blick auf die Statistik. Eine Überprüfung der Geschichten und Romane mit Miss Marple ergibt, daß in einem Zeitraum von etwa vierzig Jahren alles in allem sechzehn Morde in St. Mary Mead passierten – fünf durch Gift, zwei durch Schüsse, zwei durch Ertränken, zwei durch Erwürgen und fünf durch nicht identifizierbare Mittel –, dazu vier Mordversuche durch Gift, Ersticken und Schläge auf den Kopf. Im selben Zeitraum geschahen außerdem fünf Raubüberfälle, acht Unterschlagungen und zwei Serien von Erpressungen. Mehrmals traten Personen unter falschem Namen auf, es gab ein oder zwei Fälle von Wilddiebstahl und eine Reihe Anrufe von Verrückten, mehrere anonyme Briefe und Verleumdungen. Angesichts dieser Bilanz kann man St. Mary Mead nur gratulieren, daß es zur selben Zeit eine Spürnase vom Format einer Miss Marple in seinen Mauern beherbergte. Ohne ihre Unverwüstlichkeit und Unternehmungslust – wo hätte das alles geendet? Typischerweise hatte sie selbst eine bescheidene Meinung von ihrer Leistung. «Schlimme Sachen passieren in so einem Ort, das kann ich Ihnen sagen», murmelte sie einmal. «Hier hat man Gelegenheit, die Dinge zu beobachten, wie man das in einer Stadt nie könnte.»

Soviel zu St. Mary Mead im Jahre 1935. In den folgenden Jahren konnte man Miss Marple in regelmäßigen Abständen klagen hören, das «St. Mary Mead ganz und gar nicht mehr so sei wie früher», aber bei Besuchen in den fünfziger, sechziger und siebziger Jahren ließ sich feststellen, daß viele Einwohner und Institutionen zwar älter geworden, aber beruhigenderweise unverändert geblieben waren. Miss Wetherby allerdings war leider «hinübergegangen, und ihr Haus wurde jetzt vom Bankdirektor und seiner Familie bewohnt, nachdem man als Schönheitsoperation Türen und Fenster in einem leuchtenden Königsblau gestrichen hatte». Mrs. Price Ridley war ebenfalls abgetreten, doch Miss Hartnells Stentorstimme war immer noch zu hören, «den Fortschritt bekämpfend bis zum letzten Atemzug», und Dr. Haydock, jetzt alt und halb pensioniert, besuchte Miss Marple immer noch, um ihr einen «schönen saftigen Mord» als bestes Stärkungsmittel zu verschreiben. Allerdings, Mrs. Jameson, die Friseuse, «hatte sich mutig der Sache des Fortschritts angeschlossen, ihr Schild übermalt und nannte sich jetzt DIANE-HAIRSTYLIST ... doch das Geschäft selbst blieb beinahe so wie früher und kümmerte sich auf die gleiche Weise um die Bedürfnisse der Kunden wie ehedem», während der neueste Skandal um die Frau des Apothekers oben an der Hauptstraße weiterhin die Aufmerksamkeit des Ortes fesselte. Alte Damen konnten sich immer noch auf den treuen Inch verlassen, und wenn es auch neue Gesichter auf den Polizeirevieren von St. Mary Mead und Much Benham gab, so schienen deren Besitzer ebenso unfähig zu sein, weniger attraktive Mitglieder der Gemeinde daran zu hindern, einen Mord zu begehen oder ermordet zu werden, wie ihre Vorgänger.

Trotzdem hatte es in diesen Nachkriegsjahrzehnten echte Veränderungen in St. Mary Mead gegeben: zum Beispiel den Bau der neuen Siedlung und die damit verbundene Welle von Außenseitern; die Umbauten entlang der Hauptstraße; die Eröffnung des glitzernden neuen Supermarkts; und die ziemlich beängstigende Nähe eines Flugplatzes (ein Düsenflugzeug durchbrach einmal die Schallmauer und zerstörte gleich zwei Scheiben von Miss Marples Gewächshaus). Dies alles waren radikale Abwendungen von der Vergangenheit. In der Nachbarschaft von Miss Marple kam es zu einer noch einschneidenderen Veränderung, als die Clements den Ort verließen und ein neuer, noch zerstreuterer Pfarrer einzog.

Die interessantesten Veränderungen von allen waren aber vielleicht jene, die auf «Gossington Hall» geschahen. Nach Colonel Bantrys Tod verkaufte Mrs. Bantry, die als Witwe ebenso zufrieden und fröhlich blieb, wie sie es als Ehefrau gewesen war, «Gossington Hall» und behielt nur noch die «East Lodge».

Führerlos erlitt «Gossington Hall» ein abwechslungsreiches Schicksal, das an die Laufbahn von «Old Hall» in den dreißiger Jahren erinnerte. Zuerst wurde es als erfolgloses Gästehaus betrieben.

«Dann kauften es vier Leute, die es sich teilten, vier ungleiche Wohnungen daraus machten und sich dann zerstritten. Schließlich hatte es das Gesundheitsministerium erworben, zu irgendeinem obskuren Zweck, für den man es dann nicht mehr brauchte.»

Der nächste Besitzer war weit aufregender, eigentlich der bezauberndste Außenseiter, der sich je in St. Mary Mead niederlassen sollte. Marina Gregg, ein Filmstar von internationalem Ruf, traf mit ihrem fünften Mann und einem Gefolge entsprechend exzentrischer Leute im Ort ein, um in dem fabelhaft renovierten «Gossington Hall» zu wohnen. So herausgeputzt erwies sich das Haus wieder einmal als großartiger Schauplatz für Leichen. Drei, wahrscheinlich vier sensationelle Morde kurz hintereinander genügten, um ein Dorf, selbst ein so erfahrenes wie St. Mary Mead, völlig aus dem Häuschen zu bringen.

Und was ist heute mit St. Mary Mead? Gebietet heute ein Araberscheich über den Palmenhof und den Swimmingpool von «Gossington Hall»? Falls ja, was für ein Schicksal steht ihm bevor? Da eine Siedlung auf die andere folgt – wird St. Mary Mead völlig mit dem ahnungslosen Much Benham zusammenwachsen? Wurde ein gerichtlicher Untersuchungsausschuß eingesetzt oder eine königliche Kommission ernannt, um die seit dem traurigen Dahinscheiden der ortsansässigen Nemesis unkontrollierbare Zunahme von Verbrechen im Ort zu untersuchen?

«Für mich ist St. Mary Mead wie ein stiller Teich», bemerkte Miss Marples weltkluger junger Neffe einmal.

«Das ist wirklich kein sehr guter Vergleich», antwortete seine Tante lebhaft. «Ich glaube, durchs Mikroskop betrachtet ist nichts so voller Leben wie ein Tropfen Wasser aus einem stillen Teich.»

2

Miss Marples frühe Jahre

«Ich lebe sehr zurückgezogen auf dem Land, wissen Sie.»

Miss Marple in *Das Schicksal in Person*

«Miss Marple wurde im Alter von etwa fünfundsechzig bis siebzig geboren – was sich, wie bei Poirot, als höchst unglücklich erwies, weil sie in meinem Leben lange Zeit eine Rolle spielen sollte», schrieb Agatha Christie in ihrer Biographie *Meine gute alte Zeit.* Was ihre Ursprünge angeht, könnte Miss Marple eine gewisse Beziehung zu Caroline haben, der Schwester des Arztes aus *Alibi,* das vier Jahre vor dem ersten Miss-Marple-Werk erschien. Dr. Sheppard sagt von Caroline:

«Das Motto der Mungo-Familie, so berichtet Mr. Kipling uns, ist: Geh und finde es heraus. Falls Caroline sich je ein Wappen zulegt, würde ich ganz entschieden vorschlagen, daß es einen sprungbereiten Mungo zeigt. Den ersten Teil des Mottos könnte man weglassen. Caroline kann jede Menge herausfinden, indem sie nur seelenruhig zu Hause sitzt. Ich weiß nicht, wie sie das schafft, aber so ist es.»

Agatha Christie mochte Caroline, und als diese in einer Bühnenfassung von *Alibi* durch ein junges, attraktives Mädchen ersetzt wurde, bedauerte sie ihr Verschwinden sehr. «Mir gefiel die Rolle, die sie im dörflichen Leben spielte ... Ich glaube, daß in jenem Augenblick, obwohl ich es noch nicht wußte, Miss Marple in St. Mary Mead geboren wurde.»*

Agatha Christies Großmutter und ihre Freundinnen lieferten weitere Anregungen. Laut Agatha Christie war Miss Marple «die Art von alter Dame, die eher einigen Freundinnen meiner Großmutter in Ealing glich – alte Damen, die ich an so vielen Orten getroffen habe, wo ich als junges Mädchen war. In keiner Weise war Miss Marple das Abbild meiner Großmutter. Sie war viel geschäftiger und altjüngferlicher als meine Großmutter. Eines hatte sie allerdings gemeinsam mit ihr – obwohl ein fröhlicher Mensch, erwartete sie von allem und jedem das Schlimmste und hatte mit fast erschreckender Treffsicherheit gewöhnlich recht.»

Obwohl Miss Marple als Detektivin zum ersten-

* Es ist vielleicht interessant, sich daran zu erinnern, daß Caroline Sheppard, Miss Marples Vorläuferin, eine kurze und aufregende Zeit lang Hercule Poirot als Nachbarn hatte, eine Persönlichkeit, die Miss Marple selbst offensichtlich nie getroffen hat.

mal im Alter von etwa fünfundsechzig in Erscheinung trat, ist es möglich, einiges aus ihrer Kinder- und Mädchenzeit durch Hinweise zusammenzutragen, die sie während ihres außergewöhnlich langen Lebens in Gesprächen gab. Charakteristisch für sie ist, daß sie von Anfang an ein ausgezeichnetes Gedächtnis besaß: «Ich kann mich noch sehr gut an die malvenfarbenen Schwertlilien auf der Tapete im Kinderzimmer erinnern, obwohl es, glaube ich, neu tapeziert wurde, als ich erst drei war.» Auf dieser Tapete hing über ihrem Bett ein prophetischer Satz: *Fragt, und ihr werdet Antwort erhalten.*

Offenbar gab es nur noch ein anderes Kind im Kinderzimmer, eine Schwester, und die beiden kleinen Mädchen scheinen die Art von geregeltem, behütetem, von einer Erzieherin betreutem Leben geführt zu haben, das uns aus den ersten Kapiteln vieler Autobiographien aus viktorianischer Zeit vertraut ist.

Es gibt Berichte über viele im Schulzimmer verbrachte Stunden. Im Alter wußte Miss Marple sehr wohl, wie schwer es den jungen Leuten fiel, sie sich als «jung, mit Pferdeschwanz und mit dem Einmaleins und der englischen Literatur kämpfend» vorzustellen, aber, fügt sie trocken hinzu: «Ich glaube, nach dem Standard der damaligen Zeit erhielt ich eine gute Erziehung. Meine Schwester und ich hatten eine deutsche Erzieherin – ein ‹Fräulein›. Ein sehr sentimentales Geschöpf. Sie lehrte uns die Sprache der Blumen.» Diese leichte Verachtung für die Art der Erziehung, die man den Mädchen zu ihrer Zeit angedeihen ließ, gestand sie einmal ausgerechnet ihrem alten Feind Inspektor Slack gegenüber ein:

«So schwierig, wissen Sie, sich verständlich zu machen, finden Sie nicht ... denn ich bin nicht nach den modernen Methoden erzogen worden – nur eine Erzieherin, die einem die Daten der Könige von England und ein wenig Allgemeinbildung beibrachte ... planlos, verstehen Sie, wir lernten nicht, bei einer Sache zu bleiben.»

Als ihr großer Bundesgenosse Inspektor Craddock einmal bewundernd von den Frauen ihrer Generation sprach, antwortete sie ihm: «Ich bin überzeugt, mein lieber Junge, Sie würden feststellen, daß die jungen Damen des Typs, auf den Sie anspielen, heute sehr unzulängliche Mitarbeiterinnen wären. Junge Damen wurden damals nicht ermutigt, ihre intellektuelle Seite zu entwickeln, und nur wenige von ihnen hatten ein Universitätsexamen oder irgendeinen akademischen Grad.»

Es gab viele Gebote und Verbote:

«Miss Marple saß sehr gerade, weil man sie als Mädchen gelehrt hatte, ein Rückenbrett zu benutzen.» – «In meiner Jugend hielt man es für ein sehr schlechtes Benehmen, wenn man beim Essen Medikamente einnahm. Es war genauso schlimm, wie sich am Eßtisch die Nase zu putzen.» – «Als ich ein junges Mädchen war, Inspektor, wurde das Wort ‹Magen› nie auch nur erwähnt.»

Aber es gab einen nützlichen Ausgleich: Rätsel und Kinderreime in ihrer frühen Kindheit, Schreiben mit unsichtbarer Tinte, Zaubertricks («Es war der Trick von der Dame, die in zwei Hälften zersägt wird, der mich daran denken ließ», sollte sie viele Jahre später zu einem nachdenklichen Inspektor Curry sagen) und Besuche in Madame Tussauds Wachsfigurenkabinett.

Wer waren ihre Eltern, und wo lebten sie? Das wird uns nie genau gesagt, aber es scheint sich deutlich ein klerikales Umfeld abzuzeichnen, in seinen Familienverbindungen fast der Mafia ähnlich. Wir wissen, daß Miss Marple ein «rosiges und weißes englisches Mädchen aus einem Kathedralenhof» war, also vermutlich die Tochter eines Domherrn oder des Dekans einer Kathedrale. Ihr Vater wird nur wenige Male erwähnt. Einmal heißt es, er habe von der Ausstellung in Paris Bronzeplastiken mitgebracht. Wir erhaschen auch einen Blick auf Miss Marples Mutter und Großmutter in Paris:

«Wir gingen zum Tee ins ‹Elysée›. Und meine Großmutter blickte sich um und sagte plötzlich: ‹Clara, ich glaube wirklich, ich bin hier die einzige Frau mit einer *Haube!*› Und so war es auch! Als sie nach Hause kam, packte sie alle ihre Hauben zusammen und auch ihre perlenbestickten Umhänge – und gab sie weg.»

Es ist klar, daß diese beiden es waren, ihre Mutter und ihre Großmutter, die Miss Marple frühzeitig in die Pflichten und Geheimnisse, eine Dame zu sein, einweihten. Das heißt: daß «eine echte Lady weder schockiert noch überrascht werden kann»; daß «eine wirkliche Dame sich in der Öffentlichkeit immer zusammennehmen können sollte, gleichgültig wie sehr sie sich privat vielleicht gehenläßt»; und daß eine Dame vor allem immer ihre Pflicht tun muß: «Den Kranken Portweingelee und Kalbskopfsuppe bringen. Meine Mutter pflegte das zu tun.»

In späteren Jahren sollte Miss Marple von «den alten Zeiten mit ihren großen Familientreffen» sprechen. Zu diesen Zusammenkünften kamen zweifellos auch ihre Tanten: zum Beispiel ihre Großtante Fanny, die zu Miss Marple, als diese sechzehn war, sagte: «Die jungen Leute denken, daß die alten Leute Dummköpfe sind – aber die alten Leute *wissen*, daß die jungen Leute Dummköpfe sind.» Und ihre Tante Helen, die, vielleicht, weil sie nie in Paris gewesen war, bei ihrer Ankunft eine Haube trug und einen schwarzen Popelinmantel, den sie «meinen schwarzen Popelin» nannte. Dann die Überlebenstante, deren Namen wir nicht kennen und die bei fünf verschiedenen Fahrten schiffbrüchig wurde. Schließlich die Detektivtante, zweifellos ein wichtiges frühes Vorbild, die es riechen konnte, wenn die Leute Lügen erzählten, weil «ihre Nasen wackelten», sagte sie, «und dann kam der Geruch».

Auch die Onkel würden alle eintreffen: Großonkel Thomas, der pensionierte Admiral, der in einer schönen, erhöht gebauten Häuserzeile in Richmond wohnte. Onkel Henry, der Junggeselle, gelegentlich beschrieben als «ein Mann von ungewöhnlicher Selbstbeherrschung» und bei einer anderen Gelegenheit als jemand, der wegen des Essens Wutanfälle bekommen konnte und die Gewohnheit hatte, große

Mengen Geld in seiner Bibliothek hinter Predigtbänden aufzubewahren. Und dann die Domherren: der Onkel, der ein Domherr der Kathedrale von Chichester war, und Onkel Thomas, Domherr von Ely.

Ihre Vettern Anthony und Gordon würden vermutlich auch da sein. «Alles, was Anthony tat, gelang ihm, aber mit dem armen Gordon war es genau umgekehrt. Rennpferde begannen zu lahmen, die Kurse seiner Aktien fielen.» Cousine Fanny Godfrey, die stotterte, würde sicherlich auch da sein, und vielleicht auch Cousine Ethel, Lady Merridew, die auf großem Fuß am Lowndes Square lebte. Viele Jahre später sollte Miss Marple ein schmerzliches Bild erblicken – ein riesiger Wolkenkratzer modernster Bauart war auf dem Grund erbaut worden, auf dem einst Lady Merridews Haus gestanden hatte. «Fortschritt muß sein, nehme ich an», grübelte Miss Marple. «Aber wenn Cousine Ethel das wüßte, würde sie sich im Grab umdrehen, davon bin ich überzeugt.»

Mit vierzehn Jahren wurde Miss Marple eine große Freude bereitet – eine Reise nach London mit ihrer Tante Helen und Onkel Thomas, dem Domherrn von Ely. Sie stiegen in «Bertram's Hotel» ab. Seitdem sollte «Bertram's», «würdevoll, unaufdringlich und unauffällig teuer», in Miss Marples Erinnerung der Höhepunkt eines Urlaubs bleiben. Vermutlich war es bei einem Aufenthalt wie diesem, daß man über die Battersea Bridge pilgerte, um eine pensionierte Erzieherin zu besuchen, Miss Ledbury, die in «Prince Terrace Mansions» wohnte, und es war fast sicher die Gelegenheit für eine von Tante Helenes denkwürdigen Expeditionen – die Nichte im Schlepptau – in die Lebensmittelabteilung von Army & Navy Stores, um «unseren bevorzugten Verkäufer» aufzusuchen, bei dem in der darauffolgenden Stunde gelassen bestellt wurde:

«Alle erdenklichen Lebensmittel, die es zu kaufen gab und die zum späteren Gebrauch aufgehoben werden konnten. Für Weihnachten wurde vorgesorgt, sogar ein ferner Blick auf Ostern fiel. Die junge Jane wurde ein wenig unruhig, und man sagte ihr, sie solle in die Glasabteilung gehen, um sich ein wenig abzulenken ... Nachdem Tante Helen so einen durch und durch angenehmen Vormittag verbracht hatte, pflegte sie in der scherzhaften Art jener Zeit zu sagen: ‹Und was würde ein kleines Mädchen jetzt von einem Lunch halten?› Woraufhin sie mit dem Lift hinauf in den dritten Stock fuhren und den Lunch einnahmen, der immer mit einem Erdbeereis abgeschlossen wurde.»

Um ihre Erziehung abzurunden, wurde Miss Marple mit etwa sechzehn Jahren auf eine Schule in Florenz geschickt. Dort lernte sie zwei Amerikanerinnen kennen, Ruth und Carrie Louise Martin, «aufregend für das englische Mädchen, wegen ihrer seltsamen Art zu sprechen, ihrer Offenheit und Vitalität». Sie sollten ihre lebenslangen Freundinnen werden. «Trotz all meiner Schmerzen und Gebrechen», sollte Carrie Louise fast fünfzig Jahre später zu Miss Marple sagen, «scheint es mir nur ein paar

Monate her zu sein, daß wir in Florenz waren. Erinnerst du dich noch an ‹Fräulein› Schweich und ihre Stiefel?»

«Natürlich war es, als wir jung waren, modern, Ideale zu haben», sagte Carries Schwester Ruth einmal zu Miss Marple.

«Wir alle hatten welche, für junge Mädchen war es genau das richtige. Du wolltest Leprakranke pflegen, Jane, und ich wollte Nonne werden. Über diesen ganzen Unsinn wächst man hinaus. Man könnte sagen, daß die Ehe mir diese Dinge ausgetrieben hat. Trotzdem, alles in allem genommen bin ich mit meinen Ehen ganz gut weggekommen.»

Carrie Louise ebenfalls. Die beiden Schwestern sollten es zusammen auf sechs Ehemänner und eine Menge Geld bringen. Es kann kaum behauptet werden, daß Miss Marple ihrem Beispiel folgte.

Obwohl sie nicht heiratete und sogar dazu bestimmt war, die typische alte Dorfjungfer zu werden, hatte sie doch ihre eigene Zeit jugendlicher «Erfahrungen» und eine Reihe von Verehrern. Auf ihre alten Tage sollte sie sich daran mit Nachsicht erinnern:

«Jane Marple, dieses rosige und weiße eifrige junge Mädchen . . . in vieler Beziehung ein so dummes Mädchen . . . also, wer war noch jener äußerst unpassende junge Mann, dessen Namen – o Gott, sie konnte sich nicht einmal jetzt mehr daran erinnern! Wie klug es von ihrer Mutter gewesen war, diese Freundschaft schon im Keim so entschieden zu ersticken. Sie hatte ihn Jahre später zufällig wiedergetroffen – und wirklich, er war ziemlich schrecklich!

Aber damals hatte sie sich mindestens eine Woche lang in den Schlaf geweint!»

Und weiter:

«Ein junger Mann, den sie bei einem Krocketspiel kennengelernt hatte. Er hatte einen so netten Eindruck gemacht – ziemlich fröhlich, in seinen Ansichten fast etwas zu frei. Und dann war er unerwarteterweise von ihrem Vater herzlich empfangen worden. Er war ein passender Ehekandidat, er kam in Frage. Er war mehr als einmal offen eingeladen worden, aber Miss Marple hatte schließlich festgestellt, daß er langweilig war. Sehr langweilig.»

Und das Tanzen hatte ihr Spaß gemacht. Als sie im Alter in der Karibik Ferien machte, hätte sie lieber «die gedämpften Klänge der ‹Blauen Donau›» gehört, obwohl sie zugeben mußte, daß die einheimischen Tänze zu beobachten auch seine Vorzüge hatte: «Ihr gefiel das Schleifen der Füße und das rhythmische Wiegen der Körper.» Vermutlich war es jedenfalls angenehmer, als «mit einem Mann zu tanzen, der wie ein Räuberhauptmann angezogen war, wie ich es einmal als junges Mädchen tat. Er hatte fünf verschiedene Messer und Dolche, und ich kann gar nicht beschreiben, wie peinlich und unbequem das für seine Partnerin war.»

In späterer Zeit, als Miss Marple in den sechziger, siebziger und achtziger Jahren war, machte sie gelegentlich derartige Anspielungen auf ihre Mädchenzeit, aber kein Gespräch ist belegt, bei dem sie sich jemals zu den vielen Jahren dazwischen direkt geäußert hatte. Wir wissen nichts über ihr Leben als junge

Frau, ihre mittleren Jahre, oder wie es dazu kam, daß sie die berühmte Spürnase von St. Mary Mead wurde. Man würde gern darüber spekulieren, sich irgend etwas vage Heroisches vorstellen, aber ich habe das Gefühl, wir müssen uns ein für alle Male mit den verstreuten Hinweisen auf ihre Pflegeaktivität begnügen. «Ich bin an kranke Menschen gewöhnt», sagte sie einmal. «Zu meiner Zeit hatte ich eine Menge mit ihnen zu tun.» Bei einer anderen Gelegenheit erfahren wir: «Die lange Erfahrung als Krankenschwester veranlaßte Miss Marple fast automatisch, das Laken glattzuziehen und es auf ihrer Seite des Bettes unter die Matratze zu stecken.»

«Lange Erfahrung als Krankenschwester . . .» Dieser Satz läßt das Bild einer unverheirateten Tochter entstehen, des früheren rosigen und weißen eifrigen Mädchens, das zu Hause blieb, in irgendeiner Provinzstadt, und mit den verstreichenden Jahren allmählich zur Gesellschafterin und Pflegerin seiner Eltern im Alter wurde. Sie wurde auch, wie wir noch sehen werden, die echte oder erwählte Lieblingstante – manchmal liebevoll, manchmal bissig – einer Reihe von Menschen.

Wenige würden dies alles als ein aufregendes Leben betrachten, doch nirgends gibt es einen Hinweis darauf, daß Miss Marple sich selbst als Märtyrerin sah. Allerdings vertraute sie einmal jemandem, der einsam war, an: «Ich weiß, was Sie meinen . . . Man ist tatsächlich allein, wenn der letzte gegangen ist, der sich noch *erinnert.* Ich habe Neffen und Nichten und liebe Freunde – aber es gibt niemanden mehr, der zur alten Zeit gehört. Ich bin jetzt schon eine ganze Weile allein.»

Vergegenwärtigen wir sie uns also, diese Miss Marple: Ihre Eltern sind gestorben, ihre Schwester ist tot, ihre fröhlichen Tanten und Onkel sind längst zur letzten Ruhe gebettet worden. Sie lebt im Alter zurückgezogen und sparsam allein in dem stillen Ort St. Mary Mead, Eigentümerin eines kleinen, aber hübschen viktorianischen Hauses, zweifellos mit dem bescheidenen Erbe erworben, das ihr ihre lieben Eltern ein paar Jahre zuvor hinterlassen hatten.

Es sind die dreißiger Jahre – oder sind es die zwanziger? –, und sie ist dabei, eine erstaunliche Karriere zu beginnen.

3

Miss Marples Karriere beginnt

«Natürlich stimmt es, daß ich sozusagen ein völlig ereignisloses Leben geführt habe, aber ich habe beim Lösen verschiedener kleiner Probleme, die auftauchten, eine Menge Erfahrungen gemacht.»

Miss Marple in *Der Daumenabdruck des heiligen Petrus*

Der Versuch, Miss Marples Alter zu irgendeinem Zeitpunkt der folgenden vierzig Jahre zu bestimmen, ist genauso verwirrend wie irgendeiner ihrer Fälle. Wenn man zum Beispiel mit Agatha Christies Feststellung beginnt: «Miss Marple wurde im Alter von etwa fünfundsechzig oder siebzig Jahren geboren», wobei sie sich auf ihr erstes Auftreten in dem 1930 veröffentlichten Kriminalroman *Mord im Pfarrhaus* bezieht, und die Addition in der Gewißheit abschließt, daß ihr letzter belegter Fall in *Das Schicksal in Person* geschildert wird – erschienen 1971 –, gelangt man zwangsläufig zu dem Schluß, daß Miss

Marple im Alter von einhundertsechs bis einhundertelf Jahren immer noch munter war, wenn auch vielleicht etwas wacklig auf den Beinen. Hält man sich dagegen an Miss Marple und Carrie Louise Serrocolds Erinnerungen in *Fata Morgana*, erschienen 1952, über «Ereignisse, die fast ein halbes Jahrhundert zurückliegen», und geht man für die Altersberechnung von der Annahme aus, daß Miss Marple und Carrie Louise zu jener Zeit sechzehn waren, gelangt man zu der Überzeugung, daß Miss Marple Anfang der fünfziger Jahre, mehr als zwanzig Jahre nach *Mord im Pfarrhaus*, immer noch erst etwa fünfundsechzig ist. Es gibt eine ganze Reihe solcher Rätsel in den Romanen und Geschichten um Miss Marple, eines so widersprüchlich wie das andere. «Ich sehe auf die Minute genau so alt aus, wie ich bin», sagte Miss Marple einmal. Aber wie alt war sie, als sie das sagte? Wir werden es nie genau wissen.

Eine noch größere Herausforderung ist es zu versuchen, die Ereignisse in Miss Marples Leben zeitlich mit der Reihenfolge in Einklang zu bringen, in der die Berichte über ihre Abenteuer geschrieben und veröffentlicht wurden. Wenn wir für den Augenblick ihr Debüt in *Mord im Pfarrhaus* beiseite lassen, scheint die Miss Marple aus einigen der Ende der dreißiger Jahre veröffentlichten Kurzgeschichten sehr viel älter und viktorianischer zu sein als jemals danach.

«Sie trug schwarze Spitzenhandschuhe mit halben Fingern, und eine schwarze Spitzenhaube zierte die aufgetürmte Masse ihrer schneeweißen Haare. Sie strickte – etwas Weißes und Weiches und Wolliges. Ihre blaßblauen Augen, gütig und wohlwollend, betrachteten mit stillem Vergnügen ihren Neffen und die Gäste ihres Neffen.»

Stellen wir dieser Szene das Bild gegenüber, das Crump, der Butler aus *Das Geheimnis der Goldmine*, gut zwanzig Jahre später sah:

«... eine große, ältere Dame, die einen altmodischen Tweedmantel und einen entsprechenden Rock trug, ein paar Schals und einen kleinen Filzhut mit einer Vogelfeder. Die alte Dame trug eine geräumige Handtasche, und ein alter Koffer von guter Qualität stand zu ihren Füßen.»

Um die Dinge noch mehr zu komplizieren, nimmt die ältere, häusliche Miss Marple mit altmodischen schwarzen Spitzenhandschuhen und schwarzer Spitzenhaube an Ereignissen teil, die eindeutig viel früher stattfinden, als die viel späteren Abenteuer der alten, aber verhältnismäßig jüngeren Dame der fünfziger Jahre im Tweedkostüm und auch noch eher als jene der lebhaften und spinnenähnlichen Miss Marple aus dem ersten ganzen Kriminalroman *Mord im Pfarrhaus.* Beispiele für derartige Widersprüchlichkeiten gibt es in Fülle, vor allem in den Berichten aus den dreißiger Jahren.

Aber spielen diese Widersprüche eine Rolle? Schließlich war sie eine glänzende Schauspielerin, die nach dem Willen ihrer unbefangenen Urheberin eine alte Dame für alle Jahreszeiten sein sollte. Trotzdem, wie Miss Marple selbst einmal sagte: «Es ist sehr angenehm, wenn man die Leute einordnen kann.» In dem Versuch, dies zu tun, wollen wir uns ihrer bemerkenswerten Karriere zuwenden und mit dem anfangen, was der Anfang zu sein scheint, und dann von Fall zu Fall weitergehen, ohne Rücksicht darauf, wann diese gedruckt erschienen sind.

In der Annahme, daß jeder echte Profi eine Lehre absolvieren muß, sollte man es dem Ort St. Mary Mead als großes Verdienst anrechnen, daß er den Schulungsplatz lieferte, aus dem einer der besten Detektive unserer Zeit hervorgehen sollte. Wer zerschnitt die Maschen von Mrs. Jones Einkaufsnetz? Warum trug Mrs. Sims ihren neuen Pelzmantel nur ein einziges Mal? Womit konnte das seltsame Verhalten von Mr. Selkirks Lieferwagen erklärt werden? Wer stahl Miss Wetherbys Päckchen mit ausgelösten Shrimps? Lange vor Beginn jener bemerkenswerten Epoche, in der so viele Bekannte aus ihrem Kreis bei tödlichen Unfällen ums Leben kommen sollten, verbrachte Miss Marple viele lehrreiche Jahre damit, an Geheimnissen wie diesen ihren Verstand zu schärfen. In der Zeit, die dann folgte, erwies sich dieses großartige Archiv von dörflichen Geheimnissen und Vergehen, alle in ihrem Kopf genau abgelegt und jederzeit abrufbereit, als unschätzbar wertvoll. Gleichgültig, wie sensationell oder komplex ein Mord war, gleichgültig, wie weit entfernt von ihrem Zuhause er begangen wurde – wenn Miss Marple in die Lösung des Falles verwickelt wurde, war es ihre unfehlbare Gewohnheit, sofort auf die nützlichen Schandtaten und Skandale von St. Mary Mead zurückzugreifen.

«Ah, das erinnert mich an etwas», pflegte sie zu sagen. Oder: «Ich habe so viele ähnliche Fälle erlebt», und schon war sie mittendrin in Erinnerungen an Mr. Cargill, den Bauunternehmer, oder an das, was die neue Lehrerin fand, als sie die Uhr aufziehen wollte. Häufig verließ der anwesende gefesselte Zuhörer, gewöhnlich ein vielversprechender junger Inspektor von Scotland Yard, der der irrigen Meinung war, er habe die Leitung des Falles, Miss Marple mit der Überlegung, ob er dabei sei, verrückt zu werden.

War es weibliche Intuition, der sie ihre Erfolge verdankte? überlegte ein skeptischer Bewunderer einmal. «Nein, sie nennt das nicht so», erwiderte Sir Henry Clithering, pensionierter ehemaliger Polizeichef von Scotland Yard. «Sie behauptet, es seien besondere Kenntnisse ... Miss Marple verfügt über eine interessante, wenn auch manchmal triviale Reihe von Parallelfällen aus ihrem Dorfleben.» Der Pfarrer hatte einen anderen Namen dafür. «Diese widerlichen Erinnerungen», nannte er sie, aber sie kamen Miss Marple ausgezeichnet zustatten.

Trotz ihres ersten öffentlichen Auftretens in *Mord im Pfarrhaus* beginnt Miss Marple als erstklassige Detektivin erst in den Kurzgeschichten von *Der Dienstagabend-Klub* richtig präsent zu werden, die offenbar zeitlich viel früher spielen. In einer Reihe dieser Geschichten finden wir die seltsam zeitlose Miss Marple mit den schwarzen Spitzenhandschuhen und der Spitzenhaube.

Der Dienstagabend-Klub, eine Gruppe von sechs Leuten, scheint aus dem hervorgegangen zu sein, was Griselda Clement später als «Spaß-für-den-Neffen-

Party» zu bezeichnen pflegte, ein Ereignis, das immer dann eintrat, wenn Miss Marple mit dem Besuch ihres klugen und gönnerhaften Neffen Raymond West beehrt wurde, einen angehenden jungen Romanschriftsteller und Dichter. Um ihn bei dieser besonderen Gelegenheit zu unterhalten, waren dann in Miss Marples Wohnzimmer versammelt: Sir Henry Clithering, Joyce Lemprière, die Künstlerin, eine interessante junge Frau mit «kurzgeschnittenem schwarzem Haar und seltsamen braungrünen Augen», Mr. Petherick, der Anwalt, «ein vertrockneter kleiner Mann mit Brille», und Dr. Pender, St. Mary Meads älterer Geistlicher, vermutlich Pfarrer Leonard Clements Vorgänger.

Man kann berechtigterweise annehmen, daß der weltmännische Sir Henry Clithering und Joyce Lemprière von Raymond West eingeladen wurden und Miss Marple ihre eigenen Freunde, Dr. Pender und Mr. Petherick, dazubat, aber wie auch immer, sie alle verstanden sich glänzend, und das Gespräch wandte sich stets schon bald ungeklärten Verbrechen zu. Sie stellten schnell fest, daß man keine bessere Gruppe von Leuten finden konnte, um derartige Probleme anzugehen – denn, wie Joyce Lemprière begeistert erklärte, wie könnten sie scheitern, ein Komitee, in dem sich ihre weibliche und künstlerische Intuition mit Raymond Wests Phantasie verband, mit Mr. Pethericks Fähigkeit, Beweismaterial unparteiisch zu sichten, mit Dr. Penders Kenntnis des menschlichen Charakters und mit Sir Henrys geschultem kriminalistischem Verstand.

«Aber Sie haben mich vergessen, meine Liebe», sagte Miss Marple und lächelte strahlend.

Joyce war etwas verblüfft, doch sie verbarg diese Tatsache rasch.

«Das wäre schön, Miss Marple», sagte sie.

Und so begann es. Sir Henry Clithering schilderte einen ungeklärten Mordfall, ohne die Lösung zu verraten, die er gerade durch ein Geständnis auf dem Sterbebett erfahren hatte.

Auf diese Weise wurde, in einer Kurzgeschichte gleichen Namens, der Dienstagabend-Klub geboren, der regelmäßig tagte, bis ein Mitglied nach dem anderen ein ungelöstes Verbrechen aus einem eigenen Erfahrungsschatz dargelegt hatte, damit die anderen es aufklärten. Diese vergnüglichen Abende liefen immer nach dem gleichen Schema ab. Bei jenem ersten Treffen zum Beispiel, analysierten und diskutierten Joyce Lemprière, Mr. Petherick, Raymond West und Dr. Pender gemeinsam jeden nur erdenklichen Aspekt des Falles, den Sir Henry Clithering dargelegt hatte, gelegentlich unterbrochen von den nicht zur Sache gehörenden Betrachtungen ihrer älteren Gastgeberin über das Dorfleben. Schließlich kamen sie auf vier verschiedene Lösungen, die alle, wie sich herausstellte, ziemlich falsch waren.

«Und jetzt, Sir Henry, verraten Sie es uns», sagte Joyce gespannt.

«Einen Augenblick», erwiderte Sir Henry. «Miss Marple hat sich noch nicht geäußert.»

«Du meine Güte», sagte diese. «Ich habe wieder eine Masche fallen gelassen. Die Geschichte hat mich so gefesselt. Ein trauriger Fall, ein sehr trauriger Fall. Er erinnert mich an den alten Mr. Hargraves, der oben im ‹Mount› lebte.»

Und schon legte sie los und erzählte zusammenhanglos von Dienstmädchen und Nachtischen und dem toten Hargraves, bis plötzlich – schnapp – die Lösung vor ihnen lag.

«Die Augen der anderen richteten sich alle auf Sir Henry. ‹Es ist sehr seltsam›, sagte er langsam, ‹aber Miss Marple hat zufällig genau die Wahrheit getroffen.›»

Ähnlich verliefen die nächsten vier Treffen des Dienstagabend-Klubs. Zum Erstaunen ihrer Zuhörerschaft löste Miss Marple sauber jeden Fall: Dr. Penders *Der Tempel der Astarte*, eine weitschweifige Geschichte über ein archäologisches Schreckgespenst (Kein Problem, wenn «man die Tatsachen betrachtet und die Stimmung außer acht läßt, die die heidnischen Götter verbreiten und die ich nicht besonders erfreulich finde».); Raymond Wests Renommiergeschichte *Der verschwundene Goldbarren* («Nun, er kann kein echter Gärtner gewesen sein, nicht wahr? Kein Gärtner arbeitet am Pfingstmontag.»); Joyce Lemprières düsteren Bericht *Der rote Badeanzug* («Wenn man hier so dasitzt und strickt, sieht man einfach die Tatsachen.»); Mr. Pethericks scharfsinnige Geschichte *Die überlistete Spiritistin* («Unsichtbare Tinte . . . wie oft habe ich als Kind damit gespielt.»); und dann kam natürlich sie selbst dran, mit ihrer eigenen Geschichte, die sie *Der Daumenabdruck des heiligen Petrus* nannte («Ich verband die beiden Dinge miteinander, Glauben – und Fisch.»).

Es ist interessant, bei *Der Daumenabdruck des heiligen Petrus* ein wenig zu verweilen, einer Geschichte, die zehn oder fünfzehn Jahre früher spielt, denn in ihr beschreibt Miss Marple einen Mordfall, der sehr wohl der erste sein könnte, den sie je löste.

«Eins, zwei, drei, vier, fünf und dann drei links, ja, so ist es richtig. Also, wo war ich gerade stehengeblieben? Ach ja, bei der armen Mabel.» «Die arme Mabel» war Miss Marples Nichte, ein ziemlich langweiliges, aber gutmütiges Geschöpf, dessen unangenehmer Ehemann unter so sonderbaren Umständen gestorben war, daß sie in Gefahr schwebte, von all ihren Freunden und Nachbarn geschnitten zu werden. Mabel mag dumm gewesen sein und mit den Nerven am Ende, aber offensichtlich besaß sie noch genug gesunden Menschenverstand, um sich an die richtige Person um Hilfe zu wenden, an ihre Tante Jane.

Es ist faszinierend zu beobachten, wie Miss Marple diesen Fall anpackt – samt jenem kurzen Vorspiel, das dem Leser geradezu vertraut werden sollte: «Ich zahlte Clara ein Kostgeld, schickte das Besteck und die King-Charles-Deckelkanne zur Bank und fuhr sofort los.»

Wenn der Vorhang wieder aufgeht, finden wir sie in Mabels Dorf eifrig bei der Arbeit, lebhaft Beweise sammelnd, Gerüchte überprüfend, den Hausarzt und die Dienstboten befragend, eine Autopsie arrangierend, das Ergebnis mit dem Pathologen diskutierend, ein paar eigene interessante medizinische Recherchen durchführend und zur passenden Zeit den Mörder entlarvend. Kein Wunder, daß Sir Henry am Ende ihrer Geschichte prophetisch ausrief: «Ich werde Scotland Yard empfehlen, sich bei Ihnen Rat zu holen.»

So endete das letzte Treffen des Dienstagabend-Klubs. Vermutlich reiste Raymond West wieder ab, und so gab es auch keinen Grund mehr, sich zu treffen, um ihn zu unterhalten. Doch dank Sir Henry Clithering sollte sich die Nachricht von Miss Marples Fähigkeiten als erstklassige Detektivin bald weiter verbreiten.

«Als ich letztes Jahr hier in der Gegend war –», begann Sir Henry Clithering und brach dann mitten im Satz ab.

Seine Gastgeberin, Mrs. Bantry, sah ihn neugierig an.

Der ehemalige Polizeichef von Scotland Yard hielt sich bei alten Freunden auf, bei Colonel Bantry und dessen Frau, die nahe St. Mary Mead wohnten. Mrs. Bantry, die Feder in der Hand, hatte ihn gerade um Rat gefragt, wen sie einladen sollte, damit sie abends zum Essen einen sechsten Gast hätte.

«Ja?» meinte Mrs. Bantry aufmunternd. «Als Sie letztes Jahr hier in der Gegend waren?»

«Verraten Sie mir doch», sagte Sir Henry, «ob Sie eine gewisse Miss Marple kennen?»

Mrs. Bantry war erstaunt. Diese Frage war das letzte, was sie erwartet hatte.

«Ob ich Miss Marple kenne? Wer tut das nicht?

Das typische alte Mädchen aus dem Roman. Eine gute Seele, aber hoffnungslos hinter der Zeit zurück. Wollen Sie andeuten, daß ich sie zum Dinner einladen soll?»

Das tat sie dann auch, und als die Gäste erst einmal mit dem neuen Spiel des Erzählens von ungeklärten Kriminalfällen vertraut gemacht worden waren, die sich als so komplex erwiesen, daß nur eine alte Dame in schwarzen Spitzenhandschuhen und mit einem Fichu sie lösen konnte, war der Abend ein solcher Erfolg, daß Mrs. Bantrys Dinnerpartys zu einem regelrechten Ereignis wurden. Außer den Bantrys, Sir Henry und Miss Marple gehörten zu dieser zweiten Runde die schöne und bekannte Schauspielerin Jane Helier und der alte Dr. Lloyd, der damals Arzt von St. Mary Mead war.

Colonel Bantry begann mit einer Geistergeschichte. Sie hieß *Die blaue Geranie*. Seit Jahren versuchte er, jemanden zu finden, der das Rätsel löste. Dr. Lloyd steuerte *Die Gesellschafterin* bei, «ein sehr kühnes und perfektes Verbrechen ... fast perfektes Verbrechen», wie Sir Henry fand. Sir Henry selbst erzählte *Die vier Verdächtigen*, einen internationalen Spionagefall, der seit Jahren bei verschiedenen Polizeibehörden ungeklärt in der Ablage ruhte. Über ihr Strickzeug gebeugt, berichtete Miss Marple, wie sie ganz allein in *Eine Weihnachtstragödie* einen Gattenmörder der Gerechtigkeit übergeben hatte. In *Das Todeskraut* erinnerte sich Mrs. Bantry an eine unangenehme Episode, bei der es um eine mögliche Vergiftung ging. Jane steuerte eine nicht sehr überzeugende

Geschichte bei – *Die seltsame Angelegenheit mit dem Bungalow* –, für die sie später unter vier Augen von Miss Marple einen guten Rat erhielt.

Außer der Befriedigung, alle diese Fälle gelöst zu haben, hatten diese Dinnerpartys auf «Gossington Hall» noch ein anderes erfreuliches Ergebnis für Miss Marple, nämlich die Freundschaft, die zwischen ihr und Dolly Bantry entstand. Ab jener Zeit sollten sie gute Freundinnen und Kampfgenossinnen sein.

Ein «Nachschlag» zu dieser Reihe von Kriminalgeschichten ist *Der Fall von St. Mary Mead*: Sir Henry Clithering, der wieder einmal bei den Bantrys wohnt, wird von Miss Marple angeheuert, um ihr beweisen zu helfen, daß sie mit ihrer Theorie über den Mord an der hübschen Rose Emmott, der Tochter des Wirts vom «Blue Boar», recht hat. Inzwischen ist Sir Henry von Miss Marples Unfehlbarkeit in allen kriminalistischen Angelegenheiten so überzeugt, daß er ziemlich unverschämt in die Untersuchungen der zuständigen Beamten – Inspektor Drewitt von der Grafschaftspolizei und Colonel Melchett, dem Polizeichef – eingreift, um ihre Sache zu vertreten. Es lohnt sich, Colonel Melchett, «einen kleinen Mann mit aggressivem militärischem Benehmen» im Auge zu behalten, weil er, wie Sir Henry Clithering, in einer Reihe von Miss Marples Fällen vorkommt.

Eine andere Tat Miss Marples, die in diese besonders angenehme Zeit der Ratespiele am Kamin fällt, ist die Hilfe, die sie Mr. Petherick in *Miss Marple erzählt eine Geschichte* angedeihen ließ. Wie wir uns erinnern, war Mr. Petherick St. Mary Meads schlauer und älterer Anwalt und Mitglied des Dienstagabend-Klubs. In dieser sehr gut gebauten kleinen Geschichte wird klar, daß Miss Marple inzwischen zu einer Art Beraterin avanciert ist, denn eines Abends taucht Mr. Petherick in ihrem Wohnzimmer mit einem scheinbar hoffnungslosen Fall auf. Es handelt sich um einen Klienten, der unter so dringendem Verdacht steht, seine Frau ermordet zu haben, daß selbst der bedeutende Anwalt, den man zu seiner Verteidigung engagiert hat, versagt und keine vernünftige Verteidigungsstrategie entwerfen kann. Miss Marple bittet Mr. Petherick, ihr die bekannten Tatsachen zu schildern, untersucht diese in all ihren Widersprüchlichkeiten, schließt, daß der Klient unschuldig ist, und macht dann lebhaft klar, wer es nicht ist.

Doch Mr. Petherick war nicht der einzige, der als Folge der Rätselspiele ihren Rat suchte. In *Ein seltsamer Scherz* macht Jane Helier, die schöne Schauspielerin, die eine von Mrs. Bantrys Dinnergästen gewesen war, Miss Marple mit zwei deprimierten jungen Leuten bekannt, denen ein boshafter Onkel ein Vermögen hinterlassen hat, das sie nicht finden können, obwohl sie schon fast seinen ganzen Garten umgegraben und sogar die Platten im Keller abgehoben haben. Miss Marple findet das Erbe, mit beträchtlichem sprachlichem Aufwand.

Um die glückliche Lösung dieses Puzzles zu feiern, wird Champagner getrunken, und dieses kleine Ereignis kennzeichnet auch das Ende von

Miss Marples Lehrzeit. Von nun an wird sie im allgemeinen in viel aufwendigere Fälle verwickelt, denen jeweils ein ganzes Buch gewidmet ist. Um diesen Übergang bewußt zu vollziehen, stelle ich mir vor, daß sie ihr Fichu und die fingerlosen schwarzen Spitzenhandschuhe sorgfältig wegpackt und eine Reihe von Sparmaßnahmen im Haushalt ergreift, um sich den Kauf eines wirklich guten Fernglases leisten zu können.

4

Die dreißiger Jahre

«Es gibt keinen Detektiv in England, der einer altjüngferlichen Lady unbestimmten Alters mit viel Zeit zur Verfügung gleichkommt.»

Pfarrer Leonard Clement in *Mord im Pfarrhaus*

«Es ist ziemlich schwierig festzustellen, wo man mit der Geschichte beginnen soll, aber ich habe mich entschieden und einen bestimmten Mittwoch mittag im Pfarrhaus gewählt.» So beginnt eine von Pfarrer Leonard Clement niedergeschriebene Erzählung über seltsame Ereignisse, die in einem denkwürdigen Hochsommer Ende der zwanziger Jahre in seiner Gemeinde geschahen.

Bei allen, die Miss Marple lieben, nimmt *Mord im Pfarrhaus* einen besonderen Platz ein. Nicht nur ist es der erste richtige Kriminalroman mit Miss Marple, sondern die Charaktere sind auch besonders liebenswert, der Aufbau der Geschichte besonders einfallsreich. Den Hintergrund bildet St. Mary Mead zu einer Zeit, wo es als Urbild eines Ortes, in dem sich jeder in die Angelegenheiten des anderen einmischt, auf dem Höhepunkt war – die Eifersüchteleien, die Empfindlichkeiten, das Kastensystem, das täuschend wohlanständige Bild eines langen Sommernachmittags mit Damen bei «Tee und Skandalen», den jungen Leuten bei ihren Tennispartys, den an den Hintertüren mit den Botenjungen flirtenden Dienstmädchen und einem zu Besuch weilenden gutaussehenden Künstler, der im Schuppen in des Pfarrers Garten Gott weiß was trieb.

Wer hätte sich bis zum unbeweinten Ende des Colonel Protheroe, von unbekannter Hand im Arbeitszimmer des Pfarrers getötet, vorstellen können, was für Morde, Ehebrüche, Diebstähle und Erpressungen dicht unter der gepflegten Oberfläche von St. Mary Mead schwelten? Und wer hätte sich vorstellen können, daß aus dem griechischen Chor der alten Dorfjungfern eine eher gebrechliche alte Dame hervortreten würde, die alle diese Verbrechen aufzudecken imstande war?

Mord im Pfarrhaus liefert uns auch eine Einführung in den Kreis, in dem Miss Marple damals verkehrte: Da sind ihre charmanten und unorganisierten Nachbarn, die Clements, und ihre altjüngferlichen Gefährtinnen, die fröhliche, draufgängerische Miss Hartnell und die schwärmerische, säuerliche Miss Wetherby, dazu ihr treuer Freund und Begleiter, Dr. Haydock. Der energische, arrogante Inspektor Slack tritt ebenfalls zum erstenmal auf und begeht den Irrtum, und das nicht zum letztenmal, Miss Marple ernsthaft zu unterschätzen. Dies tut anfangs auch der grimmige kleine Colonel Melchett, Polizeichef der Grafschaft Downshire, der auf der Szene in Unkenntnis des Umstandes erscheint, daß es Miss Marple war, die, unauffällig im Hintergrund bleibend, einen früheren Fall von ihm geklärt hatte, den *Fall von St. Mary Mead*. Wir begegnen auch wieder Miss Marples gönnerhaftem Neffen Raymond West, zu dessen Unterhaltung der Dienstagabend-Klub seine Mordfälle enträtselte.

Aber das Beste ist, daß wir in *Mord im Pfarrhaus* reichlich Anteil nehmen können an Miss Marples Leben und an jener Zeit, die von den beiden Weltkriegen etwa gleich weit entfernt war. Es gibt zarte Hinweise auf aufkommende Veränderungen. Besorgnis wird ausgedrückt über junge Mädchen, die kurze Badeanzüge tragen, über die Schwierigkeiten, gute Dienstboten zu finden, und über schwangere Damen, die Golf spielen, aber als erst einmal alle Verbrechen um Colonel Protheroes außergewöhnlichen Tod aufgeklärt worden sind, nimmt das Leben für eine altjüngferliche Dame in St. Mary Mead wieder seinen gewohnten friedlichen Gang.

Obwohl *Die Tote in der Bibliothek** 1942 veröffentlicht

* In *Mit offenen Karten*, einem Kriminalroman mit Hercule Poirot, zum erstenmal erschienen 1936, wird Mrs. Ariadne Oliver, eine von Agatha Christies weiteren Detektivfiguren, als Autorin des Buches *Die Tote in der Bibliothek* eingeführt. Offensichtlich konnte Agatha Christie sechs Jahre später nicht widerstehen, selbst ein Buch mit diesem Titel zu schreiben.

wurde, folgt dieser Kriminalroman, zeitlich gesehen, in Miss Marples Leben doch auf *Mord im Pfarrhaus.* Im letzten Kapitel des *Pfarrhauses* gesteht Griselda Clement ihrem Mann, daß sie ein Kind erwartet; in *Die Tote in der Bibliothek* lernt dieses Kind, über den Teppich vor dem Kamin zu kriechen, ein Hinweis darauf, daß etwa eineinhalb Jahre vergangen sind zwischen der Entdeckung der einen Leiche in des Pfarrers Arbeitszimmer und der anderen in Colonel Bantrys Bibliothek.

Wie G.C. Ramsey in *Agatha Christie, Mistress of Mystery* schreibt, hielt Agatha Christie das erste Kapitel von *Die Tote in der Bibliothek* für ihren besten Romananfang. Auf den ersten Seiten wird ein besonders hübsches Bild eines frühen Morgens in «Gossington Hall» gezeichnet.

«Das Rasseln der Vorhangringe hallt durchs Treppenhaus, als das Hausmädchen die Gardinen aufzieht, der Lärm des zweiten Hausmädchens mit Kehrichtschaufel und Besen draußen im Eingang ... das Rascheln eines Baumwollkleides, das leise Klirren von Porzellan, als das Tablett auf dem Tisch vor der Tür abgestellt wird, dann das vorsichtige Klopfen und das Hereinkommen von Mary, um die Vorhänge aufzuziehen.»

An dem Morgen, mit dem das Buch beginnt, hörte man «keine Vorhangringe rasseln. Durch das gedämpfte grüne Licht drang Marys Stimme, atemlos, hysterisch. ‹Oh, Ma'am, oh, Ma'am, in der Bibliothek liegt eine Leiche!›» Wieder hatte in St. Mary Mead ein Mörder zugeschlagen.

Zur Szene des Verbrechens eilen die inzwischen schon vertrauten Personen des Schauspiels: der grobe und «unvermeidliche» Inspektor Slack, der schlaue und aufbrausende Colonel Melchett, der schlichte, zuverlässige Dr. Haydock und, in inoffizieller Eigenschaft, Miss Marples alter Freund, Sir Henry Clithering.

Zu dieser Zeit ist bereits deutlich – sehr zu Inspektor Slacks Mißfallen –, daß Miss Marple so etwas wie eine anerkannte Kriminalistin geworden ist. Nach der peinlichen Entdeckung des Leichnams der erwürgten schönen, jungen Blondine im Arbeitszimmer ihres Mannes ist Miss Marple die erste Person, an die sich Dolly Bantry um Hilfe wendet. «Sie können Morde so gut aufklären», sagt sie voll Überzeugung zu Miss Marple, und Sir Henry äußert einem Freund gegenüber:

«Unten in der Halle, bei der dritten Säule links, sitzt eine alte Dame mit einem lieben, friedlichen, altjüngferlichen Gesicht und einem Verstand, der die Tiefen der menschlichen Schlechtigkeit ausgelotet hat, was sie dann im alltäglichen Leben verwertet. Ihr Name ist Miss Marple. Sie kommt aus St. Mary Mead, einem Ort, der etwa zwei Kilometer von ‹Gossington Hall› entfernt liegt; sie ist mit den Bantrys befreundet, und was Verbrechen angeht, ist sie Gott persönlich, Conway.»

Als nächstes erweitert ein Trio von drei Kurzgeschichten unser Wissen über Miss Marple. Obwohl *Die Stecknadel, Die Perle* und *Die Hausmeisterin* Anfang der vierziger Jahre veröffentlicht wurden, gehören sie eindeutig in die dreißiger, in jene fröhlichen Jahre mit Tee und Skandalen und aufregenden Konfrontationen mit Inspektor Slack.

«Ach, übrigens, haben Sie eigentlich mit Miss Marple gesprochen?» fragt Colonel Melchett in *Die Stecknadel* Inspektor Slack nach dessen selbstgefälligem Bericht, daß das neueste Verbrechen von St. Mary Mead – Mrs. Spenlow war in ihrem Wohnzimmer erwürgt worden – völlig geklärt sei. Mr. Spenlow sei der Täter.

«Was hat die denn damit zu tun, Sir?» wendet Slack ein.

«Ach, nichts», antwortet der Colonel vorsichtig. «Aber sie erfährt so manches, wissen Sie.»

Und so ist es auch. Sie stellt eine Falle – und klärt den Mord.

Die Perle ist kein Mordfall, aber nach Ansicht von Miss Marples Bekannten fast genauso schlimm. Dienstboten und ihre Unzulänglichkeiten sind in St. Mary Mead Hauptgesprächsthema, und so sehen es die Damen der Gemeinde mit beträchtlichem Mißvergnügen, daß eine Person in ihrer Mitte auftaucht, die ein wirklich perfektes Dienstmädchen sein soll – was Miss Marple selbstverständlich nicht glaubt, weil sie weiß, daß es so etwas nicht gibt. Das Verstreichen der Zeit wird durch den Hinweis auf den Verfall von «Old Hall» angedeutet – in *Mord im Pfarrhaus* einst das Haus der Protheroes –, das in vier Wohnungen aufgeteilt wird, und durch die Erwähnung des kleinen Sohns der Clements, der jetzt so alt ist, daß er Miss Marple mit klebrigen Süßigkeiten versorgt, durch die sie die Fingerabdrücke eines Verbrechers bekommt.

Die Kurzgeschichte *Die Hausmeisterin* ist ein Geschenk Dr. Haydocks an Miss Marple, eine seiner Lieblingspatientinnen. Einmal, als sie sich von einem besonders deprimierenden Fall von Grippe erholt und kein tatsächlicher Mord passiert ist, um sie abzulenken, macht er sich von seiner großen Praxis frei und schreibt ihr ein ungewöhnliches Rezept, eine Kriminalkurzgeschichte, die in St. Mary Mead spielt, mit nur leicht veränderten Akteuren. Miss Marple löst den Fall und fühlt sich im Handumdrehen besser.

Ein Buch, «das mir wirklich gut gefällt», merkt Agatha Christie in ihrer Autobiographie an, «ist *Die Schattenhand*. Es ist eine große Prüfung, das wiederzulesen, was man vor siebzehn oder achtzehn Jahren geschrieben hat. Man ändert seine Ansichten. Manche halten dem Lauf der Zeit nicht stand, andere schon.» *Die Schattenhand* erschien 1942, aber sie spielt Mitte der dreißiger Jahre.

«... aber sehen Sie, meine Liebe, die Dinge sind heutzutage so anders – die *Steuern*, natürlich, und dann meine Aktien und Anteile, so *gut angelegt*, habe ich immer geglaubt, und der Bankdirektor *selbst* hat mir sogar ein paar von ihnen empfohlen, aber sie bringen heute offensichtlich *nichts* mehr – *ausländisch*, natürlich! Und das macht alles so *schwierig*.»

So klagt Miss Emily Barton, eine reizende alte Dame, durch die schweren Zeiten gezwungen, ihr behagliches Haus an Fremde zu vermieten und in Räume zu ziehen, die ihr ehemaliges Dienstmädchen ihr zur Verfügung stellt.

Die Schattenhand spielt nicht in St. Mary Mead, sondern in Lymstock, einem ebenso pittoresken Ort. Jerry Burton, ein erfolgreicher junger Mann, der sich von einem Flugunfall erholen will, und seine Schwester Joanna, die «sehr hübsch und sehr fröhlich ist und Tanzen und Cocktails liebt», wollen dort ein paar geruhsame Monate ländlichen Friedens genießen. Die schlimmen Ereignisse, die dann folgen – obszöne Briefe, Selbstmord, Mord und eine allgemeine Terrorisierung von Lymstock –, bewegen Jerry, wie schon Pfarrer Leonard Clement vor ihm, alles niederzuschreiben.

In diese aufregende Geschichte und in den unsanft aufgeschreckten Ort – aber erst im letzten Viertel des Buchs – tritt eine täuschend milde und sich fast entschuldigende Miss Marple, herbeigerufen von ihrer alten Freundin, Mrs. Dane Calthrop, der schrecklichen Frau des Pfarrers von Lymstock. Scotland Yard möge ja gut und schön sein, vertraut Mrs. Dane Calthrop Jerry an, aber:

«*Diese* Art von Fachleuten meine ich nicht. Ich meine nicht jemanden, der etwas von anonymen Briefen oder sogar Mord versteht. Ich meine jemanden, der *die Menschen* kennt. Verstehen Sie? Wir brauchen jemanden, der viel von *Verrücktheit* versteht!»

Natürlich hatte sie recht, und sobald sich Miss Marple eingelebt und ihr eigenes Urteil über Lymstock gebildet hat, kommt ihr der richtige Verdacht, den sonst niemand gehabt hat, und sie löst den Fall sauber und ordentlich.

Ruhe unsanft wurde 1976 veröffentlicht, Agatha Christies Todesjahr, und fälschlicherweise als «Miss Marples letzter Fall» angekündigt. Tatsache ist, daß Agatha Christie *Ruhe unsanft* und *Vorhang*, einen Kriminalroman mit Hercule Poirot, in den ersten Kriegsjahren als extra Bücher schrieb. «Ich tat dies in der Befürchtung, daß ich bei Luftangriffen umkommen könnte, was durchaus möglich war, denn ich arbeitete in London», merkt sie mit fröhlich-gesundem Menschenverstand in ihrer Biographie an. Den Kriminalroman mit Miss Marple vermachte sie ihrem Mann, Max Mallowan, den mit Hercule Poirot ihrer Tochter Rosalind, und mehr als dreißig Jahre lang lagen die beiden Manuskripte in einem Banksafe, zweifellos eine beliebte Zielscheibe für Familienwitzeleien.

Vorhang ist tatsächlich Poirots letzter Fall. Er stirbt alt und gebrechlich, die berühmten grauen Zellen bis zum Ende intakt. Aber *Ruhe unsanft* und die Miss Marple, die darin auftritt, sind völlig anders. Es spielt in den späten dreißiger Jahren – der König jener Tage war einmal Prince of Wales gewesen, und Fotografien von Prinzessin Elizabeth und Prinzessin Margaret standen auf dem Kaminsims des Wohnzimmers –, und Miss Marple ist wirklich in Hochform, ihre einzige Andeutung über eine Krankheit ist Schwindel, sie legt sich nur damenhaft ins Bett, um

Dr. Haydock davon zu überzeugen, daß er sie zur Luftkur an die See schicken muß. Ihr Motiv dabei ist, einen Vorwand zu haben, um das stille Städtchen Dillmouth in Devon zu besuchen, wo Gwenda Reed, eine sehr verängstigte junge Freundin ihres Neffen Raymond, den Versuch machen will zu beweisen, daß in ihrem Haus vor achtzehn Jahren ein Mord geschah.

«Können Sie denn niemals einen Mordfall in Ruhe lassen, Frau?» will Dr. Haydock wissen. Er erhält dafür ein kleines, geziertes Lächeln, und schon fährt seine Patientin nach Dillmouth in eine Unterkunft, die ihr von Dolly Bantry empfohlen wurde.

Viel später, als der Fall sauber gelöst ist, entdeckt der mit seiner Klärung betraute Kriminalinspektor Primer Miss Marple.

«Entschuldigen Sie, Mrs. Reed. Jene Dame ist nicht zufällig eine gewisse Miss Jane Marple . . .?»

«Doch, das ist sie. Es ist schrecklich nett von ihr, daß sie uns im Garten hilft.»

«Miss Marple», sagte der Inspektor. «Jetzt verstehe ich.»

Und als Gwenda ihn fragend anblickt und meint: «Sie ist wirklich ganz reizend», antwortet er:

«Sie ist eine sehr berühmte Lady, ja, das ist Miss Marple. Hat die Polizeichefs von mindestens drei Grafschaften in der Tasche. Mein Chef ist noch nicht dabei, aber das kommt bestimmt noch.»

5

Nachkriegsereignisse

Die Bescheidenheit verbot es Miss Marple zu erwidern,
daß sie inzwischen mit Morden recht vertraut war.

Fata Morgana

Was geschah während des Zweiten Weltkriegs mit Miss Marple? Was immer auch ihre Aufgabe gewesen sein mag, wir können sicher sein, daß sie sie ausgezeichnet erfüllte. Manche von uns malen sich vielleicht aus, wie sie in ihrem Haus in St. Mary Mead unermüdlich strickte. Andere stellen sich lieber vor, daß England ihre Talente in angemessenerer und vernünftigerer Weise eingesetzt haben könnte. Möglicherweise waren die Kenntnisse der Sprache, die die deutsche Erzieherin sie in ihrer Jugend lehrte, doch nicht ganz verschwendet? Was auch passierte, wir wissen außer ein oder zwei wenig aufschlußreichen Hinweisen nichts über diese Jahre. Wir begegnen Miss Marple erst wieder in der Nachkriegszeit, etwa zehn Jahre nach *Ruhe unsanft*, in *Ein Mord wird angekündigt.* Wenn überhaupt verändert, wirkt sie irgendwie jünger als zuvor.

Ein Mord wird angekündigt, Agatha Christies fünfzigstes Werk, wurde 1950 veröffentlicht, aber wir können das Jahr, in dem der Kriminalroman spielt, exakt auf 1948 festlegen, dank eines Hinweises auf der ersten Seite über eine entscheidende Debatte in den Vereinten Nationen vom 29. Oktober jenes Jahres.

Soweit es allerdings den Ort Chipping Cleghorn betraf, war das wichtigste Ereignis dieses Tages das Erscheinen einer Anzeige in der *Gazette*, dem Lokalblatt. Sie lautete:

«Ein Mord wird angekündigt und am Freitag, dem 29. Oktober, um 18 Uhr 30 in ‹Little Paddocks› geschehen. Freunde, bitte, findet euch damit ab. Keine weiteren Mitteilungen.»

Es geschieht genau wie angekündigt. Um exakt halb sieben geht das Licht in Miss Letitia Blacklocks Wohnzimmer in «Little Paddocks» aus, wo eine Reihe neugieriger Besucher versammelt ist, die Tür kracht auf, Revolverschüsse sind zu hören, und als das Licht wieder angeht, fällt es auf einen unbekannten toten jungen Mann. Es folgt eine exzellente Geschichte um Erpressung und Mord.

In späteren Jahren sollte Miss Marple sich liebevoll an diesen Fall erinnern, weil sie dabei zum erstenmal Kriminalinspektor Craddock von Scotland

Yard begegnete, einem jungen Mann, der später ihr liebster Polizeibeamter und eine Art von Ehrenneffe wurde. Allerdings war es kein Zufall, daß sie Inspektor Craddock kennenlernte, denn er war Sir Henry Clitherings Patensohn. Sir Henry empfahl ihm die alte Dame aufs wärmste:

«Vergiß nicht, daß eine ältere, unverheiratete Frau, die strickt und Gartenarbeit liebt, jedem Kriminalsergeanten um viele Nasenlängen voraus ist. Sie kann dir erzählen, was geschehen sein könnte oder was geschehen hätte müssen oder was tatsächlich geschehen ist. Und sie kann dir sagen, warum es geschah!»

Obwohl anfangs skeptisch, sollte Inspektor Craddock zu einem von Miss Marples größten Bewunderern werden und sie begeistert ermutigen zu ihrem «Herumschnüffeln», wie er es nannte. Daß sie während der Untersuchung des «Little Paddocks»-Falles so schicksalhaft in Chipping Cleghorn herumschnüffeln konnte, verdankte sie einem ihrer interessantesten Verhaltensmuster: alte Freunde in einem hübschen kleinen Ort zu besuchen, wo gerade Morde geschehen. In diesem Fall wohnt Miss Marple bei der Tochter alter Freunde: bei Bunch Harmon, ihrem liebsten Patenkind, der fröhlichen jungen Frau des Pfarrers von Chipping Cleghorn.

In *Ein Mord wird angekündigt* wird viel über Sparmaßnahmen und Veränderungen gesprochen. Hinweise auf den vor ein paar Jahren zu Ende gegangenen Krieg erhält der Leser indirekt, zum Beispiel durch Klagen über die Rationierung («Ich weiß wirklich nicht, wie die Leute es heutzutage schaffen, ihre großen Hunde durchzufüttern – ich weiß es wirklich nicht») oder die Ölknappheit («Ich nehme an, es gab früher Haufen von Koks und Kohle für alle?» sagte Julia mit der Faszination eines Menschen, der von einem unbekannten Land hört). Und natürlich durch Bemerkungen zum Personalproblem («Wenn man heute nicht eine alte Nanny in der Familie hat, die in die Küche geht und alles macht, ist man einfach verloren»). Selbst Miss Marple, die gewöhnlich Veränderungen so philosophisch hinnimmt, drückt Inspektor Craddock gegenüber ihre Besorgnis aus:

«Alle Orte, das kleinste Dorf, sind voll von Leuten, die einfach erscheinen und sich niederlassen, ohne eine Beziehung zu der Gegend zu haben, die sie veranlaßt hätte, gerade dort zu leben. Die großen Häuser sind verkauft, die kleinen verändert und in Wohnungen umgewandelt worden. Die Leute kommen einfach – und man weiß von ihnen nur, was sie selbst einem erzählen ... aber kein Mensch *weiß* mehr, wer wer ist.»

Zum Glück für Miss Marple, inzwischen Agatha Christies eingestandenermaßen liebste Detektivfigur, sollten sich die nächsten zehn Jahre, die fünfziger Jahre, als eine großartige Zeit erweisen, um ihr unvergleichliches Talent, herauszufinden, wer die Leute wirklich sind, unter Beweis zu stellen.

«Hast du gesehen, meine Liebe, was Christian Dior uns für Röcke tragen lassen möchte?» sagt die bezaubernde, alterslose Ruth van Rydock im ersten Kapitel von *Fata Morgana*, erschienen 1952, zu ihrer guten alten Schulfreundin. Aber die alte Schulfreundin Jane Marple, die «ziemlich unelegantes Schwarz trug, eine große Einkaufstasche dabei hatte und jeder Zoll wie eine Lady aussah», war kaum aus St. Mary Mead in die teure Hotelsuite ihrer Freundin gekommen, um sich über Mode zu unterhalten. Mrs. van Rydock hatte etwas ganz anderes auf dem Herzen als Dior. Sie schlug nämlich vor, daß Miss Marple aufs Land fahren sollte zu ihrer Schwester Carrie Louise, die sich auf eine dritte, besonders verrückte Ehe mit einem Philantropen eingelassen hatte, der eine große Einrichtung zur Rehabilitierung jugendlicher Krimineller leitete («Jugendkriminalität – das ist heute schon eine Manie»). Irgendwie beunruhigte Mrs. van Rydock die ganze Atmosphäre dieses seltsamen, verwirrenden Ortes. Aber wie Nachforschungen anstellen?

> Mrs. van Rydock schwieg, betrachtete Miss Marple etwas unbehaglich, zündete sich eine Zigarette an und stürzte sich ziemlich nervös in Erklärungen.
>
> «Du wirst sicherlich zugeben, daß die Dinge seit dem Krieg in diesem Land für Leute mit kleinem Einkommen schwierig geworden sind – ich meine, für Leute wie dich, Jane.»
>
> «Ja, das stimmt, so ist es. Wenn mein Neffe Raymond nicht wäre, der wirklich großzügig ist mir gegenüber, ich weiß wirklich nicht, wo ich heute wäre.»
>
> «Lassen wir deinen Neffen ... wie ich schon zu

Carrie Louise sagte, es ist wirklich zu schlimm mit der lieben Jane. Manchmal schon kaum genug zu essen und natürlich viel zu stolz, um sich an alte Freunde um Hilfe zu wenden. Wir können ihr nicht vorschlagen, sagte ich, Geld zu nehmen – aber eine schöne lange Erholung in hübscher Umgebung, bei alten Freunden, mit viel nahrhaftem Essen und keine Sorgen und Probleme –», Ruth van Rydock schwieg und fügte dann herausfordernd hinzu: «Na, los doch, sei wütend auf mich, wenn du möchtest.»

Miss Marple riß leicht erstaunt ihre porzellanblauen Augen auf.

«Warum sollte ich wütend auf dich sein, Ruth? Eine sehr geschickte und plausible Erklärung für mein Erscheinen.»

Es war die Reaktion eines echten Profis.

Das Geheimnis der Goldmine, erschienen 1953, ist ein ausgezeichnetes Beispiel für das, was man einen Miss-Marple-Strick-Krimi nennen konnte, in dem sie in einer beruhigenden Atmosphäre von klickenden Stricknadeln und weichen Babysachen denkt und zuhört, andere Leute reden und – durchaus wörtlich gemeint – sich aufhängen läßt. Er ist auch ein gutes Beispiel für einen Miss-Marple-als-Rächerin-Krimi, denn sie will den Mörder entlarven, weil er ihr persönlicher Feind ist – in diesem Fall der gemeine Mörder eines rührenden und ziemlich dummen Dienstmädchens, Gladys Martin, einer Waise aus St. Mary Mead, die Miss Marple selbst angelernt hatte.

Um Gladys zu rächen, packt Miss Marple von einem Augenblick zum anderen ihren alten, aber soliden Koffer und fährt, ihrem derzeitigen Mädchen Kitty den Frühjahrsputz allein überlassend, nach «Yewtree Lodge», einem pompösen und geschmacklosen Haus in der Umgebung von London, Ort von Gladys' Ermordung. Die Schnelligkeit, mit der sich diese ältere Dame mit Strickzeug und allem in diesen völlig fremden Haushalt integriert und das Vertrauen der Polizei gewinnt, ist schon an sich eine Glanzleistung, obwohl man zugeben muß, daß ihr Ruf ihr in gewisser Weise vorausgeeilt war. Sagt Inspektor Neele, der die Untersuchung leitet:

«Ich muß zugeben, Miss Marple, daß ich im Yard schon von Ihnen gehört habe.» Er lächelte. «Offenbar sind Sie dort ziemlich gut bekannt.»

«Ich weiß nicht, wie es kommt», erwiderte Miss Marple zusammenhanglos, «aber so oft scheine ich in Dinge verwickelt zu werden, die mich wirklich überhaupt nichts angehen. Ich meine Verbrechen und seltsame Ereignisse.» Trotz ihrer scheinbaren Sprunghaftigkeit und Zerstreutheit geht Miss Marple mit der Zeit. Vielleicht ist sie dank der Gespräche mit Ruth van Rydock im Jahr zuvor in *Das Geheimnis der Goldmine* darauf vorbereitet, sich höflich über die neuen Röcke zu unterhalten, die man jetzt in Paris trägt, und es mit einer Gesellschaft aufzunehmen, in der man über fliegende Untertassen, Wahrheitsdrogen, Atombomben und die Gefahren von Flugreisen plaudert. In dieser komplizierten Geschichte, die auf einem alten Kinderreim basiert, scheint sie tatsächlich in besonders guter Form zu sein, mit, falls das überhaupt möglich ist, noch glänzenderen Fähigkeiten als sonst. Auf «Yewtree Hall» braucht sie die auch, denn sie und Inspektor Neele haben es mit einem ausgesprochen rücksichtslosen, verschlagenen Gegner zu tun. Nach der Lösung des Falles, als alles geklärt ist, erfaßt sie verständlicherweise ein Gefühl des Triumphs: «Jenes Triumphs, den etwa ein Fachmann empfindet, der mit einem Kieferknochenrest und ein paar Zähnen ein ganzes ausgestorbenes Tier erfolgreich rekonstruiert.»

Als nächstes folgen zwei Kurzgeschichten, *Das Asyl* und *Greenshaws Monstrum*. *Das Asyl* spielt in Chipping Cleghorn, das fünf Jahre zuvor auch den Hintergrund für *Ein Mord wird angekündigt* abgab. Die besonders reizende Bunch Harmon, Miss Marples Patenkind, findet auf der Chortreppe der Dorfkirche jemanden, der scheinbar Selbstmord begangen hat und im Sterben liegt. Das Mißtrauen, das die ganze Tragödie in ihr weckt, veranlaßt sie, sich mit «Tante Jane» zu beraten, die gerade zwei Wochen in London verbringt. Unter Miss Marples Anleitung («Hättest du es eigentlich gemerkt, liebe Bunch, wenn dir heute auf deiner Fahrt nach London jemand gefolgt wäre?») und mit Hilfe ihres alten Freundes, Inspektor Craddock, wird eine sehr kühne Falle gestellt, um zwei Mörder zu fangen.

Der Mord in *Greenshaws Monstrum* ist ein richtiger Zaubertrick – mal sieht man ihn, mal sieht man ihn nicht. Einer der Hauptdarsteller ist Raymond West,

Miss Marples Neffe, «der jetzt, wo er auf die mittleren Jahre zugeht, etwas milder wird». Die Zeit hat ihn eine respektvollere Haltung gegenüber den ungewöhnlichen Talenten seiner Tante gelehrt. «Wenn Sie sich über das Thema Mord unterhalten wollen», sagt er würdevoll, «müssen Sie mit meiner Tante Jane sprechen.»

Ungefähr 1955 bekam Miss Marple eine Lungenentzündung und wurde von der unvergleichlichen Lucy Eyelesbarrow gesund gepflegt, einer sehr gesuchten und teuren Krankenschwester und Haushälterin, die Raymond West für seine Tante engagiert hatte. Obwohl wieder genesen, sieht die Miss Marple in *16 Uhr 50 ab Paddington,* erschienen 1957, nicht nur gebrechlich aus – sie *ist* gebrechlich. Zum Nachteil für ihren Garten, hat Dr. Haydock ihr verboten, sich zu bücken oder hinzuknien. Sie wird etwas taub und, was das schlimmste ist, sie fühlt sich selbst alt und müde. Aber wer kann sich dem Sog der einleitenden Szene von *16 Uhr 50 ab Paddington* entziehen, in der Mrs. Elspeth McGillicuddy an einem späten Nachmittag im Dezember von London zu Miss Marple reist, um ein paar Tage bei ihrer alten Freundin zu verbringen, und während der Fahrt einen flüchtigen Blick auf einen großen dunklen Mann erhascht, der im Erster-Klasse-Abteil eines kurze Zeit parallel fahrenden Zuges eine Frau erwürgt! «Ich bin zu alt für ein neues Abenteuer», sagt Miss Marple zu sich, als vorsichtige Erkundigungen bei der Polizei nichts ergeben haben und Mrs. McGillicuddy nach Ceylon abgereist ist, aber ein rosiger Schimmer überzieht ihr Gesicht, und sie beginnt, ihre Kräfte in Schlachtordnung zu bringen. Ehe sie noch wissen, wie ihnen geschieht, sind der junge Leonard Clement (der gut Landkarten lesen kann), ihr Großneffe David West (der sich mit Zügen auskennt), ihr altes Dienstmädchen, die treue Florence, und ihr lieber Freund, Inspektor Craddock von Scotland Yard alle dienstverpflichtet. Schließlich, wie Miss Marple klarmacht, hat «jemand ein sehr erfolgreiches Verbrechen begangen».

Es ist die ganze Mühe wert. *16 Uhr 50 ab Paddington* ist verdientermaßen Miss Marples – und Agatha Christies – größter Erfolg. In *Agatha Christie, First Lady of Crime* berichtet die Autorin Emma Lathen, daß in Maine (oder anderswo) jährlich fünftausend Morgen Wald abgeholzt werden müssen, damit das Buch in den Vereinigten Staaten immer erhältlich ist. Wenn Miss Marple das gewußt hätte, wäre sie entsetzt gewesen – vielleicht so entsetzt wie über ein anderes Ereignis jener Zeit: «Es tut mir wirklich sehr, sehr leid», sagt sie, als dieser Fall abgeschlossen ist, und sieht so erzürnt aus, wie eine rosige alte Dame nur aussehen kann, «daß man die Todesstrafe abgeschafft hat.»

6

Die vier letzten Fälle

«Ich habe immer ein kleines Notizbuch dabei
und einen Biro-Kugelschreiber.»

Miss Marple in *Das Schicksal in Person*

Zwar kann man Miss Marples Gesundheit die ganzen sechziger Jahre hindurch und auch in den siebziger Jahren als nur mäßig gut bezeichnen, aber ihre herrliche Neugier hilft ihr durch vier weitere knifflige Fälle: *Mord im Spiegel, Karibische Affäre, Bertrams Hotel* und *Das Schicksal in Person*. Obwohl uns diese vier Bücher viel über die Schwierigkeiten und die Frustrationen des Alters verraten, hindert ihre zunehmende Gebrechlichkeit Miss Marple nicht daran, sich gut zu unterhalten. In drei der vier Kriminalromane erfahren wir, daß sie nicht zu Hause, sondern in Ferien ist, und im letzten, *Das Schicksal in Person*, bringen ihr ihre Bemühungen und ihre Intelligenz ein hübsches Honorar ein (was auch Zeit wird). Was ihr Alter angeht – wer kann Genaues sagen? Vielleicht kommt Lady Selina Hazy, «fünfundsechzig, aus Leicestershire» in *Bertrams Hotel* der Wahrheit am nächsten, als sie selbstgefällig bemerkt:

«Na, so etwas, ich glaube wirklich, das ist die alte Jane Marple. Dachte, sie sei schon seit Jahren tot. Sieht aus wie hundert.»

*Mord im Spiegel**, erschienen 1963, ist ein St.-Mary-Mead-Krimi, in dem viel Zeit darauf verwendet wird, die in den letzten Jahren auf Miss Marples eigenem Territorium geschehenen beunruhigenden Veränderungen zu demonstrieren. Leider kein Tee mit Skandalen mehr – Miss Wetherby ist gestorben, und Griselda und ihr Pfarrer sind weggezogen. Schade auch um den Garten – er mußte einem Gelegenheitsgärtner überlassen werden, der die Gartenwicken und Rosen zugunsten von Astern und Salbei vernachlässigt. Auch mit dem Stricken läuft es nicht mehr so – man läßt Maschen fallen. Schade auch um das Fernglas – es mußte weggepackt werden. Und schade um die grünen Nachbarwiesen von früher – eine aufdringliche Neubausiedlung breitet sich jetzt dort aus. («Warum sie die Häuser alle ‹Close› nennen, ist mir ein Rätsel. ‹Aubrey Close› und ‹Longwood Close› und ‹Grandison Close› und all die andern. Dabei haben sie gar keinen Hof mit einer Mauer drum.») Schade auch um die treue Florence

* Auch unter dem Titel *Dummheit ist gefährlich* erschienen.

und die anderen netten kleinen Dienstmädchen von früher – an ihre Stelle ist jetzt die irritierende und schrecklich fröhliche Miss Knight getreten, Haushälterin und Gesellschafterin zugleich, die der gute Raymond engagiert hat («Und wie würde uns eine hübsche Tasse Ovaltine gefallen? Oder zur Abwechslung mal Horlicks?»). Wenn man dazu noch Phänomene wie Fernsehen, Tranquilizers und Halbstarke nimmt, ist das beinahe des Guten zuviel. Und so begegnen wir im ersten Kapitel von *Mord im Spiegel* tatsächlich einer Miss Marple, die ziemlich deprimiert ist.

Doch lesen Sie weiter, und entdecken Sie, daß Colonel Bantry zwar gestorben ist, Dolly Bantry aber in der hübsch renovierten «East Lodge» von «Gossington Hall» ihr Leben in vollen Zügen genießt. Sie erfahren, daß «Gossington Hall» selbst nun einer berühmten amerikanischen Filmschauspielerin namens Marina Gregg gehört und die Gesichter von Filmstars, die man früher nur beim Friseur in einer Illustrierten betrachten konnte, jetzt täglich in St. Mary Mead zu sehen sind. Sie erleben, wie Dr. Haydock, mittlerweile auch schon ziemlich alt, Miss Marples Sherry schlürft und ihr, wie immer, den vernünftigsten aller medizinischen Ratschläge erteilt: «Was ich Ihnen verschreiben würde, wäre ein schöner saftiger Mord.» Die Morde sind dann so sensationell, daß sie sogar Miss Marples geliebten Inspektor Craddock, jetzt Chefinspektor Craddock, von Scotland Yard herlocken. Und lesen Sie, wie Miss Marple natürlich wieder triumphiert und mit dem ehrwürdigen Unternehmen Inch nach «Gossington Hall» fährt, um ihren erstaunlichen Urteilsspruch abzugeben, wer wen und warum ermordete.

«Ich komme besser mit, meine Liebe», sagte Miss Knight. «Es dauert keine Minute. Ich muß nur in meine Straßenschuhe schlüpfen.»

«Nein, vielen Dank», antwortete Miss Marple bestimmt. «Ich gehe allein hin. Fahren Sie los, Inch!»

Im Winter nach *Mord im Spiegel* hat Miss Marple erneut eine schlimme Lungenentzündung, und wieder tritt Raymond West in Aktion. Zu Miss Marples – und unserem – großen Erstaunen treffen wir sie als nächstes, wie sie nicht etwa die ärgerlichen Fernsehantennen der Siedlung betrachtet, sondern das tiefblaue Wasser des karibischen Meeres. Papayas, frische Limonen und Eisbecher mit Passionsfrüchten sind ihre tägliche Kost. Sie macht in Westindien Ferien. Selbstverständlich ist sie nicht undankbar, aber Vergleiche sind unvermeidlich:

«Schön und warm, ja – und *so* gut für ihr Rheuma – und schöne Landschaft, wenn auch vielleicht – ein wenig eintönig? So *viele* Palmen. Alles ist jeden Tag das gleiche – nie *passiert* etwas. Nicht so wie in St. Mary Mead, wo immer irgend etwas los war.»

Doch wie es sich für eine ordentliche Touristeninsel gehört, bietet St. Honoré zuvorkommend eine angemessene Unterhaltung: einen Satz durch und durch englischer Morde. So entsteht *Karibische Affäre,* erschienen 1964.

Es ist eine große Freude zu entdecken, daß sich Miss Marple in *Karibische Affäre* verhältnismäßig wohl fühlt, trotz der gerade überstandenen Lungenentzündung. Vielleicht ist dies einem exotischen Schuß von Vitamin C in der Papaya zuzuschreiben – jedenfalls werden in diesem Buch Dinge wie nachlassende Sehschärfe und fallende Maschen nicht erwähnt. Sie mag ja die Hotelgartenwege etwas langsam nehmen und bei den leidenschaftlichen Ausbrüchen der Steelband einnicken, doch es ist eine sehr muntere Miss Marple, die auf bestrumpften Füßen «mit der ganzen Vorsicht eines Großwildjägers» einem Verdächtigen nachschleicht und in das Hotelzimmer eines schlafenden Mannes eindringt, um ihn heftig wachzurütteln.

In diesem Buch gewinnt Miss Marple einen wichtigen neuen Bewunderer und Verbündeten: Jason Rafiel. Auf den ersten Blick wirkt er nicht so, als könnte er sich als würdiger Nachfolger von Sir Henry Clithering und Chefinspektor Craddock qualifizieren («Hauptsächlich wußte man von Mr. Rafiel, daß er unglaublich reich war. Er kam jedes Jahr nach Westindien, er war halb gelähmt und sah aus wie ein faltiger alter Raubvogel»), doch ohne ihn hätte Miss Marple die Morde in *Karibische Affäre* nie geklärt. Jahre später sollte er auf eine höchst erstaunliche Weise noch einmal in ihr Leben treten.

Im folgenden Jahr spendierte der äußerst großzügige Raymond seiner Tante wieder einen denkwürdigen Urlaub, einen Aufenthalt von vierzehn Tagen in Londons berühmtem alten «Bertram's Hotel»:

«Würdevoll, unaufdringlich und unauffällig teuer ... über viele Jahre hin frequentiert von den höheren Rängen des Klerus, aristokratischen Witwen vom Land und Mädchen, aus teuren Pensionaten unterwegs nach Hause in die Ferien (‹So wenig Möglichkeiten, wo ein Mädchen in London allein absteigen kann, aber im ‹Bertram's› ist natürlich alles *völlig* in Ordnung. Wir haben dort jahrelang gewohnt.›).»

Miss Marple hatte dort selbst als vierzehnjähriges Mädchen gewohnt und diese Tage niemals vergessen, was *Bertram's Hotel,* erschienen 1965, vom biographischen Blickwinkel aus besonders interessant macht, weil sie sich hier viel an die Vergangenheit erinnert und eine Reihe kleiner Ausflüge zu Orten unternimmt, die sie als Mädchen kannte. Diese Nostalgie wird noch verstärkt durch die makellose alte Schule von «Bertram's», das erstaunlich unverändert geblieben ist, außer daß man diskret eine Zentralheizung und moderne sanitäre Anlagen eingebaut hat. Es ist fast zu schön, um wahr zu sein, denkt Miss Marple, in ihrem hübschen Zimmer im Bett sitzend und ein gemütliches Frühstück aus Tee, pochierten Eiern und Brötchen zu sich nehmend. «Das Zimmermädchen war so tüchtig, daß es Frühstücksflocken oder Orangensaft nicht einmal erwähnte.»

Miss Marple hat recht. Es ist tatsächlich alles zu schön, um wahr zu sein, und es ist wirklich äußerst beunruhigend, daß sich Domherr Pennyfather, ein anderer Gast, ausgerechnet in derselben Nacht in Luft auflöst, als die irische Post überfallen wird. Scotland Yard vermutet Zusammenhänge und fällt ins «Bertram's» ein.

Miss Marples letzter Fall *Das Schicksal in Person,* erschienen 1971, ist ganz gewiß das makaberste und düsterste ihrer Abenteuer. Und trotzdem wird es erzählt in einem Ton der Losgelöstheit und Sorglosigkeit, wie ihn vielleicht nur ganz alte Menschen beherrschen – was nicht erstaunlich ist, wenn man bedenkt, daß Agatha Christie selbst in ihrem achtzigsten Jahr war, als sie das Werk schrieb. In diesem Buch beendet Miss Marple ihr offizielles Leben als Detektivin äußerst stilvoll und voller Freude auf das, was die Zukunft ihr bringen wird.

Im einleitenden Kapitel von *Das Schicksal in Person* erhält Miss Marple – sie lebt noch immer in St. Mary Mead und strickt sich mit unsicherer Nadel durch die Tage – von der Kanzlei Broadribb und Schuster, Anwälte und Notare, einen Brief, der sie einlädt, nach London zu kommen, um eine Sache zu besprechen, die zu ihrem Vorteil sein könnte. Am vereinbarten Tag wird ihr in Form des Testaments eines kürzlich verstorbenen Klienten der Kanzlei – es ist ihr alter Verbündeter Jason Rafiel – ein erstaunlicher Vorschlag gemacht. Für die Summe von zwanzigtausend Pfund soll sie Nachforschungen über ein nicht näher bezeichnetes Verbrechen anstellen. Man legt ihr einen Brief von Mr. Rafiel vor:

«Sie, meine Liebe, wenn ich Sie so nennen darf, haben einen natürlichen Spürsinn für Gerechtigkeit, und das hat dazu geführt, daß Sie auch einen natürlichen Spürsinn für Verbrechen haben. Ich möchte, daß Sie ein bestimmtes Verbrechen für mich untersuchen. Ich habe eine gewisse Summe für Sie hinterlegt, die, falls Sie meiner Bitte entsprechen und als Ergebnis Ihrer Nachforschungen das Verbrechen ordnungsgemäß aufgeklärt ist, uneingeschränkt Ihnen gehören wird. Ich habe ein Jahr für die Erfüllung dieser Aufgabe veranschlagt.«

Miss Marple ist einverstanden. »Sie wird's also machen?« meint Mr. Schuster später zu Mr. Broadribb und stößt einen bewundernden Pfiff aus. «Sportliches altes Haus!» Bald darauf erhält sie von einer Londoner Reiseagentur die Unterlagen zu einer zwei- bis dreiwöchigen Busreise, die Mr. Rafiel noch vor seinem Tod für sie gebucht hat. «Sie sind ein wenig zu alt, um so was zu machen», protestierte ihre fröhliche junge Haushälterin Cherry Baker, aber Miss Marple packt ihre Taschen und bricht zu ihrem Unternehmen auf, bewaffnet mit Reiseführern, Fahrplänen und einer Liste der Mitreisenden.

Sicherlich hat es selten eine so ereignisreiche Fahrt gegeben, wie sie die Teilnehmer der Tour 37, «Berühmte Häuser und Gärten in Großbritannien», nun erleben, vor allem die Reisende Nummer 19, die nicht nur die Instruktionen des Reiseleiters zu befolgen hat, sondern auch jene Mr. Rafiels, die in regelmäßigen Abständen über das Grab hinaus geliefert werden. Unterwegs begegnet man Mord, Selbstmord, den Enthüllungen einer großen Tragödie und sogar einem Anschlag auf Miss Marples Leben, doch am Ende triumphiert die Gerechtigkeit, genau wie Jason Rafiel es voraussah, als er Miss Marple als Nemesis engagierte.

Das glückliche Ende – Miss Marple erklärt ihre

Schlußfolgerungen einem wirklich sehr alten Publikum – ist beeindruckend. Doch noch größeres Vergnügen macht, mitzuerleben wie Miss Marple ihre zwanzigtausend Pfund abholt, Visionen ihrer Lieblingsgerichte, ein ganzes Rebhuhn für sich allein, *marrons glacés,* einen Besuch des Opernballs vor Augen. Fragt Mr. Broadribb:

> «Sie haben ein Sparkonto, nehme ich an. Wir werden es auf Ihr Sparkonto überweisen!»
> «Auf keinen Fall», erwiderte Miss Marple. «Überweisen Sie das Geld auf mein Girokonto . . .»
> . . . Mr. Schuster, ein Mann, der mehr Phantasie besaß als Mr. Broadribb, sah sie im Geist, wie sie als junges, hübsches Mädchen auf einer ländlichen Gartenparty dem Vikar die Hand gab.

7

Die eigentliche Miss Marple

So reizend, so unschuldig, eine so verhuschte
rosige und weiße alte Dame.

Das Geheimnis der Goldmine

Wie sah Miss Marple aus? Was für eine Art Mensch war sie? Was tat sie, was sagte sie?

Zunächst einmal war sie nicht die unter dem Namen Marple chargierende resolute Person im Tweedkostüm oder die fröhliche Ahnungslose, wie viele von uns sie in Filmen und auf der Bühne gesehen haben. Einige ihrer besten Freunde waren so, aber nicht Miss Marple selbst. Gleichzeitig muß man jedoch zugeben, daß sie so etwas wie ein Chamäleon war – und eine Schauspielerin. Wenn es angebracht und vorteilhaft schien, zu zittern und aufgeregt herumzuflattern, war sie unübertrefflich. Wenn die Situation nach einer trostspendenden Vertrauten verlangte, war keiner sanfter und diskreter als sie.

Es scheint ein wenig Verwirrung über ihr Aussehen gegeben zu haben, vor allem während der ersten Zeit, obwohl sie immer eine ältere Dame war. Wie wir gesehen haben, entwickelte sich die alte viktorianische Lady aus den Tagen des Dienstagabend-Klubs, die mit langem schwarzem Kleid, Spitzenhandschuhe an den Händen und eine Spitzenhaube auf dem hochgetürmten weißen Haar beim Kamin saß, zu einer zeitgemäßeren und irgendwie jüngeren Miss Marple von etwa sechzig, die dann im Laufe der nächsten etwa vierzig Jahre ein Alter von ungefähr achtzig erreichte. Diese Miss Marple ist uns am vertrautesten, und während dieser langen Zeitspanne ihres Lebens werden zwei Adjektive am häufigsten benutzt, um sie zu beschreiben: zart und verhuscht. Hier zwei typische Beispiele:

«Sie hatte sich einen sehr schönen Schal aus Shetlandwolle über Kopf und Schultern geworfen und sah ziemlich alt und zart aus. Sie kam herein und machte viele kleine aufgeregte Bemerkungen» (*Mord im Pfarrhaus,* 1930).

«Wie es ihre Gewohnheit war, saß sie sehr aufrecht. Sie trug ein leichtes Tweedkostüm, eine Perlenkette und ein kleines Samtbarett. Die sprichwörtliche Lady aus der Provinz, dachte Mr. Broadribb bei sich. Guter Typ. Verhuschte alte Dame. Vielleicht ein bißchen verrückt, vielleicht auch nicht ... Könnte die Tante von irgend jemandem sein, vom Land» (*Das Schicksal in Person,* 1971).

Ihr Haar wurde gewöhnlich als weiß beschrieben, gelegentlich als grau, ihr Gesicht als rosig und runzlig, ihre Zähne als damenhaft. Sie war groß und dünn und besaß sehr hübsche porzellanblaue Augen, die je nach Standpunkt des Betrachters unschuldig oder schlau blicken konnten. Der allgemeine Eindruck von ihr wurde meistens als reizend umschrieben, «den Kopf ein wenig auf die Seite gelegt, sah sie aus wie ein liebenswürdiger Kakadu», doch das konnte sich ändern, wenn sie einem Übeltäter auf der Spur war. In *Ein Mord wird angekündigt* bemerkt Inspektor Craddock «den grimmigen Ausdruck ihres Mundes und das strenge frostige Licht in den gewöhnlich so sanften blauen Augen».

Ihre Kleidung war damenhaft und nachlässig. Gelegentlich wird grauer Krepp oder graue Spitze für den Abend erwähnt, doch meistens wird sie – wie ihr Strickzeug – als weich und fließend beschrieben. Bei einem typischen Spaziergang in Dillmouth auf der Esplanade war sie «schön eingepackt in einen dicken, weichfließenden Mantel und eingewickelt in Schals». Zu Hause in St. Mary Mead trug sie zum Einkaufen kräftige Laufschuhe, doch für ihre Ferien in der Karibik erwarb sie hübsche Sandalen und ein Paar Turnschuhe, «vielleicht nicht sehr elegant, aber für dieses Klima äußerst passend und bequem. Die Füße haben Platz.» Zu Hause trug sie zum Einkaufen außerdem gern Hut und Handschuhe, nahm einen Schirm mit (für alle Fälle) und hatte einen bunten Einkaufskorb ausländischer Herkunft und eine Handtasche dabei. In der Handtasche konnte man «ein Taschentuch, ein Notizbuch, eine altmodische Geldbörse, zwei Shilling, drei Penny und ein gestreiftes Pfefferminzbonbon» finden. Als einziger Schmuck werden eine Perlenkette und «eine blaßblaue Emailleuhr, die sie, an die eine Seite ihres Kleides gesteckt, trug», erwähnt.

Wenn man über einen alten Menschen spricht – einen immer alten Menschen – wie Miss Marple, kommt man zwangsläufig auf das Thema Gesundheit. «Wie geht es Ihnen heute, Miss Marple?» muß eine Frage gewesen sein, die im Laufe ihrer langen Karriere Tausende von Malen gestellt wurde, und jemand, der diesen Gesprächsgegenstand wirklich weiterverfolgte, hätte zuallererst etwas über ihr Rheuma erfahren. Ihr «Knie war immer dabei, wie sie das bei sich nannte»; und auch ihre steifen Finger, die sie manchmal beim Stricken beeinträchtigten; und ihr steifer Hals, der es ihr schwermachte, über die Schulter zu blicken (was in *Karibische Affäre* die Demaskierung des Mörders beträchtlich verzögerte). Von Zeit zu Zeit versuchte sie, etwas gegen diese Schmerzen und Gebrechen zu unternehmen und besuchte einen Badekurort wie in *Eine Weihnachtstragödie* und *Ein Mord wird angekündigt* («Scheußliche Orte – absolut grauenhaft!» fand Colonel Bantry. «Muß früh aufstehen und faulig schmeckendes Wasser trinken.») Im allgemeinen jedoch fand sie sich würdevoll mit allen Beschwerden ab, außer wenn es um die Gartenarbeit ging. Dr. Haydocks Anordnung in späteren Jahren, «sich nicht zu bücken, nicht umzugraben, nichts einzupflanzen – höchstens einmal ein welkes Blatt entfernen», wurde mit dem größten Widerstreben befolgt.

Sie war auch anfällig für Bronchitis oder Lungenentzündung, was stets zwei Dinge zur Folge hatte: das freundliche Eingreifen ihres Neffen Raymond mit dem Angebot, eine Haushälterin zu engagieren oder Ferien zu machen, und das kurz darauf folgende erste Kapitel eines vielversprechenden neuen Mordes. Letzteres war für Miss Marpel immer die beste Medizin.

Ihr Sehvermögen ist mal besser, mal schlechter. Zum erstenmal erwähnt wird es in *Der Daumenabdruck des heiligen Petrus* und führt dazu, daß sie einen Mordfall klärt.

«Natürlich verstehe ich nichts von Medizin», erklärte Miss Marple, «aber ich wußte zufällig, daß mir der Arzt Atropinsulphattropfen verschrieben hatte, als meine Sehkraft nachließ. Ich ging direkt zum Zimmer des alten Mr. Denman hinauf. Ich redete nicht lange um den heißen Brei herum. ‹Mr. Denman›, sagte ich, ‹ich weiß alles ...›»

Dennoch wird uns viele Jahre später in *Fata Morgana* berichtet, daß «ihre Sicht in die Ferne gut war (wie viele ihrer Nachbarn in St. Mary Mead am eigenen Leib erfahren hatten)», aber in *Mord im Spiegel* heißt es zehn Jahre später, daß «sogar ihre neue Brille offenbar nicht viel nützte» – dem luxuriösen Warteraum und den hohen Rechnungen des Augenarztes zum Trotz. Sie war gezwungen, ein Vergrößerungsglas zu Hilfe zu nehmen, um den kleinen Druck der Filmillustrierten zu entziffern, während sie im

Mordfall von «Gossington Hall» Hintergrundinformationen sammelte. Doch schon bei ihrem nächsten Abenteuer, in *Karibische Affäre*, entgeht ihr nichts in ihrer Umgebung oder keine Masche entgleitet ihr. In *Bertram's Hotel* heißt es sogar, «Miss Marple besaß für ihr Alter eine bemerkenswerte Sehkraft». Vielleicht sollten wir die Lösung dieses Rätsels tatsächlich am besten den Augenärzten überlassen.

Im Laufe der Jahre wurde sie leicht schwerhörig. «Mir scheint, die Leute sprechen die Worte nicht mehr so deutlich aus wie früher», bemerkte sie in *16 Uhr 50 ab Paddington,* doch um dies wieder auszugleichen, wird uns in *Karibische Affäre* verraten, daß ihr Blutdruck für ihr Alter sehr gut war.

Was Medikamente anging, so glaubte sie an die althergebrachten Mittel: Easton's Syrup, Leinsamenumschläge, Spinnweben bei Schnittwunden, Kampferöl bei Husten, ein Glas Schlüsselblumenwein, gefolgt von Kamillentee gegen Übererregtheit, Bettflaschen mit heißem Wasser und sehr süßer Tee bei Schock. «Von Medikamenten verstehe ich nichts – widerliche, gefährliche Dinge, sage ich immer. Ich habe ein altes Rezept meiner Großmutter für Wurmkrauttee, das ist mehr wert als alle Ihre Medikamente», doch wenn sie sich ein Mittel verschreiben lassen mußte, mochte sie es lieber in flüssiger Form, in einer Flasche, weil sie das an die «Mixturen» ihrer Jugendzeit erinnerte, und nicht als Tabletten.

Sie hatte auch eine düstere Meinung von Ärzten.

«Ich habe zuviel Lebenserfahrung, um an die Unfehlbarkeit der Ärzte zu glauben. Manche von ihnen sind geschickt, andere wieder nicht, und die halbe Zeit wissen auch die besten von ihnen nicht, was mit einem los ist.»

Die glänzende Ausnahme von dieser Regel war ihr eigener Arzt, Dr. Haydock, einer ihrer besten Freunde und ein weiser Mann. «Für eine Frau Ihres Alters», sagte er einmal zu ihr, «und trotz Ihrer täuschend zarten Erscheinung, sind Sie in bemerkenswert guter Verfassung.» *Er* wußte, was das beste Stärkungsmittel für sie war.

Als sie dann tatsächlich sehr alt war, mußte Miss Marple einige der Würdelosigkeiten ertragen, die sich mit sehr hohem Alter ergeben: Vergeßlichkeit, gelegentliche Stürze, das Drängen ihres Arztes und ihrer Verwandten, nicht allein zu leben. Doch – die Gerontologen sollten sich das merken – keine dieser Unannehmlichkeiten hinderte sie daran, das zu tun, was sie im Leben am meisten interessierte: Mordfälle lösen. Was sie jedoch sehr ärgerte, war «die stillschweigende Annahme, daß im vorgerückten Alter die Leute jeden Augenblick sterben könnten».

Soviel zu Miss Marples Erscheinung und Gesundheit. Wie war sie als Mensch?

«Raymond behauptet immer (natürlich sehr freundlich, denn er ist ein lieber Neffe), ich sei hoffnungslos viktorianisch», bemerkte sie einmal. Sie zitierte Raymond gern, und seine Ansichten ziehen sich durch alle ihre Fälle. «Wie ich Ihnen schon erklärte, habe ich einen sehr mißtrauischen Verstand. Mein Neffe Raymond meint, natürlich im Spaß, ich hätte einen Verstand wie ein Abflußrohr. Er behauptet, bei den meisten sehr konventionell eingestellten Menschen sei das so.» Raymond hatte recht. Wenn es ein Charakteristikum gab, das bei Miss Marple wieder und wieder auftauchte, so ihre Eigenheit, immer das Schlimmste anzunehmen. «Es ist wirklich sehr gefährlich, den Leuten zu glauben», sagte sie einmal. «Ich habe es seit Jahren nicht mehr getan», was praktisch als Erklärung dafür ausreicht, warum sie eine so hervorragende Detektivin war. «Kein schöner Zug», gesteht sie einmal, «aber oft durch die späteren Ereignisse gerechtfertigt.»

Sie war auch extrem wißbegierig. «Die Neugierde oder, wie sie es lieber nannte, ‹die Anteilnahme› am Leben anderer Leute war zweifellos eine von Miss Marples Charaktereigenschaften.» – «Die Leute nennen sie eine Klatschbase», erklärte Mrs. Bantry einmal, «aber eigentlich ist sie keine.» Es war einfach Miss Marples Art – wieder typisch für einen guten Detektiv –, die Tatsachen festzustellen. *«Wie oft ist gerade am Klatsch,* wie Sie das bezeichnen, *etwas Wahres»,* meinte sie einmal, ihren Charakterzug begründend. Und in der Tat, was wäre ohne ihre natürliche Begabung für das Sichten des Strandguts an Gesprächen und Vertraulichkeiten, zu denen sie beim Tee, beim Stricken, beim Sammeln für die Kirche so geschickt ermunterte, aus Gesetz und Ordnung in einer Reihe von englischen Ortschaften geworden?

Aber als echter Profi, der sie war, wußte sie auch, wann sie schweigen mußte. Am Ende eines Falles ist es immer wieder erstaunlich, wieviel Miss Marple schon seit geraumer Zeit wußte und wie wenig sie darüber erzählte, auch nicht ihren engsten Freunden, Verwandten, dem Pfarrer oder Scotland Yard. Ihre alte Freundin Carrie Louise hatte recht, als sie zu ihr sagte: «Du konntest ein Geheimnis immer für dich behalten, Jane.»

Sie konnte auch lügen. «Miss Marple war dazu erzogen worden, die richtige Wertschätzung für die Wahrheit zu haben, und war auch von Natur aus ein sehr wahrhaftiger Mensch. Aber bei gewissen Gelegenheiten, wenn sie es für ihre Pflicht hielt, konnte sie mit ganz erstaunlicher Glaubwürdigkeit Lügen erzählen.» Wer hätte auch einer verhuschten alten Dame mit porzellanblauen Augen und einer «freundlichen, leisen Stimme» keinen Glauben schenken sollen? Vielleicht Dr. Haydock, wenn sie zur Tarnung die Kranke spielte, doch kaum jemand anderer. Sicherlich nicht die Familie Crackenthorpe von «Rutherford Hall» in *16 Uhr 50 ab Paddington,* die sie glauben machte, die langweilige alte Dame, die immer wieder zum Tee auftauchte, sei die Tante der Haushälterin. Sicherlich auch nicht die freundliche Posthalterin aus *Das Schicksal in Person,* die sie dazu verleitete, ihr die Adresse eines an jemand anderen gerichteten Päckchens zu geben. Und auch nicht der äußerst gefährliche Mörder von *Ein Mord wird angekündigt,* dem sie weismachte, die Stimme in einem Besenschrank gehöre einem Toten.

Viele dieser Schwindeleien und Ausreden hingen von Miss Marples schauspielerischem und mimischem Talent ab. Am besten konnte sie ihre wahren Absichten verbergen, wenn sie aufgeregt umherflatterte: «Sie flatterte in ihrer ruhelosen Art umher, die sie immer annahm, wenn sie leicht nervös war. Oder wenn sie leicht nervös zu sein schien.»

Bei solchen Anlässen – verhuscht und zwitschernd, sich unter Entschuldigungen ihren Weg zum Ziel bahnend, während sie sprunghaft vom Rheuma, von Neffen und Strickmustern sprach – war sie fast immer gefährlich. Man ließ in seiner Konzentration nach, die Wachsamkeit wurde geringer, und plötzlich war es aus mit dem Alibi, und die Falle schnappte zu. Interessant ist die Tatsache, daß Miss Marple sehr präzise, fast pedantisch reden konnte, wenn eine Situation das Herumzwitschern nicht erforderte. In ihrem letzten Fall, *Das Schicksal in Person,* liefert sie dafür einige Beweise. «Gibt es keine genaueren Erklärungen irgendwelcher Art?» fragt sie den Anwalt Mr. Braodribb und bemerkt in der weiteren Unterhaltung mit ihm: «Ich verstehe nichts von finanziellen Dingen.» Natürlich hat Miss Marple niemals *geflucht.*

Eine andere interessante Seite von Miss Marples Charakter war ihre Ansicht über Männer. «‹Gentlemen›, sagte sie in der Art ihres alten Dienstmädchens, das vom anderen Geschlecht sprach, als sei es eine Sorte von wilden Tieren.» Und sie hatte immer eine ganze Reihe von Merksätzen parat, wenn es darum ging, deren Verhalten zu erklären. «Gentlemen machen immer so ausgezeichnete Aktennotizen.» – «Gentlemen mochten es nicht, wenn man mit der Tür ins Haus fiel, das wußte sie genau.» – «Gentlemen können die Dinge so geschickt arrangieren.» –

«Gentlemen, die eine Enttäuschung erlebt haben, brauchen was Kräftigeres als Tee.» Gentlemen «sind häufig nicht so vernünftig, wie sie scheinen». Sie schätzte es, wenn ein Mann gut aussah, und sagte zu Inspektor Craddock in *16 Uhr 50 ab Paddington,* er sehe besser aus je zuvor, und später lächelte sie in derselben Geschichte Alfred Crackenthorpe an «mit der Anerkennung, die sie stets für gutaussehende Männer übrig hatte». War sie eine Feministin? Offensichtlich nicht, was schade ist, denn sie war ein so liebenswertes Beispiel einer unabhängigen Frau, die ihr Leben meistert. Einmal jedoch sagte sie: «Frauen müssen zusammenhalten, das ist mir klar – im Ernstfall sollte man zu seinem eigenen Geschlecht stehen.»

In diesem Fall war das Wort «Geschlecht» erlaubt, eine der wenigen Gelegenheiten, da Miss Marple es ausspricht. Man tat es einfach nicht. Erst in den letzten Jahren ihrer Laufbahn sollte sich das ändern, sagte der weitschweifige Major Palgrave in *Karibische Affäre:*

«‹Ich könnte Ihnen noch eine Menge mehr erzählen. Manches ist allerdings nicht für die Ohren einer Dame bestimmt –›

Mit der Ungezwungenheit langjähriger Übung senkte Miss Marple mit leisem Flattern die Lider, und Major Palgrave fuhr in seinem von anstößigen Stellen gereinigten Bericht über Stammessitten fort.»

Miss Marple und Miss Hartnell und Miss Wetherby sprachen allerdings gern darüber.

Miss Wetherby sagte entschieden: «Kein anständiges Mädchen würde so was tun», und schloß mißbilligend ihre dünnen Lippen.

«Was denn?» fragte ich.

«Als Sekretärin bei einem unverheirateten Mann arbeiten», erwiderte Miss Wetherby in entsetztem Ton.

«Ach, meine Liebe», sagte Miss Marple. *«Ich* glaube, die verheirateten sind am schlimmsten. Erinnere dich an die arme Mollie Carter.»

Einmal verblüffte sie Sir Henry Clithering derart, daß er «in ein seltsames Hüsteln» ausbrach. Man unterhielt sich über die Blumensprache, die Schauspielerin Jane Helier bemerkte verträumt: «Einmal schickte mir ein Mann jeden Abend purpurfarbene Orchideen ins Theater», und Miss Marple stellte sachlich fest: ‹Ich warte darauf, daß Sie mir Ihre Gunst schenken› – das heißt es doch!»

Als sie dann eine sehr alte Dame war, sprach Miss Marple offener über Sex:

«Das Wort ‹Sex› wurde in Miss Marples Jugendzeit nicht ausgesprochen, aber es gab viel Sex – wenn auch nicht soviel darüber geredet wurde –, und er machte bei weitem mehr Spaß als heute, jedenfalls erschien ihr das so. Obwohl gewöhnlich als ‹Sünde› bezeichnet, konnte sie sich doch nicht des Eindrucks erwehren, daß er dem vorzuziehen war, was er heute allem Anschein nach war – das Absolvieren einer Pflicht.»

Und sie konnte jetzt die Dinge, die in St. Mary Mead passierten und über die sie und Miss Hartnell und Miss Wetherby vor Jahren nur in Andeutungen gesprochen hatten, kurz und bündig beim Namen nennen.

«Eine Menge Sex, natürlicher und unnatürlicher. Vergewaltigung, Inzest, Perversionen aller Art (von manchen Arten hatten nicht einmal die klugen jungen Männer aus Oxford, die Bücher schrieben, gehört).»

Natürlich war sie sehr intelligent und ordnete ihre Gedanken, wie die letzten Kapitel all ihrer Bücher beweisen, mit einer Meisterschaft, die ans Geniale grenzt. «Miss Marple ist nicht der Typ der alten Dame, die Fehler macht», schrieb Pfarrer Leonard Clement. «Sie besitzt die unheimliche Gabe, immer recht zu behalten.» Nichts entging ihr, selten machte sie einen Fehler. Wenn doch, hatte sie die Fähigkeit, all ihre Vorstellungen und Theorien von einem Augenblick zum nächsten über Bord zu werfen. Sie war gerissen und besaß eine ordentliche Portion gesunden Menschenverstand. «Was ich an Ihnen so schätze», sagte der gelehrte Professor Wandstead in *Das Schicksal in Person* zu ihr, «ist Ihr köstlicher Sinn fürs Praktische.» Sie war auch «ungeheuer vernünftig», wie Lucy Eyelesbarrow es einmal ausdrückte.

War sie ein Snob? Sicherlich nicht im Sinn von Arroganz, doch als «Dame aus der Provinz» hatte sie genaue Ansichten über die Stellung, die man im Leben einnahm – was davon abhing, wer man war –, und einen unbeirrbaren Blick für jeden, der die Grenze überschritt. Dienstboten hatten beflissen zu sein, Polizeibeamte höflich und Leute, die sie taktvoll als «unsere eigene Gesellschaftsschicht» bezeichnete, sollten Ladys und Gentlemen sein.

Eine entsprechende faszinierende Unterhaltung fand zwischen Miss Marple und Sir Henry Clithering in *Die Tote in der Bibliothek* statt:

> «Ein guterzogenes junges Mädchen», fuhr Miss Marple fort und erwärmte sich für das Thema, «achtet immer sehr darauf, bei jeder Gelegenheit das richtige zu tragen. Ich meine, wie heiß es an einem Tag auch sein mag, ein guterzogenes junges Mädchen würde niemals zu einem Jagdrennen in einem geblümten Seidenrock erscheinen.»
>
> «Und die korrekte Kleidung, wenn man sich mit einem Verehrer trifft?» fragte Sir Henry.
>
> «Wenn sie ihn im Hotel oder an einem Ort trifft, wo man Abendkleidung trägt, würde sie natürlich ihren besten Abendrock anziehen, aber wenn es irgendwo draußen ist, würde sie sich darin lächerlich vorkommen. Dann würde sie ihr schönstes Sportkostüm tragen.»
>
> «Einverstanden, Sie Modekönigin, aber das Mädchen Ruby –»
>
> Miss Marple unterbrach ihn: «Ruby war natürlich – nun, rundheraus gesagt, Ruby war keine Dame. Sie gehörte zu der Schicht, die immer ihr bestes Kleid trägt, wie unpassend es für den Anlaß auch sein mag.»

In *Das Geheimnis der Goldmine* findet zwischen Miss Marple und der jungen Pat Fortescue, die kürzlich in die reiche, aber gewöhnliche Familie Fortescue eingeheiratet hat, ein freundliches Gespräch statt. «Irgendwie hatte Miss Marple das Gefühl, daß eine Umgebung mit schäbigem Chintz, Pferden und Hunden viel passender für sie gewesen wäre als diese üppige, reichverzierte Inneneinrichtung.» Sie schloß Pat sofort ins Herz und fand später, beim Stricken, die Gelegenheit, ihr zu sagen: «Wenn ich mir einen Rat erlauben darf – sollte irgend etwas in Ihrem Leben je schiefgehen, wäre es meiner Meinung nach das beste für Sie, Sie kehrten dorthin zurück, wo Sie als Kind glücklich waren. Kehren Sie nach Irland zurück, meine Liebe. Hunde und Pferde. All das.»

«All das» war für Miss Marple sehr wichtig.

War sie fromm? Im Geist der anglikanischen Kirche erzogen, besuchte sie selbstverständlich regelmäßig den Gottesdienst und tat auch als Mitglied der Pfarrgemeinde ihre Pflicht, doch damenhaft und viktorianisch, wie sie war, sprach sie selten über Gott (und natürlich auch nicht über Politik). Das wichtigste Glaubensbekenntnis in ihrem Leben war einfach, seine Pflicht zu tun. Aber einmal sagte sie auch: «Vermutlich werdet ihr modernen jungen Leute jetzt lachen, aber wenn ich wirklich in Schwierigkeiten bin, spreche ich im stillen ein kleines Gebet – ganz gleich wo, wenn ich die Straße entlanggehe oder in einem Geschäft bin. Und erhalte immer Antwort.» Sie begann und endete den Tag gern mit dem Lesen eines kurzen frommen Textes, und als sie eine sehr alte Dame war, erklärte sie bestimmt: «Ich glaube an das ewige Leben.»

Sie glaubte ebenfalls an die Gerechtigkeit im altmodischen Sinn. Obwohl sie dazu erzogen worden war, starke Gefühle nicht zu zeigen, konnte sie sehr böse werden – und die Tränen traten ihr sogar in die Augen – aus Mitleid mit einem hilflosen Opfer oder aus «Wut über einen herzlosen Mörder». Sie war strikt gegen die Abschaffung der Todesstrafe und betrachtete sich – auf bescheidene Weise – als eine Rächerin oder Nemesis. Für sie war das Böse böse. «Wenn Sie erwarten, daß ich Mitgefühl empfinde, Bedauern, einer unglücklichen Kindheit die Schuld gebe oder der Umwelt ... dazu bin ich nicht geneigt», sagte sie einmal im Hinblick auf einen jungen Mörder.

Schließlich sollte nicht vergessen werden, daß Miss Marple trotz ihrer gebrechlichen Erscheinung sehr tapfer war. Bei verschiedenen Gelegenheiten rettete sie jemandem das Leben, zum Beispiel in *Ruhe unsanft,* wo sie das Opfer vor dem Erwürgen bewahrt, indem sie dem Killer geschickt einen Strahl Seifenwasser in die Augen spritzt. Ein andermal spielt sie selbst den Köder, um einen Verbrecher in die Falle zu locken. Ein gutes Beispiel dafür ist *Das Schicksal in Person,* wo sie angesichts eines dreifachen Mörders, der sie ebenfalls töten will, «im Bett sitzt, einen weichen Schal um den Hals und mit völlig gelassenem Gesichtsausdruck, schwatzend und redend wie eine alte Schullehrerin».

Sie war zäh, wie Jason Rafiel es in seinem posthumen Brief nannte. Inspektor Craddock drückte es einmal so aus: «Miss Marple kann Mord und gewaltsamen Tod, ja, alle Arten von Verbrechen mit der größten Gelassenheit betrachten.» Walter Hudd, ein junger Amerikaner in *Fata Morgana,* sagte ungefähr das gleiche:

«Ich weiß auch nicht, was das mit Ihnen ist – Sie sind doch richtig englisch, durch und durch englisch –, aber auf irgendeine Art und Weise erinnern Sie mich an meine Tante Betsy zu Hause.»

«Also, das ist aber nett.»

«Sie hatte einen Haufen Verstand», fuhr Wally nachdenklich fort. «Sah so gebrechlich aus, als könnte der nächste Windhauch sie umwerfen, aber in Wirklichkeit war sie zäh – ja, Sir, ich würde sagen, sie war zäh.»

8

Ein Besuch bei Miss Marple

Wir wurden von einem winzigen Dienstmädchen
eingelassen und in ein kleines Wohnzimmer geführt.

Pfarrer Leonard Clement in *Mord im Pfarrhaus*

Wenn Sie sich den Plan von St. Mary Mead aus *Mord im Pfarrhaus* und dem ersten Kapitel dieses Buches genau ansehen, werden Sie das Dach von Miss Marples Haus in einem «kleinen Nest von Queen Anne und georgianischen Häusern, von denen eines ihr gehörte», erkennen. Das Haus steht mitten in einem länglichen Garten, und man blickt von dort auf die Läden und kleinen Häuser der Hauptstraße. Ihr Nachbar zur Linken war Dr. Haydock, rechts wohnte Miss Hartnell. Beide Häuser wirken kunstvoller als das von Miss Marple, das manchmal als «altväterliches Häuschen» bezeichnet wird. Auf der

Rückseite grenzt ihr Grundstück an den Pfarrgarten und an eine kleine Straße. Es sieht alles sehr reizvoll aus, was auch alle Berichte bestätigen. Wenn Sie als Schlafgast kämen und den Ziegelweg von der Straße her entlanggingen, zur Eingangstür, was hätten Sie drinnen im Haus vorgefunden?

Wenn Sie in der ersten Zeit gekommen wären, hätte sie eines aus der Reihe von Miss Marples hübsch uniformierten Dienstmädchen eingelassen – Emily oder Gwen oder vielleicht die treue Florence. In den späteren Jahren wären Sie von einer Haushälterin in Empfang genommen worden: von der großartigen Lucy Eyelesbarrow zum Beispiel oder der schrecklichen Miss Knight. Doch stellen wir uns vor, daß wir in den ersten Jahren kommen und Emily uns öffnet und durch den Flur führt, vorbei an einem Tisch, auf den die Visitenkarten und die Briefe gelegt werden, sowie vorbei an ein paar Garderobehaken und einem Ständer für Miss Marples Spazierstöcke, hinein in Miss Marples hübsches altmodisches Wohnzimmer. Wenn Sie ein Mitglied des Dienstagabend-Klubs gewesen wären, hätten Sie ein Zimmer erblickt, das «sehr alt war, mit breiten schwarzen Balken an der Decke, möbliert mit schönen alten Möbeln, die hineinpaßten». Wenn Sie Colonel Melchett gewesen wären, hätten Sie sich umgeschaut und folgende Bemerkung zu Ihrer Begleitung gemacht: «Ein bißchen voll ... aber eine Menge gutes Zeug. Das Zimmer einer Dame, was, Clement?» Wenn Sie Mr. Petherick, Miss Marples Anwalt, gewesen wären, hätte man Sie vielleicht gar nicht ins Wohnzimmer geführt, sondern ins Eßzimmer, weil «ich finde, im Vorfrühling zwei Feuer zu unterhalten, ist eine solche Verschwendung».

Drei Sessel im Wohnzimmer mochte Miss Marple besonders gern: den am Fenster, den großen Ohrenstuhl beim Kamin und «einen extra gekauften geraden Lehnsessel, der den Bedürfnissen ihres rheumatischen Rückens entgegenkam». Ein Bücherregal stand da, das Nachschlagewerke enthielt, auch ein medizinisches Buch, das Miss Marple half, den Fall aus *Mord im Spiegel* zu klären. Es gab zwei Lampen, einen Eckschrank, der alte Waterford-Gläser enthielt, und einen weiteren Schrank mit Flaschen. Auf dem Kaminsims standen Leuchter, und auf dem Boden lag wahrscheinlich ein guter Teppich, denn Miss Marple hatte einen gewissen Blick dafür: In *Das Schicksal in Person* stellte sie fest, daß der Teppich in «Old Manor House» irisch sein mußte, «wahrscheinlich ein Aubusson aus Limerick». Im Wohnzimmer gab es auch ein Telefon. Zu jener Zeit war Miss Marples Nummer fünfunddreißig.

Nachdem Sie im Wohnzimmer Platz genommen hätten, würde man Ihnen fast mit Sicherheit etwas zu trinken angeboten haben, erstaunlicherweise selten Tee. Der Schrank mit den Flaschen enthielt eine stattliche Kollektion: eine Karaffe mit Sherry, Kirschlikör, nach «einem alten Rezept meiner Großmutter», Schlüsselblumenwein, Pflaumengin, Whisky und einen Siphon mit Sodawasser für die Herren. In Sachen Essen und Trinken trennte Miss Marple streng nach Geschlecht.

Hätten Sie Ihre Ankunft auf den frühen Abend gelegt, wäre es jetzt Zeit fürs Abendessen. Man erhält den Eindruck, daß das Essen in Miss Marples Leben keine große Rolle spielte, nicht umsonst war sie so dünn. Sie hielt Mrs. Beetons Kochbuch für «ein großartiges Buch, aber schrecklich teuer. Die meisten Rezepte fangen so an: Man nehme einen Liter Sahne und ein Dutzend Eier.» Wären Sie ein männlicher Gast, würde es sicherlich auch Fleisch geben («Die Herren der Schöpfung brauchen viel Fleisch, nicht wahr?»), und zweifellos hätten Sie von Miss Marples altem Worcester-Porzellan gegessen. Im Eßzimmer stand noch ein Eckschrank, in dem vermutlich Miss Marples Silberbesteck und ihr King-Charles-Krug aufbewahrt wurden.

Nach dem Essen würden Sie und Ihre Gastgeberin ins Wohnzimmer zurückgekehrt sein, um sich am Kamin weiterzuunterhalten, und Miss Marple, im großen Ohrensessel sitzend, würde ihr Strickzeug hervorgeholt haben: ein wollenes Halstuch für die alte Mrs. Hay oder eine Strampelhose für das Kind einer ihrer früheren Dienstmädchen («Ich sage immer, junge Mütter können gar nicht genug Strampelhosen für ihre Babys haben») oder ein Hochzeitsgeschenk für ihre jungen Freunde in Lymstock, Megan Hunter und Jerry Burton («Das weiche, wollige Ding von Miss Marple, von dem wir nicht wissen, wofür es ist») oder, in späteren Jahren, ein Pullover für ihren Großneffen David West.

Sie mag die Brauen ein wenig zusammengezogen haben, während sie die Maschen zählte. Vielleicht hat sie ab und zu die Unterhaltung unterbrochen («Ich muß schnell diese Reihe zählen. Das Abnehmen ist ein wenig schwierig. Eins, zwei, drei, vier, fünf und dann drei linke Maschen») oder, wenn das Gespräch etwas lebhafter wurde, mit der Stricknadel auf Sie gedeutet («Jetzt keine juristischen Spitzfindigkeiten», ermahnte sie einmal Mr. Petherick). Doch was immer Sie sagten – vor allem, wenn es etwas war, das auch nur im entferntesten mit dem gegenwärtigen Mord zu tun hatte –, wurde sorgfältig registriert, erwogen und für eine mögliche künftige Verwendung aufbewahrt. «Es gibt eine Menge guter Gelegenheiten», sagte sie einmal, «wenn man am Kamin sitzt und strickt.»

In Miss Marples Haus war weit vor Mitternacht Schlafenszeit. Als Gast wären Sie die Treppe hinaufgeführt worden – «eine altmodische Treppe mit einer scharfen Kehre in der Mitte» – zu einem Schlafzimmer mit einem Frisiertisch, der diskret mit Chintz umhüllt war, damit man die Beine nicht sah, und einem Bett, das mit Miss Marples besten, monogrammverzierten Laken bezogen war. Emily würde den Raum früher am Tag gut gelüftet haben. Unten würde die Haustür wegen der nächtlichen Stunde mit einem Messinghaken und -ring gut gesichert worden sein.

Beim Frühstück am nächsten Morgen hätte sich das Gespräch häuslichen Themen zuwenden können, falls Sie eine Frau waren. «Faulpelze, wissen Sie – und die Schwierigkeiten, Tischwäsche ordentlich gestopft zu kriegen –, und ich kann keinen Kandiszucker bekommen, um meinen Pflaumengin zu machen.» Wenn Sie sich besonders interessiert gezeigt hätten, würde man Sie wahrscheinlich hinter die Bühne geführt haben: in die Küche, die Spülküche, wo das Geschirr abgewaschen wurde, und vielleicht hätte man Ihnen in einem Anfall von Vertraulichkeit das Leinenkabinett gezeigt. Ah, das Leinenkabinett! Es war eine von Miss Marples Leidenschaften, und es wohlversorgt zu erhalten war der Anlaß für fast alle ihre überlieferten Ausflüge nach London.

«Miss Marple verbrachte eine sehr angenehme Zeit bei Robinson & Cleaver's. Sie erwarb nicht nur teure, aber herrliche Laken – sie liebte Leinenlaken wegen des Gewebes und ihrer Kühle –, sondern leistete sich auch noch rotgeränderte Glashandtücher von guter Qualität. Es war heutzutage wirklich schwierig, ordentliche Glashandtücher zu bekommen!»

Und nun würde es Zeit geworden sein für eine Runde durch den Garten, den berühmten Garten, «so vortrefflich gelegen, daß man alles sehen konnte, was in St. Mary Mead geschah». Pfarrer Leonard Clement nannte ihn den «Gefahrenpunkt».

Nehmen wir nun an, daß Ihnen und Ihrer Gastgeberin an diesem Morgen der Anblick irgendeiner Ablenkung in Form eines Skandals oder eines Mordes erspart geblieben ist und Sie sich einfach auf den Garten selbst konzentrieren, der entzückend gewesen sein muß, voll der altmodischen Blumen, die Miss Marple am meisten liebte: Stockrosen, Rittersporn, Glockenblumen, Löwenmaul, Gartenwicken und Rosen. Sie hätte Ihnen zweifellos auch ihren japanischen Garten gezeigt, für den ein Mörder einmal die falsche Sorte Stein brachte. «Und das hat mich auf die richtige Spur gebracht!» hätte sie vielleicht ausgerufen und dabei eine Windenranke ausgerissen. Es wäre bald deutlich geworden, daß Miss Marple einen Garten «entweder in bewundernder oder kritischer Stimmung» betrachtete, und an jenem Morgen hätte sie vielleicht in ein paar Erinnerungen an andere Gärten geschwelgt, die sie während ihrer Abenteuer kennengelernt hatte. Die meisten von ihnen waren ziemlich schrecklich: zum Beispiel der Garten von «Yewtree Lodge» in *Das Geheimnis der Goldmine* («Der Garten war völlig künstlich – nichts als Rosenbeete und Pergolas und Teiche»); das Unkraut und die «riesigen düsteren Haufen von Rhododendron» von «Rutherford Hall» in *16 Uhr 50 ab Paddington;* die zugewachsenen Steingärten in *Greenshaws Monstrum* («Steinkraut, Steinbrech, Zyste, Fingerhut ... Ja, mehr Beweise brauche ich nicht») oder die sehr seltsamen Dinge, die in den vernachlässigten Gärten von «Hillside» in *Ruhe unsanft* und von «Old Manor House» in *Das Schicksal in Person* entdeckt wurden.

Inzwischen wären Sie sicherlich an der Rückseite von Miss Marples eigenem ordentlichem Haus angelangt, wo nichts Bedrohlicheres zu entdecken war als eine hübsche Jasminhecke, bei der, wie Sie ihnen mit einem kleinen altjüngferlichen Hüsteln vielleicht erzählt hätte, der liebe Raymond einmal der Künstlerin Joyce Lemprière den Hof gemacht und Annie, ein ehemaliges Dienstmädchen, vom Milchmann einen Heiratsantrag bekommen hatte.

Nachdem Sie den alten Stall und das Gewächshaus (nicht auf dem Plan eingetragen) bewundert und festgestellt hätten, daß der Gemüsegarten sehr klein war («Ich mag Blumen am liebsten. Für Gemüse habe ich nicht so viel übrig»), wären Sie sicherlich durch die Fenstertüren des Wohnzimmers ins Haus zurückgeführt worden, um ein Glas Sherry zu trinken und einen frühen Lunch einzunehmen, während Sie darauf warteten, daß Inch käme, um sie zum 12-Uhr-15-Zug zu fahren. Wenn Sie bei Ihrem Besuch geraucht hätten, würde Miss Marple gleich nach Ihrer Abreise die Fenster geöffnet und die Gardinen ausgeschüttelt haben.

Ich bin überzeugt, daß Sie sich, sofort nach Ihrer Rückkehr, zu Hause hingesetzt und Miss Marple einen Brief geschrieben und ihr eine Schachtel *marrons glacés* geschickt hätten, an eine Adresse, die genau zu ihr paßte:

Miss Jane Marple
St. Mary Mead
Much Benham

9

Miss Marple zu Hause

«Ich weiß nicht, warum Sie annehmen sollten,
daß ich immer *nur* an Mord denke.»

Mord im Spiegel

Wenn Miss Marple zu Hause in St. Mary Mead und nicht mit einem Besucher oder einem Mord beschäftigt war – wie verbrachte sie ihre Zeit? «Untätigkeit paßt nicht zu mir», und es überrascht nicht zu erfahren, daß ihre Tage auf äußerst geordnete Weise verliefen.

«Miss Marple erwachte früh, weil sie immer früh aufwachte.» Nach dem Aufwachen zog sie sofort die Gardinen zur Seite, kehrte ins Bett zurück, nahm ein kleines Andachtsbuch zur Hand und «las wie gewöhnlich die für den Tag bestimmten eineinhalb Seiten». Danach nahm sie manchmal das Strickzeug auf – nur um ihre rheumatischen Finger etwas zu trainieren – und wartete auf das Erscheinen ihres augenblicklichen Dienstmädchens oder der Haushälterin mit dem Frühstückstablett, denn wenn Miss Marple allein war, frühstückte sie gern im Bett. Tee, einem Ei (dreidreiviertel Minuten gekocht), Toast, Butter und Honig oder manchmal Hering folgten die erste Tagespost und eine Zeitung. Die Post öffnete sie «ordentlich mit einem Papiermesser, das immer auf dem Tablett bereitlag» – zuerst die Briefe, dann Rechnungen und Empfangsbestätigungen. Ihre Zeitung war der *Daily Newsgiver:*

«... Herrenmode, Damenkleidern, Idolen der Weiblichkeit, Kinderwettbewerben und Beschwerdebriefen von Frauen ... war es gelungen, jede wirkliche Neuigkeit von allen Seiten, außer der ersten Seite, zu verdrängen, in irgendeine obskure Ecke, wo man sie unmöglich finden konnte.»

Miss Marple nannte die Zeitung «mein tägliches Allerlei».

Einmal angezogen, stand als nächstes das Telefonieren auf dem Programm. «Neun bis halb zehn Uhr war für den Ort die übliche Zeit, bei den Nachbarn freundschaftliche Anrufe zu machen. Pläne für den Tag, Einladungen und so weiter wurden immer dann besprochen.» Manchmal klingelte das Telefon auch früher: Dolly Bantry rief im Laufe der Jahre zweimal vor acht Uhr morgens an, um zu verkünden, daß in «Gossington Hall» eine Leiche entdeckt worden sei, und «der Metzger war dafür bekannt, daß er kurz vor neun anrief, wenn es auf dem Fleischmarkt irgendeine Krise gab» – doch das waren Ausnahmen.

Dann kamen die häuslichen Angelegenheiten an die Reihe. Während des Vormittags wurden einige Dinge geliefert – das Brot, das Fleisch, den Fisch brachte der junge Fred –, und zweifellos fanden in der Küche Gespräche über das tägliche Menü statt, wie der Wein wurde, den man angesetzt hatte, und was für Fortschritte der Frühjahrsputz machte.

Wenn das Wetter schön war, verbrachte Miss Marple danach fast immer einige Zeit im Garten, entweder überwachte sie den Gelegenheitsgärtner, wenn es sein Tag war, oder schnitt und jätete selbst, denn «für viele, viele Jahre war für Miss Marple die Gartenarbeit eine Quelle großen Vergnügens, bedeutete für sie aber auch eine Menge schwerer Arbeit». Und manchmal pflegte sie am Vormittag die Hauptstraße zu besuchen, um einzukaufen und geschäftliche Dinge zu erledigen, um zu beobachten und gesehen zu werden, denn die Hauptstraße war die Brutstätte der meisten Neuigkeiten von St. Mary Mead. Bruchstücke davon oder Varianten tauchten während des Tages auch anderswo auf – mit den Lieferungen, am Telefon, beim Nachmittagstee –, doch nichts war schöner, als selbst die Runde zu machen: zum Fischhändler, um mit dem jungen Verkäufer zu reden, den man im Verdacht hatte, daß er falsch anschrieb, zum Apotheker, um einen verstohlenen Blick auf die junge Dame in Mr. Badgers Kosmetikabteilung zu werfen, zu Barnes, dem Lebensmittelhändler, wo sich über die Jahre beruhigenderweise wenig veränderte, und zum Wolladen, um geruhsam über Strickmuster und Verwandte zu plaudern.

In der späteren Zeit machte Miss Marple nach dem Mittagessen gern ein Schläfchen von zwanzig Minuten in ihrem geraden Lehnsessel im Wohnzimmer und las dann ihre zweite Zeitung, die *Times:*

«Das Ärgerliche an der *Times* war, daß man nichts mehr finden konnte ... Zwei Seiten waren plötzlich Capri gewidmet, mit Illustrationen. Sport hatte weitaus mehr Vorrang als in der alten Zeit. Gerichtsnachrichten und Nachrufe hielten sich ein wenig mehr an das Herkömmliche. Die Geburts-, Heirats- und Todesanzeigen, die früher Miss Marples Aufmerksamkeit als erstes gefangengenommen hatten, weil sie an prominenter Stelle gestanden hatten, waren in einen anderen Teil der *Times* abgewandert, und seit kurzem stellte Miss Marple fest, daß sie jetzt fast ständig auf der letzten Seite zu finden waren.»

Wenn Zeit dazu war, löste sie vielleicht das Kreuzworträtsel (in *16 Uhr 50 ab Paddington* half ihr das, eine Reihe von Morden aufzuklären), und dann folgte die wichtigste Aktivität des Nachmittags. Wenn jemand Miss Marple um, sagen wir, zehn Minuten nach drei Uhr hätte besuchen wollen, wie Mr. Spenlow in *Die Stecknadel,* wäre ihm vermutlich erklärt worden, sie sei nicht zu Hause, denn dies war die Zeit für Gemeindearbeit, und man konnte sich darauf verlassen, daß sie niemals zu spät kam. «Ihre Uhr geht auf die Minute genau, und sie selbst ist bei allen Gelegenheiten äußerst pünktlich», schrieb der

Pfarrer. Wie wir gesehen haben, gab es viele und unterschiedliche Gemeindeaktivitäten, mit denen man nur Gutes tun wollte: ein Treffen des Fraueninstituts vielleicht oder das Organisieren eines Basars. «Sie ist oberflächlich, wie alle Leute von der Kirche von England», verkündete die puritanische alte Miss Ramsbottom in *Das Geheimnis der Goldmine* über Miss Marple, «aber sie weiß, wie man Wohltätigkeit vernünftig organisiert.» Nicht alle diese Ereignisse waren so langweilig, wie man vermuten möchte. Miss Marple erinnerte sich einmal an eine sehr lebhafte Versammlung zugunsten der Armenienhilfe, bei der ein älterer Geistlicher alle Kleider auszog. «Sie riefen seine Frau an, und sie kam sofort und nahm ihn im Taxi mit nach Hause, eingewickelt in eine Decke.»

Das war natürlich Futter für das nächste Ereignis, für «Tee und Skandale um halb fünf» mit Miss Hartnell und Miss Wetherby. Wenn man die Skandale des Tages im schlimmstmöglichen Licht betrachtet hatte, wandte sich das Gespräch häufig der Gesundheit zu, wie es auch bei den alten Damen in *Das Schicksal in Person* der Fall war.

«Sie sprachen fröhlich über Arthritis, Rheumatismus, Diät, neue Ärzte, Medikamente und Wunderheilmittel und erinnerten sich an alte Frauen, deren Behandlungsmethoden Erfolg gehabt hatten, wo alle anderen Therapien versagten.»

Zwischen dem Tee (Miss Marple mochte den Tee nicht mit Milch und zog *scones* mit Butter Kuchen vor) und «ihrem frugalen Abendessen» konnte man sie oft bei der Arbeit in ihrem Garten sehen oder wie sie mit Begeisterung Vögel beobachtete. Ob auf der Jagd nach Unkraut oder einem Zaunkönig, «Miss Marple sieht immer alles. Gartenarbeit ist ein gutes Tarnmanöver, und die Gewohnheit, Vögel durch ein starkes Fernglas zu betrachten, kann immer als Grund angegeben werden.» Das war wieder der Pfarrer. Und wieso wußte er all diese Dinge? – ist man versucht zu fragen.

Aber wenn das Wetter nicht schön war oder im Winter oder wenn sonst nichts Besonderes zu tun war, konnte sich Miss Marple auch in ihr Wohnzimmer zurückziehen, um vor dem Abendessen ein oder zwei Stunden zu lesen. Sie war keine eifrige Buchleserin, aber manchmal las sie doch einen Roman: von Mark Twain, zum Beispiel, oder *Drei Mann in einem Boot* oder Richard Hughes *A High Wind in Jamaica,* und natürlich gab es immer den neuesten Roman ihres lieben Raymond zu lesen, obwohl sich nicht verhehlen läßt, daß seine Tante die Lektüre ziemlich anstrengend fand. »Raymond schreibt diese sehr modernen Romane, in denen nur ziemlich unerfreuliche junge Männer und Frauen vorkommen.» Was ihren Lesestoff anbelangte, bemühte sich ihr Neffe immer, sie auf dem laufenden zu halten. Er schickte ihr nicht nur seine eigenen Romane, sondern auch die seiner Zeitgenossen, öde, voll Sex, «nur über so unerfreuliche Leute, die äußerst seltsame Dinge treiben, an denen sie allem Anschein nach nicht einmal Vergnügen finden».

«Ich habe nie Bücher über Kriminologie gelesen»,

sagte Miss Marple einmal, doch manchmal griff sie, um sich anzuregen, zu einem Kriminalroman. «Ich habe in der letzten Zeit eine Menge amerikanischer Kriminalromane aus der Leihbücherei gelesen», vertraute sie dem Pfarrer an, «in der Hoffnung, daß sie mir nützlich sind.» Sie arbeitete sich auf Raymonds Empfehlung hin auch durch Dashiell Hammetts Geschichten, weil er fand, daß sie «die Krone des Baumes sind, den man in der Literatur den ‹harten› Stil nennt». Eine andere Art von Literatur, die sie einmal genau studierte, waren Filmzeitschriften. In *Mord im Spiegel* borgte sie sich einen ganzen Stoß Journale von Mrs. Jameson, der Friseuse, um die neuen Mieter von «Gossington Hall» besser zu verstehen, und war bald tief in *Movie News* und *Amongst the Stars* versunken. «Wirklich sehr interessant», berichtete sie. Sie erinnern «einen so sehr an so viele Dinge».

Beim Lesen häkelte Miss Marple manchmal gern, die Augen auf das Buch gerichtet, während die Finger «korrekt die notwendigen Bewegungen ausführten». Wenn sie sehr ins Lesen vertieft war (vielleicht in *Film Life?)* oder wenn der Nachmittag anstrengend gewesen war, blieb sie beim Feuer sitzen und ließ sich das Abendessen auf einem Tablett hereinbringen. Gelegentlich ging sie zum Dinner aus, oder einer ihrer Nachbarn kam auf einen Schwatz vorbei, aber im allgemeinen war der Abend ihren eigenen Angelegenheiten gewidmet: Stricken, Lesen, hin und wieder ein Telefonanruf, obwohl es als «unschicklich galt, abends nach halb zehn anzurufen». Dies war vermutlich auch die Zeit, in der Miss

Marple Briefe schrieb, in einer «spitzen, spinnenartigen Schrift mit vielen Unterstreichungen» (die Sir Henry Clithering ordentlich und altmodisch fand), und ihre Buchhaltung erledigte.

Miss Marple hatte ein bescheidenes Einkommen und ging mit ihrem Geld äußerst sorgfältig um. «Geld», sagte sie einmal, «kann einem den Lebensweg sehr erleichtern.» Wehe dem Verkäufer, der zuviel berechnete, oder dem Hotelangestellten, der, wie in *Ein Mord wird angekündigt,* versuchte, einen Scheck zu fälschen. «Ich war die falsche Person dafür», sagte sie dazu selbstgefällig. «Frauen, wissen Sie, sind sehr vernünftig, wenn es um finanzielle Angelegenheiten geht.» Leider fügte sie noch hinzu: «Natürlich nicht bei großen Geldgeschäften. Keine Frau kann darauf hoffen, die zu verstehen, sagte mein lieber Vater.»

1948 erhaschen wir – ebenfalls in *Ein Mord wird angekündigt* – einen Blick auf ihr Nachkriegsbudget: zwanzig Pfund für die monatlichen Löhne und Rechnungen und sieben Pfund für persönliche Ausgaben. «Es waren mal fünf, aber alles ist gestiegen.» Es ist klar, daß Miss Marples finanzielle Lage mit den Jahren etwas angespannt geworden wäre, hätte sich nicht ihr großzügiger Neffe um sie gekümmert.

«... sie brauchte nicht dringend Geld. Sie hatte ihren lieben, ihr sehr zugetanen Neffen, und wenn sie in Geldverlegenheit war, wenn sie Reparaturen an ihrem Haus machen lassen oder einen Spezialisten aufsuchen mußte oder eine besondere Behandlung brauchte, würde ihr lieber Raymond immer dafür aufkommen.»

Natürlich hätte sie nie auch nur im Traum daran gedacht, für die Detektivarbeit, die sie leistete, Geld zu verlangen, und wegen dieser damenhaften Haltung muß sie manchmal beträchtlich knapp bei Kasse gewesen sein, bei den vielen Zugfahrten und Hotelaufenthalten, die sie unternahm, um nahe am Tatort zu sein. In *16 Uhr 50 ab Paddington,* zum Beispiel, überredete sie Mrs. McGillicuddy, mit ihr noch einmal die Zugreise zu unternehmen, bei der diese beobachtet hatte, wie eine Frau erwürgt wurde. «Natürlich bezahle *ich* die Fahrkarten.» Und später treffen wir sie dabei an, wie sie, um Lucy Eyelesbarrow als ihre Agentin in «Rutherford Hall» einzuschleusen, die Differenz zwischen dem bescheidenen Gehalt übernimmt, das die Crackenthorpes einer Haushälterin zu zahlen pflegten, und dem hohen, das die unvergleichliche Lucy Eyelesbarrow erwartete. Ironischerweise wird Miss Marple bei diesem Fall auch das erste der beiden einzigen Honorare gezahlt, die sie sich mit ihrer Detektivarbeit je verdienen sollte. Inspektor Craddock «holte feierlich sein Notizbuch hervor, nahm drei Pfundnoten heraus, fügte drei Shilling hinzu und schob das Geld Miss Marple über den Tisch zu.

«Was ist das, Inspektor?»

«Ihr Beraterhonorar. Sie sind Beraterin – in Sachen Mord.»

Ein Mann wie Jason Rafiel, jener schlaue, alte Millionär, war nötig, um Miss Marples wahren Wert zu erkennen. Er bot ihr von jenseits des Grabes zwanzigtausend Pfund, damit sie ein Verbrechen aufklärte.

Nachdem sie Buchhaltung und Briefe beendet hatte, würde es Zeit geworden sein, die Uhr aufzuziehen, die Tür abzuschließen und ins Bett zu gehen. Miss Marple war durchaus in der Lage, bis Mitternacht aufzubleiben und allein die Hauptstraße entlangzugehen, wie in *Mord im Pfarrhaus,* wenn sie glaubte, dies könnte dazu beitragen, einen Mordfall zu lösen, und manchmal gab es auch noch einen sehr späten Telefonanruf (Raymond «war dafür bekannt, daß er zu den seltsamsten Zeiten anrief, einmal war es schon zehn Minuten vor Mitternacht»), doch gewöhnlich zog sich Miss Marple mit ihrer Wärmflasche früh zurück.

Neben dem Bett war ein kleiner Tisch, auf dem eine Uhr stand, daneben lagen ihr Strickzeug und die Andachtsbücher für morgens und abends. Abends las Miss Marple ein paar Verse von Thomas à Kempis und machte dann das Licht aus. Wenn der Schlaf nicht sofort kam, griff sie nicht zu Schlaftabletten. «Ich wette, wenn Sie Miss Marple fragten, was sie tut, wenn sie nicht schlafen kann, wird sie Ihnen erzählen, daß sie Schafe zählt», bemerkte der alte Dr. Graham in *Karibische Affäre.* Für den Fall, daß sie nachts aufstehen mußte, um seltsamen Dingen auf den Grund zu gehen oder sich im Zusammenhang mit einem Fall etwas zu notieren, was ihr im Kopf herumging, lagen Morgenrock und Slipper bereit sowie ein «weicher Schal aus blaßrosafarbener Wolle» für den Kopf.

«Wie viele alte Leute hatte sie einen leichten Schlaf und Zeiten, in denen sie wachlag und die sie dazu benutzte, irgendwelche Aktionen zu planen oder die vorzubereiten, die am nächsten oder am darauffolgenden Tag ausgeführt werden sollten.»

So etwa verlief ein Tag in Miss Marples Leben.

10

Miss Marple unterwegs

«Ich frage mich, was sie jetzt wohl gerade tut,
die gute alte Seele.
Ob sie vor dem Haus in der Sonne sitzt?»

Gwenda Reed in *Ruhe unsanft*

Angeblich rührte Miss Marple sich selten von zu Hause fort – eine Vorstellung, die sie noch bestärkte: «Mein Horizont ist, fürchte ich, ziemlich beschränkt», sagte sie einmal. «Ich komme kaum aus St. Mary Mead heraus.» Das stimmte ganz und gar nicht. Als Kind besuchte sie mit ihrer Mutter und Großmutter Paris, und als junges Mädchen verbrachte sie einige Zeit in einem Mädchenpensionat in Florenz. Ob sie noch weitere Expeditionen zum Kontinent unternahm, wissen wir nicht, aber in den späteren Jahren ihrer Karriere als Detektivin scheint sie fast ständig von zu Hause fort gewesen zu sein und Ferien gemacht zu haben, wo zufällig zur selben Zeit ein Mord geschah – fort von zu Hause und angeblich auf Urlaub, weil die Nachricht von einem interessanten Fall ihre Neugierde geweckt hatte, oder von Verwandten oder Freunden ausdrücklich gerufen, weil ein Mörder frei herumlief.

Wenn Miss Marple verreiste, packte sie sorgfältig und hatte «ihre eigene Art, die Sachen zu falten». In ihren Koffer, «alt, aber von guter Qualität», wanderten ihre Kleider, ihre Andachtsbücher, ihr Reisewekker, ihr bestickter Strickbeutel und ein Wollschal. Im letzten Augenblick noch ein paar Anweisungen an das Mädchen (in der frühen Zeit hätte sie ihr ein Kostgeld dagelassen), und Miss Marple war bereit, als Rachegöttin mit dem Zug davonzubrausen.

Bei der ersten dieser dokumentierten Reisen, in *Der Daumenabdruck des heiligen Petrus,* fuhr sie in eine Stadt, deren Namen nicht genannt wird, um ihre schwierige Nichte Mabel Denman von dem Verdacht zu befreien, ihren Mann vergiftet zu haben. Zu beobachten, wie Miss Marple diese Stadt erkundet, ist ein großes Vergnügen. In die erste Zeit fiel auch das Weihnachten, das sie wegen ihres Rheumas in dem Heilbad Keston verbrachte. Passenderweise als *Eine Weihnachtstragödie* bezeichnet, klärte Miss Marple darin während ihrer Ferien einen höchst unerfreulichen Hotelmord auf. Ob es ihr und den anderen Gästen trotzdem gelang, unbeschwert Weihnachten zu feiern, ist eine andere Frage. In einer dritten frühen Kurzgeschichte – *Ein seltsamer Scherz* – wurde Miss Marple überredet, in dem Landhaus zweier besorgter junger Freunde der Schauspielerin Jane Helier nach einem unauffindbaren Erbe zu suchen.

In *Die Tote in der Bibliothek* verreiste sie wieder, zusammen mit Dolly Bantry, die sich angeblich erholen mußte. Man stieg im «Majestic Hotel» in Danemouth ab. In *Die Schattenhand* wird sie von Mrs. Dane Calthrop, der Frau des Pfarrers, nach Lymstock gerufen, um sich um die entsetzlichen Dinge zu kümmern, die plötzlich in dem friedlichen Ort passiert sind. In *Ruhe unsanft* kommt sie besonders viel herum. Zuerst erleben wir sie beim Besuch der Wests in London, dann fährt sie zu Freunden nach Nordengland, ist wieder zurück in London, um beim Tee über gewisse «Halluzinationen» zu sprechen, die jemand gehabt hat, kehrt kurz nach St. Mary Mead zurück, um Dr. Haydock zu überreden, daß er sie aus gesundheitlichen Gründen ins Seebad schicken müßte, und reist dann weiter nach Dillmouth, wo sie in einem Haus am Meer Unterkunft findet.

Ihr erster Nachkriegsurlaub, von dem in *Ein Mord wird angekündigt* berichtet wird, führte sie auf Einladung ihres Neffen ins «Royal Spa Hotel» von Medenham Wells, doch er wurde wegen verlockender Nachrichten über einen erstaunlichen Mord im nahe gelegenen Chipping Cleghorn vorzeitig abgebrochen. Das Pfarrhaus von Chipping Cleghorn, in dem Bunch Harmon wohnte, war Miss Marples nächste Anlaufstelle. Ein paar Jahre später wird sie in *Fata Morgana* von einem alten Freund für ein paar Wochen als eine Art arme Verwandte und Spionin ins «Stonygates» eingeschleust, ein großes Haus, in dem jugendliche Straftäter untergebracht sind. Dieser Arbeitsurlaub trug nicht dazu bei, Miss Marples Meinung über jugendliche Verbrecher oder Psychiater zu verbessern.

In *Das Geheimnis der Goldmine* schmuggelte sich Miss Marple ins «Yewtree Lodge» ein, ein Herrenhaus in Londons Maklerviertel, um festzustellen, wer die arme, dumme Gladys Marin, ihr früheres Dienstmädchen, umgebracht und die Nase der Toten mit einer Wäscheklammer verunziert hat. Wirklich, ein scheußlicher Fall, doch mit ihrem nächsten Ausflug nach London in *Das Asyl* sollten bessere Zeiten folgen. Sie verbrachte während Raymonds und Joans Amerikareise vierzehn Tage in deren Wohnung. Die freudige Überraschung über Bunch Harmons plötzliches Auftauchen mit der Nachricht, daß in Chipping Cleghorn noch ein Mord geschehen sei, der nicht geklärt werden könne, wurde nur noch durch die Befriedigung übertroffen, sich mit ihr in den Novemberausverkauf stürzen zu können («Tatsächlich ein Gesichtshandtuch von Vorkriegsqualität», rief Miss Marple begeistert).

In *Greenshaws Monstrum* verbrachte sie ein paar Wochen mit Raymond und Joan in deren Landhaus und fand dort heraus, wer die verrückte alte Miss Greenshaw umgebracht hat. Kurz danach war Miss Marple bereits wieder unterwegs: In *16 Uhr 50 ab Paddington* fuhr sie in eine Stadt namens Brackhampton, um Lucy Eyelesbarrows Nachforschungen über die verdächtigen Ereignisse im düsteren «Rutherford Hall» zu dirigieren.

Die drei letzten Ferien, von denen wir wissen, waren ihre interessantesten und teuersten. Von Raymond arrangiert, flog sie – vermutlich war es ihre erste Flugreise – in *Karibische Affäre* nach Westindien und verbrachte den Winter im «Golden Palm Hotel» auf der Insel St. Honoré. Und was für ein Luxus! Ein netter, kleiner Bungalow ganz für sich allein, lächelnde Hotelangestellte, und zum Dinner trug sie ein neues Kleid. Die anderen konnten sich ruhig gehenlassen und leichte, bunte Baumwollkleider tragen – Miss Marple «war nach bester Tradition der feinen Damen vom Lande gekleidet – in graue Spitze». Und zu allem Überfluß geschah noch ein interessanter Mord, der jede möglicherweise aufkommende Langeweile zerstreute.

Die Ferien im Jahr darauf waren sehr viel mehr nach ihrem Geschmack. War denn die Großzügigkeit der Wests grenzenlos? «Aber es wird dir *guttun,* Tante Jane. Manchmal ist es gut, von zu Hause wegzukommen. Man empfängt neue Eindrücke und erlebt neue Dinge, über die man nachdenken kann», erklärte Joan West, als Miss Marple zögerte, ihr Angebot, zwei Wochen in Bournemouth zu verbringen, anzunehmen. Vielleicht lieber Eastbourne? Oder Torquay? In einem Anfall von Offenheit erwiderte Miss Marple schließlich: «Am liebsten würde ich ins ‹Bertram's› gehen – in London.» Dies waren Ferien, bei denen sie sich tatsächlich nur ungern durch einen Mord stören ließ, was vielleicht auch der Grund war, warum sie in *Bertram's Hotel* den Mordfall mehr der Polizei überließ, als es sonst ihre Gewohnheit war. Solch eine Gelegenheit zum Einkaufen! Und der Tee am Nachmittag!

«Über das Ritual herrschte Henry, eine große und prachtvolle Erscheinung, gut in den Fünfzigern, onkelhaft, sympathisch und mit dem höflichen Benehmen einer lang ausgestorbenen Spezies: der perfekte Butler ... Es wurde mit großen silbernen Tabletts mit gebogenem Rand serviert, in georgianischen silbernen Teekannen. Das Porzellan war zwar kein echtes Rockingham and Davenport, doch es sah so aus.»

In *Das Schicksal in Person* packte sie für ihren ersten vollbezahlten Arbeitsurlaub «ihre kleine Reisetasche und ihren neuen, eleganten Koffer», um eine gemächliche Bustour zu den berühmtesten Häusern und Gärten Englands zu unternehmen. «Ich habe in meinem Leben nicht sehr viele große und berühmte Häuser gesehen», sagte Miss Marple, und tatsächlich wird sie mit fortschreitender Reise immer mehr in Morde verwickelt und sieht immer weniger von den berühmten Häusern.

Nicht jedesmal, wenn Miss Marple verreiste, stieß sie auf einen Mordfall, obwohl die Wahrscheinlichkeit sehr groß war. Auf kürzeren Reisen, vor allem nach London, hatte sie manchmal auch für andere Dinge Zeit. Ihre Leidenschaft für den Einkauf von Leinenzeug haben wir schon erwähnt, aber es kann nicht genug betont werden, wie ernst sie diese Unternehmungen nahm. Die Busstrecken, die an den großen, alten Kaufhäusern vorbeiführten, waren ihr genau bekannt:

«Es war Zeit, auszugehen und sich in die Freuden Londons zu stürzen. Sie könnte bis Piccadilly laufen und die Nummer 9 bis zur High Street in Kensington nehmen oder von der Bond Street aus den Bus Nummer 25 bis zum Marshall & Snelgrove's, oder den Fünfundzwanziger in der anderen Richtung, der, soviel sie sich erinnerte, sie bei Army & Navy Stores absetzen würde. Während sie durch die Schwingtür ging, genoß sie im Geist diese Freuden noch einmal.»

Obwohl Miss Marple etwas von Kunst verstand – zum Beispiel erkannte sie sofort, daß das Bild in Marina Greggs Halle Bellinis «Lachende Madonna» war, und sie bewunderte viktorianische Künstler wie Alma-Tadema und Frederick Leighton –, «muß leider festgestellt werden, daß sie die kulturellen Ereignisse, an denen sie hätte teilnehmen können, nicht nutzte. Sie besuchte keine Ausstellungen, keine Museen», wenn sie in London war, aber sie liebte die Oper sehr und auch das Theater, wobei sie einen scharfen Blick für die Inszenierung hatte, wie zum Beispiel bei *Macbeth:*

«Weißt du, mein lieber Raymond, wenn *ich* jemals dieses herrliche Stück inszenieren sollte, würde ich die drei Hexen völlig anders herausbringen. Es würden drei gewöhnliche, normale alte Frauen sein. Alte schottische Frauen. Sie würden weder tanzen noch herumhüpfen. Sie würden sich vielmehr hinterhältig ansehen, und man würde gerade wegen ihrer Gewöhnlichkeit eine Art von Bedrohung spüren, die von ihnen ausgeht.»

Sie kannte die Stücke von Barrie gut («Obwohl ich sagen muß, daß ich, als ich mit einem alten Freund von mir, General Easterly, in Barries *Mary Rose* ging ...», sie schüttelte den Kopf, «keiner von uns wußte, wo er hinsehen sollte.»). Sie genoß eine Aufführung von *Agamemnon* durch eine bekannte Knabenschule in der Nähe von St. Mary Mead und die Aufführung von *Die Herzogin von Malfi* mit Sir John Gielgud im «His Majesty's Theatre» in London, doch modernes Theater war nicht so sehr nach ihrem Geschmack. Ein russisches Stück im «Witmore», in das die Wests sie einmal an ihrem Geburtstag führten («unbedingt das bedeutendste Drama der letzten zwanzig Jahre») ließ sie kalt. «Interessant, obwohl vielleicht ein wenig zu lang», berichtete sie den Bantrys.

Sie liebte Filme, und in *Mord im Spiegel* erhält man den Eindruck, daß sie fast so etwas wie ein Kino-Fan war. Als von Marina Gregg die Rede ist, sagte Miss Marple mit einem Seufzer:

«Wie hübsch sie doch war. Ich werde ihre frühen Filme nie vergessen. Zum Beispiel *Bird of Passage* mit dem gutaussehenden Joel Roberts. Und dann der Film über Maria, die Königin von Schottland. Und natürlich war er sehr sentimental, aber mir hat *Comin' Thru the Rye* sehr gefallen.»

Einige der schönsten Tagesausflüge während all der Jahre waren die Einladungen von Ruth van Rydock, ihrer alten amerikanischen Freundin aus den

Tagen in Florenz, mit ihr in London Mittag zu essen. So machten sie sich auf den Weg, Mrs. van Rydock in der neuesten Pariser Création, Miss Marple in «unelegantem Schwarz», um im «Claridges», im «Savoy», im «Berkeley» oder im «Dorchester» zu essen. Leider wird uns nie erzählt, was sie aßen (im Gegensatz zu vielen anderen Detektiven verweilte Miss Marple nie beim Thema Essen), doch diese Mittagessen müssen großartigen Gesprächsstoff für die Teestunde am nächsten Tag mit Miss Wetherby und Miss Hartnell geliefert haben.

Zumindest in einem Fall fuhr Miss Marple nach London, um im Somerset House die Akten über eine Eheschließung einzusehen, und das bringt uns zu einem seltsamen Punkt in ihrem Leben als Detektivin.

Während der ganzen Jahre muß Miss Marple viele Male als wichtige Zeugin der Anklage aufgetreten sein, doch diese Fahrten in die Stadt werden nie erwähnt. «Natürlich wurde Miss Marples Anteil an der Geschichte nicht erwähnt. Sie selbst wäre bei dem Gedanken an eine derartige Möglichkeit entsetzt gewesen», schrieb Leonard Clement in *Mord im Pfarrhaus*.

Trotzdem fragt man sich, ob Scotland Yard es sich erlauben konnte, dieses As in seinem Ärmel in mehr als ein oder zwei Fällen nicht auszuspielen.

Und was für eine interessante Zeugin sie abgegeben haben würde: eine alte Dame mit liebem Gesicht, gekleidet in Schwarz oder getüpfeltem Tweed, sehr aufrecht im Zeugenstand sitzend, ihre Aussage mit zusammenhanglosen Bemerkungen und Entschuldigungen beginnend und Worten wie diesen: «Bitte, entschuldigen Sie. Ich weiß, daß es meine Schwäche ist, vom Thema abzuschweifen. Aber eine Sache erinnert einen einfach an eine andere.»

11

«Mein Neffe, der Autor» und andere Verwandte und Freunde

«Die mit dem feinen weißen Haar und dem Strickzeug ...? Könnte die Großtante von jedem x-beliebigen sein.»

Chefinspektor Davy in *Bertram's Hotel*

«Ein Glück, daß Miss Marples Schwager der Cousine ihrer Schwester ihrer Tante, oder wer immer es war, hier in der Nähe wohnt», bemerkte Giles Reed in *Ruhe unsanft* über die freundliche alte Dame, die wie von der Vorsehung geschickt auftauchte, um ihm und seiner Frau zu helfen, einen Mord aufzuklären. Tatsächlich ist sein Eindruck, daß Miss Marple zu einer weitverzweigten Familie gehörte, ziemlich falsch. Obwohl, wie wir gesehen haben, ihre Kindheit mit einem gesunden Maß an interessanten Tanten und wohlwollenden Onkeln gesegnet war, scheint sie in späteren Jahren sehr wenige noch lebende Verwandte gehabt oder aber sie nicht erwähnt zu haben. Nur ihr lieber Neffe Raymond, seine Frau und deren beide Söhne kommen in ihren Detektivjahren vor, und sie spielten eine große Rolle. Vielleicht genügte ihr das.

Raymond ist vermutlich der Sohn von Miss Marples Schwester, die nur einmal erwähnt wird: «Meine Schwester und ich hatten eine deutsche Erzieherin.» Da nicht weiter auf diese Schwester Bezug genommen wird und angsichts von Raymonds unerschütterlicher Zuneigung zu seiner Tante Jane während all der Jahre sowie seiner finanziellen Unterstützung, könnte man vermuten, daß diese Schwester als junge Witwe starb und Miss Marple Raymond großzog. Und zog sie auch noch eine Nichte groß, die unangenehme Mabel Denman, die sie in *Der Daumenabdruck des heiligen Petrus* von dem Verdacht reinigte, ihren Mann ermordet zu haben? Und war diese Mabel, die in den Geschichten und Romanen mit Miss Marple nie wieder auftaucht, Raymonds Schwester? Es wird uns nicht verraten. Es gab noch andere Nichten, die ein- oder zweimal flüchtig erwähnt werden: «Ich möchte alle Bilder meiner Neffen und Nichten als Babys aufbewahren» oder «Eine junge Nichte von mir hat kürzlich ihr Kind zu einem sehr bekannten Hautspezialisten gebracht», aber sie werden nie mit Namen erwähnt. Raymond herrschte allein.

In Miss Marples Leben als Detektivin tauchte Raymond West zuerst in den Kurzgeschichten des Dienstagabend-Klubs auf. Agatha Christie schrieb in ihrer Autobiographie:

«Für die Reihe von sechs Geschichten gab ich Miss Marple fünf Mitspieler. Der erste war ihr Neffe; ein moderner Romanautor, der in seinen Büchern starke Themen abhandelte, Inzest, Sex, drastische Schilderungen von Schlafzimmern und Badezimmereinrichtungen – es war die unerfreuliche Seite des Lebens, die Raymond West sah. Seine liebe, hübsche, alte, verhuschte Tante Jane behandelte er mit nachsichtigem Wohlwollen, wie jemanden, der nichts von der Welt versteht.»

Mit dem jeweils anderen Nachsicht zu üben war ein Spiel, das Raymond und Miss Marple überaus liebten:

«Meine liebe Tante Jane, warum mußt du deinen Kopf in den Sand stecken wie ein entzückender Vogel Strauß? Völlig in deinem idyllischen ländlichen Leben versunken. Das wirkliche Leben, nur das wirkliche Leben – das allein zählt.»

Und sie über ihn:

«Er schreibt sehr kluge Bücher, glaube ich, obwohl die Leute bei weitem nicht so unerfreulich sind, wie er sie schildert. Kluge junge Männer verstehen so wenig vom Leben, finden Sie nicht?»

Trotz Miss Marples Vorbehalten war Raymond eindeutig ein erfolgreicher Autor und verdiente mit seiner schriftstellerischen Tätigkeit nicht schlecht. In den ersten Geschichten und in *Mord im Pfarrhaus* war er ein vielversprechendes *enfant terrible,* «ein ziemlich außergewöhnlicher junger Mann», der gelegentlich aus London kam, um ein Wochenende bei Miss Marple zu verbringen.

«Mein Neffe», erklärte sie, «mein Neffe Raymond West, der Autor. Er kommt heute. Es gibt soviel zu tun. Man kann dem Mädchen nicht trauen, daß es die Betten ordentlich lüftet, und natürlich muß es zum Abendessen Fleisch geben.»

Für Raymond war nichts zu gut. Dafür vergaß er seine Tante Jane nicht, als sein Leben sich auszuweiten begann und eine Frau und Kinder umfaßte, ein Haus in Chelsea und eines auf dem Land und mit der Morgenpost mindestens sechs Autogrammwünsche kamen, weil er nun ein bekannter Autor geworden war.

In den Geschichten des Dienstagabend-Klubs verlobt Raymond sich mit Joyce Lamprière, der Künstlerin, doch schließlich heiratete er eine andere, Joan*, die ebenfalls Künstlerin war. Joan Wests Kunst – sie «malt bemerkenswerte Bilder von quadratischen Leuten mit seltsamen Ausbuchtungen» – war Miss Marple ebenso unverständlich wie Raymonds Romane, aber sie mochte Joan mit der Zeit mehr und mehr. Ein Bild dieses modernen jungen Paares wird in *Ruhe unsanft* entworfen, als nämlich Gwenda Reed, ihre angeheiratete Cousine aus Neuseeland, zu ihnen nach London auf Besuch kommt:

»Es war nicht ihre Schuld, daß Gwenda sie insgeheim höchst beunruhigend fand. Mit seiner seltsamen Erscheinung, die eher an einen angriffslustigen

* Vielleicht waren Joyce und Joan ein- und dieselbe Person. Die unterschiedlichen Namen können ein Flüchtigkeitsfehler der Autorin sein, oder aber Agatha Christie hatte ihre Meinung bezüglich der Namen geändert.

Raben erinnerte, seinem Haarschopf und seinen plötzlichen Crescendos während einer ziemlich unverständlichen Unterhaltung verblüffte Raymond Gwenda und machte sie nervös. Beide, er und Joan, schienen sich in einer eigenen Sprache miteinander zu unterhalten.»

Die Zeit verging, und die Wests bekamen zwei Söhne, Lionel und David, und wurden etwas milder. Mitte der fünfziger Jahre wird Raymond als «mit dem Beginn der mittleren Jahre etwas ruhiger werdend» beschrieben, und Mitte der sechziger Jahre «überlegte Miss Marple bedrückt, daß Joan jetzt beinahe fünfzig sein mußte». Ihre Söhne wuchsen heran. Der eine von ihnen – es wird nicht klar gesagt, welcher – fing an, sich sehr für Rennwagen zu interessieren, und David, der bei der britischen Eisenbahn arbeitete, war Miss Marple bei ihrer Suche nach dem Leichnam in *16 Uhr 50 ab Paddington* eine große Hilfe.

Von unserem Standpunkt aus betrachtet ist wichtig, daß die Wests zu Miss Marple sehr gut waren. «Raymond mochte seine alte Tante sehr gern und überlegte immer, wie er ihr etwas Gutes tun konnte.» Seine Großzügigkeit befreite sie von den durch ein kleines Einkommen bedingten Sorgen und gab ihr die Möglichkeit, ihre Aufmerksamkeit auf die interessanteste Beschäftigung zu richten, die sie kannte: das Klären von Mordfällen. Als sie krank und sehr alt war, sorgte er für Pflegerinnen und Haushälterinnen. Wenn er glaubte, sie brauche eine Abwechslung, arrangierte er einen Ferienaufenthalt für sie.

Mit der Zeit bekam er sogar Respekt vor ihrer Fähigkeit als Detektivin und räumte ein, daß sie vielleicht doch eine oberflächliche Kenntnis des zwanzigsten Jahrhunderts besaß. Als er Miss Marple versicherte, ein Freund werde sich aufmerksam um ihr Haus kümmern, während sie in Westindien sei, beschrieb er ihn ihr als Hausmütterchen – ein Schwuler. «Er hatte dann leicht verlegen geschwiegen – aber sicherlich hatte selbst die liebe alte Tante Jane schon von Schwulen gehört.»

Raymond war für Miss Marple eine gute Schule. Im Laufe der Jahre sah eine Reihe von Leuten in ihr den Inbegriff einer idealen Tante und vereinnahmte sie als eine solche. Da war zum Beispiel «der gutaussehende, Gamaschen tragende Bischof von Westchester, der sich erinnerte, wie er als Kind in einem Pfarrhaus in Hampshire fröhlich gerufen hatte: ‹Sei ein Krokodil, Tante Janie! Sei ein Krokodil und friß mich!›» Den bärbeißigen Colonel Melchett, der gerade mit einem schwierigen Fall kämpfte, erinnerte ihr «Sie werden keine Probleme haben, das versichere ich Ihnen» an «den Ton, in dem seine Lieblingstante ihm einst versichert hatte, daß er beim Aufnahmeexamen in Sandhurst nicht durchfallen würde». Eine ähnliche Wirkung hatte sie auf Polizeibeamte. In *Das Geheimnis der Goldmine* nickte sie Inspektor Neele «aufmunternd zu, wie eine Tante ihrem klugen Neffen, der eine Prüfung für ein Stipendium machen mußte», und sie erinnerte Kriminalinspektor Craddock, der sie später in einer Reihe seiner Fälle Tante Jane nennen sollte, an «seine eigene Großtante Emma. Die hatte ihm schließlich verraten, daß seine Nase wackelte, wenn er eine Lüge erzählen wollte.» Joyce Lemprière vom Dienstagabend-Klub nannte Miss Marple Tante, wie auch die nicht mehr ganz junge Mildred Strete aus *Fata Morgana,* was für Miss Marple ein leichter Schock war. Aber sie fand es nicht schockierend und kannte auch keinerlei Hemmungen, einen nichtexistierenden Neffen namens Denzil zu erfinden, um zu versuchen, in *Karibische Affäre* ein vielversprechendes Beweisstück in die Hände zu bekommen.

Man erhält den Eindruck, als sei Miss Marple bei einer Reihe von Menschen Patin gewesen, doch nur zwei werden genauer erwähnt: das Baby der Rhodes aus *Miss Marple erzählt eine Geschichte,* dessen Vater sie vor einer Mordanklage bewahrte, und ihr Lieblingspatenkind Bunch Harmon. Bunchs Vater war früher der Pfarrer von St. Mary Mead gewesen, und beide Elternteile waren alte Freunde von Miss Marple. Optimistisch auf den Namen Diana getauft, «erhielt sie wegen der Rundlichkeit ihres Körpers und ihres Gesichts bald den Spitznamen ‹Bunch›». Sie zog sich fürchterlich an: «Ihr abgenutzter Filzhut war in dem vagen Versuch, modisch zu sein, am Hinterkopf festgesteckt, und sie hatte eine etwas schlaffe Spitzenbluse angezogen statt des üblichen Pullovers.» Alle Leute mochten sie wegen ihrer stets guten Laune und ihrer Begeisterungsfähigkeit. Miss Marple sah jedoch noch mehr: «Du hast eine Menge gesunden Menschenverstand, Bunch, und bist sehr intelligent.» Bunch war mit Reverend Julian Harmon verheiratet, dem Pfarrer von Chipping Cleghorn, und herrschte fröhlich über ein riesiges, zugiges Pfarrhaus ohne Zentralheizung und arbeitssparende Geräte. Ihr Mann, ein liebenswerter, gelehrter Mann, verwirrte seine Pfarrkinder häufig mit seinen esoterischen Predigten und las am Abend seiner jungen Frau Gibbon vor.

Das Leben ihrer Patentochter und ihres Mannes in Chipping Cleghorn muß Miss Marple häufig an das in ihrer benachbarten Pfarrei in St. Mary Mead erinnert haben, die Bunch vermutlich aus ihrer eigenen Kindheit vertraut war. Griselda Clement war besser angezogen und intellektueller als Bunch, aber sie war mit ihrem zerstreuten Geistlichen in mittleren Jahren ebenso glücklich wie diese mit ihrem Mann, und auch sie war keine gute Hausfrau. Pfarrer Leonard Clement schrieb über seine Frau:

«Griselda ist fast zwanzig Jahre jünger als ich. Sie ist verführerisch hübsch und nicht in der Lage, irgend etwas ernst zu nehmen. Sie ist in jeder Beziehung unzulänglich, und es ist äußerst anstrengend, mit ihr zu leben. Sie behandelt den Pfarrbezirk wie eine Art riesiges Vergnügen, das man eigens für sie arrangiert hat. Ich habe mich bemüht, ihren Geist zu formen, und habe versagt.»

Pfarrer Leonard Clement war kein solcher Tugendbold, wie diese Zeilen vermuten lassen. Er besaß selbst einen feinen Humor und viel Sinn für das Lächerliche. Er mochte manchen Gemeindemitgliedern weltfremd und leicht aufgeblasen erscheinen, doch wenn er sich nach einer der fürchterlichen

Mahlzeiten in der Pfarrei («‹Salat›, sagte das schmuddelige Dienstmädchen und knallte grob einen angesprungenen Teller vor ihm auf den Tisch.») in sein Arbeitszimmer zurückzog, schrieb er viele amüsante und scharfsinnige Dinge über St. Mary Mead und seine Einwohner nieder.

«Ein stabilisierender Einfluß wird in mein Leben kommen», verkündete Griselda ihrem Mann, als die verwirrenden Ereignisse in *Mord im Pfarrhaus* sich ihrem Ende näherten. Dieser stabilisierende Einfluß – der kleine Leonard – tritt zum erstenmal in *Die Tote in der Bibliothek* in Erscheinung, als er über den Kaminteppich krabbelte, zusammen mit seiner Mutter, die «ihrem Sohn mit dem Kopf dreimal in den Bauch stieß, so daß er ihr Haar packen und mit fröhlichem Jauchzen daran ziehen konnte. Dann rollten sie in einem wilden Durcheinander hin und her, bis sich die Tür öffnete und das Dienstmädchen der Pfarrei das einflußreichste Gemeindemitglied meldete, das Kinder nicht mochte: ‹Die Missus ist da drin.›»

Der junge Leonard wird in *Die Perle* als klebriger kleiner Junge erwähnt und taucht zwanzig Jahre später in *16 Uhr 50 ab Paddington* wieder auf, wo ihn seine Leidenschaft für Landkarten zu einem nützlichen Berater Miss Marples werden läßt. Zu dieser Zeit, in den späten fünfziger Jahren, wohnen die Clements noch immer nebenan. Griselda sah «seltsam jung und blühend aus, wenn man bedachte, daß sie eine so schäbige alte Pfarrei bewohnte». In jenem Jahr war Miss Marple wie gewöhnlich bei ihrem Weihnachtsessen zu Gast (ob das Essen mit den Jahren besser geworden war, fragt man sich unwillkürlich), doch fünf Jahre später, in *Mord im Spiegel,* sind die Clements bereits fortgezogen. Griselda blieb jedoch mit Miss Marple in Verbindung, und «ihr entzückendes Baby war jetzt ein kräftiger junger Mann mit einem sehr guten Job». Vielleicht war Leonard Clement sen. inzwischen gestorben. Was für Gründe ihn auch veranlaßt haben mochten, von St. Mary Mead wegzugehen, es ist ein großer Jammer, daß er nicht mehr da war, um die Ereignisse und Morde von «Gossington Hall» aufzuzeichnen, während dort der Filmstar Marina Gregg residierte.

Eine völlig andere Pfarrfrau als Bunch und Griselda war Miss Marples einschüchternde Freundin Mrs. Dane Calthrop von Lymstock. Sie tritt nur in einem Buch auf, aber sie ist unvergeßlich. Verheiratet mit dem gelehrten Pfarrer Caleb Dane Calthrop, «war sie eine Frau von Charakter und einem Wissen von fast olympischen Dimensionen». Über sie schrieb Jerry Burton, der Erzähler in *Die Schattenhand:*

«Ich habe nie eine Frau erlebt, der ihre physische Umgebung so gleichgültig war. An warmen Tagen lief sie häufig in Harris Tweed umher, und ich habe auch schon einmal beobachtet, wie sie bei Regen oder sogar bei Hagel die Dorfstraße geistesabwesend in einem mit Mohnblumen bedruckten Baumwollkleid entlangjagte. Sie hatte ein langes schmales gutgeschnittenes Gesicht wie ein Windhund und äußerte sich mit niederschmetternder Offenheit.»

Mrs. Dane Calthrop sagte immer die aufregendsten Dinge: «Caleb hat überhaupt keinen Sinn für

Sex. Hat er nie gehabt. Da hat er Glück, daß er Geistlicher ist.» Oder, während sie einen Hummer herzeigte: «Haben Sie schon mal etwas gesehen, das Mr. Pye unähnlicher ist? Sehr männlich und hübsch, nicht wahr?» Vielleicht war dies auch der Grund, warum Miss Marple, die in *Die Schattenhand* ihr Gast ist, so ungewohnt verhalten wirkt. Aber vermutlich wurde jeder in Mrs. Dane Calthrops Gegenwart ungewohnt still.

Im Gegensatz zu den ehrfurchteinflößenden Calthrops konnte man sich angenehmere Freunde als Dolly und Arthur Bantry kaum vorstellen. Jahrelang waren sie die Besitzer von «Gossington Hall» und wurden eines Tages von Sir Henry Clithering überredet, Miss Marple zu einer Dinnerparty einzuladen. Nach einer Reihe solcher Anlässe, bei denen Mordgeschichten erzählt wurden und der Täter gefunden werden mußte, wurden Dolly und Miss Marple die besten Freundinnen. Dolly wandte sich auch sofort an Miss Marple, als eines Morgens die Leiche einer sehr jungen Frau in der Bibliothek ihres Mannes entdeckt wurde.

Colonel Arthur Bantry, das Opfer dieses schrecklichen Scherzes, war ein freundlicher, gutmütiger Mann, der die Landarbeit liebte, die Konservativen und das Landleben, das er als Herr von «Gossington Hall» führte. «Die Schweine zu betrachten und so etwas, das beruhigt ihn immer, wenn er sich aufgeregt hat.» Jegliche Störungen erregten sein heftiges Mißfallen. Er konnte zum Beispiel Musik nicht leiden («Ohne jegliches musikalisches Gehör. Ihr hättet sein

Gesicht sehen sollen, als uns ein paar nette Freunde in die Oper mitnahmen!») oder das mondäne Volk, das St. Mary Mead unsicher machte («eine kreischende, lärmende Menge») und Ascot überschwemmte.

Dolly Bantry war mindestens dreißig Jahre lang Miss Marples Verbündete und Vertraute, und nach all der Zeit war sie, immer noch gut in Schuß, eine untersetzte, liebenswürdige Witwe, ebenso heiter wie am Anfang. «Wodka sollte man einfach runterkippen», riet sie in *Mord im Spiegel* einem zögerlichen Trinker. Ihre eigentliche Passion aber waren Blumen. Zu ihrer Zeit hatte sie «den schönsten Schwertliliengarten der ganzen Gegend», und schon auf der ersten Seite von *Die Tote in der Bibliothek* begegnen wir ihr, wie sie tagträumt:

«Ihre Gartenwicken hatten gerade auf der Blumenschau den ersten Preis gewonnen. Der Pfarrer, in Soutane und Chorhemd, verteilte in der Kirche die Preise. Seine Frau schlenderte vorbei, sie trug einen Badeanzug . . .»

An der Hauptstraße, gegenüber den Läden und der Kirche strategisch günstig plaziert, standen drei hübsche Häuser, «im Stil Queen Anne und georgianisch». Sie gehörten Miss Jane Marple, Miss Amanda Hartnell und Miss Caroline Wetherby. In St. Mary Mead war man der felsenfesten Überzeugung, daß nichts Interessantes, kein Skandal passierte, ohne daß man nicht dort sofort darüber Bescheid wußte und der Sachverhalt in dem einen oder anderen feinen Wohnzimmer besprochen wurde. St. Mary Mead hatte recht; diese drei waren wirklich eine schreckliche Allianz, denn sie hatten bestimmte Charaktereigenschaften gemeinsam: Sie waren von unersättlicher Neugier und glaubten unbeirrt an die Schlechtigkeit der menschlichen Natur. Im Laufe ihrer langen Karriere, als sie ihre Talente an härterem Tobak erprobte, wuchs Miss Marple über Miss Wetherby und Miss Hartnell hinaus, doch der Nachmittagstee der drei blieb weiterhin ein wichtiges Ereignis. Was auch immer in ihrem Leben passierte, Miss Marple blieb gern mit St. Mary Mead und dem, was sich dort tat, in Verbindung, ob es etwas Kriminelles war oder nicht. Niemand wußte das besser als Miss Wetherby und Miss Hartnell.

Miss Wetherby war von den beiden die stillere, von schlichterem Gemüt. In *Die Tote in der Bibliothek* wird sie unbarmherzig als «eine langnasige, sauertöpfische alte Jungfer» beschrieben, und in *Mord im Pfarrhaus* schreibt der Pfarrer, daß «sie ihre dünnen Lippen mißbilligend schloß». Er hielt sie jedoch für weichherziger als Miss Hartnell, die nach außen hin jovial wirkte («Was, hoho, ihr da drinnen!» pflegte sie mit einer Baßstimme zu rufen), doch im Grunde war sie unerbittlich, vor allem mit den Armen, die sie unermüdlich besuchte. «Und vier meiner ärmeren Gemeindemitglieder haben offen gegen Miss Hartnell rebelliert», berichtete der Pfarrer. In *Mord im Spiegel,* einem der späteren Bücher, ist Miss Wetherby gestorben, doch Miss Hartnell war immer noch voll da und «kämpfte gegen den Fortschritt bis zum letzten Atemzug».

Ist es möglich, daß Miss Marple sie drei im Sinn hatte, als sie sich ausmalte, wie die drei Hexen in *Macbeth* am gefährlichsten wirkend darzustellen wären? Daß es drei völlig gewöhnliche alte Frauen sein könnten, die Art alter Damen, die «um den lieben Pfarrer» herumflattern «und ihm schreckliche Pantoffeln sticken und zu Weihnachten Bettsocken schenken»?

Miss Hartnells Haus stand an der einen Seite von Miss Marples, auf der anderen Seite wohnte Dr. Haydock. Von dort aus machte er sich auf, die Kranken des Dorfes zu versorgen und jene Einwohner zu untersuchen, deren Leben vorzeitig beendet wurde, denn Dr. Haydock war nicht nur der Dorfdoktor, sondern auch der Polizeiarzt. Im Laufe der Jahre erschien er in vielen Miss-Marple-Büchern und -Kurzgeschichten, in den frühen als «ein großer, feiner, kraftvoller Bursche mit einem ehrlichen, derben Gesicht» und in den späteren als älterer Herr, kurz vor der Pensionierung – ein weiterer Hinweis darauf, wie ungeheuer lange Miss Marples eigenes Altsein dauerte. Jeder von ihnen bewunderte den anderen sehr, obwohl ihre Überzeugungen manchmal auseinandergingen – Dr. Haydock war zum Beispiel kein Kirchgänger und hielt nichts von der Todesstrafe –, aber sie glaubten beide fest an den gesunden Menschenverstand, was vermutlich der Grund war, warum Miss Marple keinen anderen Arzt haben wollte. Miss Emily Skinner zum Beispiel, die in ihrem Bett in «Old Hall» schmachtete, verschrieb er eine Mischung aus Teufelsdreck und Baldrian, «das gängige Mittel für Simulanten bei der Armee»! Für Miss Marples gelegentliches Simulieren hatte er mehr Verständnis. Als «Kollege» verstand er, daß sie häufig ihre guten Gründe dafür hatte. «Wollen wir mal hören, warum Sie nach mir geschickt haben», sagte er einmal zu ihr. «Erzählen Sie mir einfach, was es sein soll, und ich richte mich buchstabengetreu danach.» Er war von Anfang bis Ende ihr verläßlicher Freund und Verbündeter und ermutigte sie stets, weiter herumzuschnüffeln, selbst als sie schon sehr alt war.

Eine Reihe anderer Leute verdient es noch, als Miss Marples Freunde erwähnt zu werden. In Jahren der Freundschaft gerechnet, waren zweifellos zwei Amerikanerinnen ihre ältesten Freunde, Ruth van Rydock und deren Schwester Carrie Louise Serrocold. Wie wir gesehen haben, hatten sich die drei als Schulmädchen in Florenz kennengelernt, «sie selbst das rosige und weiße englische Mädchen aus dem Haus neben der Kathedrale». Carrie Louise ließ sich schließlich in England nieder, aber es war die kosmopolitische Ruth, die London in regelmäßigen Abständen überfiel, die Miss Marple häufiger sah.

> Wenn man Mrs. van Rydock betrachtete, war es faktisch unmöglich, sich vorzustellen, wie sie im Naturzustand aussehen würde. Alles, was man für Geld machen lassen konnte, hatte sie mit sich machen lassen – unterstützt von Diät, Massage und regelmäßigen Gymnastikübungen.
> Ruth van Rydock blickte ihre Freundin amüsiert an.

«Glaubst du, die Leute würden vermuten, Jane, daß du und ich praktisch im selben Alter sind?»

Miss Marple erwiderte offen:

«Nicht eine Sekunde lang, davon bin ich überzeugt», fügte jedoch gleich hinzu: «Doch weißt du, ich fürchte, daß man *mir* jede Minute *meines* Alters ansieht.»

Zwei andere alte Freundinnen waren Mrs. Price Ridley, die einem schrecklich auf die Nerven gehen konnte, und Mrs. McGillicuddy, die sehr nett war. Mrs. Price Ridley, verwitwet, reich, sich in alles einmischend, wohnte neben dem Pfarrhaus. Gerechte Empörung war ihre Spezialität und stieg ständig aus den Tiefen ihres stattlichen Busens an die Oberfläche. Manchmal verhinderte nur das rasche Einschreiten mit einem Glas Pflaumengin ihren völligen Zusammenbruch. Mit ihren unglaublichen Hüten trat sie häufig bei «Tee und Skandalen» in Erscheinung. Elspeth McGillicuddy, «klein und untersetzt», war ein erfreulicherer Anblick. Sie wohnte nicht in St. Mary Mead, besuchte ihre alte Freundin Jane aber von Zeit zu Zeit. Miss Marple mochte ihren Sohn Roderick besonders und half ihm einmal bei einer Geschichte, wo Geld aus einem Schulspind verschwunden war. In *16 Uhr 50 ab Paddington* kürzt Elspeth ihren Besuch in Ceylon ab, um nach Hause zu fahren und Jane bei der Demaskierung eines Mörders zu helfen.

Die wichtigsten Männer in Miss Marples Leben waren, abgesehen vom «lieben Raymond», Vertreter des Gesetzes, was nicht weiter erstaunlich ist. Und wie sehr sie Miss Marple schätzten! Gewöhnlich taten sie sie am Anfang als zittrige alte Dame ab, um schließlich als ihre Fans von dannen zu ziehen. Drei Männer stehen im Vordergrund: Colonel Melchett, Sir Henry Clithering und Kriminalinspektor Craddock.

Colonel Melchett, «ein gereizt aussehender Mann mit der Gewohnheit, an seinem kurzen roten Schnurrbart zu ziehen», war der Polizeichef der Grafschaft. In dieser Funktion hatte er die Oberaufsicht über die Untersuchungen bei einer Reihe von Morden, die alle zur rechten Zeit von Miss Marple aufgeklärt wurden. Inspektor Slack, sein Assistent, machte dies sehr zu schaffen, doch der schroffe Colonel nahm das ganz locker. «Sie ist eine sehr gerissene alte Dame», sagte er über Miss Marple.

Sir Henry Clithering, liebenswürdig und «einer der besten Köpfe Englands», teilte diese Meinung: «Einfach der beste Detektiv, den Gott je erschuf – ein Naturtalent, im richtigen Boden großgezogen.» In Miss Marples Leben sollten ständig Leute auftauchen, die ihr erzählten, für was für eine großartige Detektivin Sir Henry Clithering sie hielt, und schon die bloße Erwähnung seines Namens ließ sie erröten, und sie begann loszuplappern: «Der gute Sir Henry ... immer so reizend. Wirklich, ich bin überhaupt nicht klug – nur vielleicht, daß ich die menschliche Natur *etwas* kenne ... weil ich in einem Dorf lebe, wissen Sie.» Ihre Freundschaft begann gleich am Anfang von Miss Marples Karriere in den Tagen des

Dienstagabend-Klubs. Sie arbeiteten bei der Aufklärung einer Reihe von Morden zusammen und sprachen in *Das Schicksal in Person,* Miss Marples letztem belegtem Fall, noch immer bewundernd voneinander.

Dermot Craddock war Sir Henrys Patenkind und wurde mit den besten Empfehlungen an sie verwiesen. Miss Marple betete ihn an: «Mit echt weiblicher viktorianischer Anerkennung glitten ihre klaren blauen Augen über Kriminalinspektor Craddocks männliche Erscheinung und sein gutgeschnittenes Gesicht.» Er wurde «mein lieber Junge», und sie wurde sein «Tantchen». Trotz dieser Überschwenglichkeiten waren die beiden ein großartiges Team, das viele Mörder entlarven sollte. Geduldig, vorurteilsfrei und gelassen, war er der ideale Mitarbeiter. Er war aber auch mit allen Wassern gewaschen. «Miss M. wegen des neuesten Klatsches befragen», notierte er in einer Liste über die im Zuge einer kriminalistischen Untersuchung notwendigen Schritte.

Zweifellos war der alte Jason Rafiel Miss Marples außergewöhnlichster Freund. Er tauchte in *Karibische Affäre,* Miss Marples drittletztem Fall, auf und war bereits tot und begraben, bevor *Das Schicksal in Person,* ihr letzter, begann, aber er nahm großen Einfluß auf ihr Leben. Das war seine Art. Ein «starker Mann, ein dickköpfiger Mann – ein sehr reicher Mann». Er hatte mit einer Supermarktkette in Nordengland Millionen gemacht. Als Miss Marple ihn während ihres Urlaubs in Westindien kennenlernte, war er ein erschütternder Anblick, «unglaublich ausgetrocknet, seine Knochen mit Girlanden aus faltiger Haut behängt». Er war auch unglaublich grob und hatte nicht die Spur von Sympathie für «Strickwolle und Geschwätz». Alles in allem kaum prädestiniert als Freund für Miss Marple, sollte man glauben, doch als sie ohne zu zögern mitten in der Nacht in sein Zimmer eindrang, um ihn bei der Aufklärung eines Mordfalls als ihren Verbündeten anzuwerben, gewann sie seinen nachhaltigen Respekt: «An Miss Jane Marple, wohnhaft in dem Dorf St. Mary Mead ... Ich möchte Sie bitten, ein bestimmtes Verbrechen aufzuklären», stand in seinem letzten Willen und Testament ein paar Jahre später. Mit diesem Fall, einem großzügigen Spesenkonto und einem Honorar von zwanzigtausend Pfund beendete Miss Marple glorreich ihre Karriere.

12

Auftritt der kleinen Dienstmädchen

Und tatsächlich war die arme Florrie in Schwierigkeiten – der vornehme Gehilfe aus dem Herrensalon. Glücklicherweise war es noch rechtzeitig, und ich konnte ein kleines Gespräch mit ihm führen, und sie hatten eine sehr nette Hochzeit und lebten ganz glücklich.

Miss Marple in *Ein Mord wird angekündigt*

Miss Marple fehlte der Luxus, den Hercule Poirot mit seinem Diener George genoß, Lord Peter Wimsey mit seinem Bunter und Albert Campion mit seinem Magersfontein Lugg. Statt dessen hatte sie Dienstmädchen, eines nach dem anderen:

«Manche von ihnen waren ziemlich schlicht gewesen, häufig hatten sie Polypen, und Amy war eindeutig schwachsinnig. Sie hatten mit den anderen Dienstmädchen im Dorf geschwatzt und geklatscht und waren mit dem Gehilfen des Fischhändlers ausgegangen oder mit dem Untergärtner von ‹Gossington Hall› oder mit einem der zahlreichen Verkäufer von Mr. Barnes, dem Lebensmittelhändler. Miss Marple ließ sie im Geist voll Zuneigung Revue passieren und dachte an all die kleinen Wollmäntel, die sie für die dann folgenden Sprößlinge gestrickt hatte.»

«Mein kleines Dienstmädchen Janet», «Gwen, mein kleines Dienstmädchen mit dem roten Haar», «Edna, Miss Marples kleines Dienstmädchen», die kleine Amy, Annie, Clara, Kitty, Gladys, Alice, Ethel, Emily, Evelyn, Edith – sie traten auf und wieder ab, ein kleines Dienstmädchen nach dem anderen. «Meistens habe ich sehr junge Dienstmädchen», sagte Miss Marple. Sie kamen aus dem St. Faith Waisenhaus zu ihr. «Ein sehr gut geführtes Heim» (Miss Marple war im Vorstand), «allerdings bedauerlich wenig Geld. Wir tun unser Bestes für die Mädchen dort, bemühen uns, ihnen eine gute Ausbildung zu geben und all das.»

Frisch aus dem Waisenhaus kommend – was für eine Art von Ausbildung erhielten die Mädchen in dem kleinen sauberen Haus an der Hauptstraße von St. Mary Mead? Jedenfalls eine sehr gründliche, davon können Sie überzeugt sein. «Ernie sagt immer: ‹Alles Gute hast du von deiner Miss Marple gelernt, bei der du in Stellung warst›», erzählte Miss Marple einmal ein früheres Mädchen. Sie trugen natürlich Uniform und hübsche weiße Schürzchen. Sie lernten, bei Tisch zu servieren und das Silber zu putzen, die Betten ordentlich zu lüften und die Matratzen umzudrehen, abzuwaschen, ohne Teller zu zerbrechen, und abzustauben, ohne Verzierungen abzubrechen. Sie lernten, Miss Marple mit Miss oder Ma'am anzureden und an der Haustür «Sie ist nicht da» zu sagen, wenn Miss Marple nicht gestört werden wollte. Sie lernten einfaches, risikoloses Kochen: Heringe, Kipper, gekochte Eier, Scones, «Fleischgerichte» für die Herren, Pflaumenmarmelade und Pflaumengin. Man sieht förmlich, wie in Miss Marples Haus immerzu jemand ausgebildet wurde und aus ihrer Schule lauter tüchtige kleine Mädchen hervorgingen, die von reichen Damen rasch als Hausmädchen oder von glücklichen Lebensmittelverkäufern als Ehefrauen weggeschnappt wurden.

Manchmal lief leider auch etwas schief. Kitty behauptete, den Frühjahrsputz erledigt zu haben, doch auf dem Sims waren noch Spinnweben. Emily konnte man nicht trauen, daß sie die Betten ordentlich lüftete. Und noch schlimmer – die kleine Janet flunkerte. «Sie hatte ziemlich überzeugend erklärt, daß die Mäuse den Rest Kuchen gegessen hätten, und dann verriet sie sich selbst, weil sie beim Verlassen des Zimmers grinste.» Alice fälschte Abrechnungen. Ethel, «ein sehr gut aussehendes Mädchen und in jeder Weise willig», ging bei Lady Ashton in Stellung, stahl zwei Diamantbroschen und schnitt die Spitze von der Unterwäsche ihrer Herrin ab! Greuliche Geschichten über solch unternehmungslustige Dienstmädchen, Verräterinnen an ihrem Ehrenkodex, wurden mit gedämpfter Stimme beim Nachmittagstee erzählt. Tatsächlich «waren Dienstboten in St. Mary Mead das Hauptgesprächsthema», zumindest bei der Mittelklasse. Es gibt eine herrliche Kurzgeschichte mit Miss Marple, *Die Perle,* in der das Idealbild eines Dienstmädchens auftritt: Mary Higgins besitzt alles, um auch die anspruchsvollste Herrin des Hauses zufriedenzustellen: vierzig Jahre alt, ausgezeichnete Zeugnisse, verlangte nur einen äußerst bescheidenen Lohn, liebte das Landleben, zog sich ordentlich an, sprach mit der «passenden, kaum hörbaren, respektvollen Stimme», kochte, servierte und putzte perfekt, konnte hervorragend mit Kranken umgehen und so weiter. Da dieses Wunder der unbeliebten Mrs. Skinner gehörte, «war der Kummer im Dorf groß». Zum Seelenfrieden aller stellte sich das Ganze dann doch als frei erfunden heraus.

Manche kleinen Dienstmädchen mochte man trotz ihrer Fehler. Miss Marple erzählte Bunch Harmon von einem hoffnungslosen Fall:

> «Zum Tischdecken war sie überhaupt nicht zu gebrauchen. Sie legte die Sachen krumm und schief auf den Tisch, verwechselte Küchenmesser mit Eßmesser, und ihr Häubchen – es ist schon lange her, meine Liebe –, das Häubchen saß *nie* gerade.»
>
> Automatisch schob Bunch ihren Hut zurecht.
>
> «Und was noch», fragte sie besorgt.
>
> «Ich behielt sie, weil es so angenehm war, sie im Haus zu haben – und weil sie mich immer zum Lachen brachte.»

Mit diesem Mädchen ging am Ende alles gut, es heiratete einen Baptistenpfarrer. Anders war es mit Gladys Martin, «ein recht ordentliches Mädchen, aber fast völlig dumm. Der Typ, der Polypen hat.» Gladys lief zu weit von St. Mary Mead und ihrem wegen des Botenjungen des Fischhändlers gebrochenen Herzen weg. «Oh, Madam, es fällt mir schwer, Sie zu fragen, ob Sie nicht herkommen und mir helfen könnten. Sie würden auf Sie hören, und Sie waren immer so gut zu mir», lautete ihr Hilfeschrei in einem Brief, der auf Miss Marples Dielentisch so spät eintraf, daß Gladys' Ermordung in *Das Geheimnis der Goldmine* nicht mehr zu verhindern war. Aber wehe dem Mörder, der eine von Miss Marples kleinen Absolventinnen einfach um die Ecke brachte – eine ältere Dame mit einer Vogelfeder am Hut wird wie aus dem Nichts auftauchen, um sie zu rächen.

Zwei wunderbare frühere Dienstmädchen, noch eine Gladys und die treue Florence, «ein Dragoner von einem Hausmädchen», wurden, lange nachdem sie St. Mary Mead verlassen hatten, noch einmal dienstverpflichtet. In *Das Asyl* half die erfolgreiche Gladys, die jetzt verheiratet war und in London lebte, Miss Marple, ein Paar Juwelendiebe zu überführen. Und in *16 Uhr 50 ab Paddington* verschaffte die treue Florence, die in Brackhampton wohnte und Zimmer an respektable Bürger vermietete, Miss Marple ein Versteck inmitten von «Porzellanhunden und Mitbringseln aus Margate».

Die kleinen Dienstmädchen – ach wie man ihnen in späteren Jahren nachtrauerte, sogar den frechen und unordentlichen. Über ihr rasches Verschwinden als Gattung wird in den Geschichten und Romanen mit Miss Marple unermüdlich berichtet, angekündigt durch einen spitzen Schrei von Miss Wetherby in den dreißiger Jahren – «heutzutage läßt man keinen Dienstboten mehr gehen, außer es ist etwas wirklich Schlimmes passiert» – und endend mit «verzweifelten Rufen nach Haushaltshilfen» in den Kleinanzeigen in den fünfziger Jahren. Für die meisten Zeitgenossinnen von Miss Marple folgten dann traurige Zeiten:

«... sie hatten das besorgte, gehetzte Aussehen von Menschen, die mit den häuslichen Sorgen vor Erschöpfung nicht mehr fertig werden, oder sie waren in irgendwelchen Komitees aktiv und bemühten sich, munter und tüchtig zu erscheinen, oder sie färbten sich ihr Haar enzianblau oder trugen Perücken, und ihre Hände waren nicht die Hände, an die sie sich erinnerte, schmale, zarte Hände – sie waren rauh vom Abwaschen und den Putzmitteln.»

Mühsame Versuche wurden unternommen, um dieses Vakuum zu füllen. Natürlich konnte man nicht länger auf Musselinhäubchen und -schürzchen hoffen oder auf Feinheiten beim Bettenmachen, aber man war noch immer nicht auf die Demütigungen gefaßt, die man über sich ergehen lassen mußte, um den neuen Schatz, das Tagesmädchen, zu halten. In *Ein Mord wird angekündigt* versuchte Mrs. Sweetenham ihren Sohn zu überreden, den marxistischen *Daily Worker* nicht mehr zu abonnieren, weil Mrs. Finch, «eine grimmig blickende Frau mit einem alten Samtbarett» daran Anstoß nehmen und überhaupt nicht mehr zum Putzen kommen könnte. Oder man versuchte auch, ausländische Haushaltshilfen zu kriegen, das beste Beispiel dafür war Miss Blacklocks Mitzi in *Ein Mord wird angekündigt,* die wirklich weit von den netten kleinen Dienstmädchen von gestern entfernt war:

«Hereingefegt kam eine stürmische junge Frau mit einem gutentwickelten Busen, der sich unter einem engen Pullover heftig bewegte. Sie trug einen Dirndlrock von greller Farbe und hatte sich das Haar in fettigen dunklen Flechten mehrmals um den Kopf gelegt. Ihre dunklen Augen blitzten.»

Wenn man reich und verzweifelt genug war, stellte man vielleicht jemanden wie Lucy Eyelesbarrow ein, eine äußerst tüchtige und gebildete junge Frau, die wußte, daß «man, um Geld zu machen, Engpässe ausnutzen mußte». Deshalb hatte sie den Gedanken an eine brillante akademische Laufbahn aufgegeben und war eine professionelle Haushälterin geworden. Da sie häufigen Szenenwechsel liebte (zu allen anderen Vorzügen besaß sie auch noch viel Sinn für Humor), hatte sie es sich zur Regel gemacht, jedes Engagement auf einen Monat oder weniger zu beschränken.

«Lucy Eyelesbarrow machte alles, kümmerte sich um alles, organisierte alles. Sie war auf jedem nur erdenklichen Gebiet unglaublich tüchtig. Sie betreute alte Eltern, sorgte bereitwillig für kleine Kinder, pflegte die Kranken, kochte göttlich, kam mit jedem alten störrischen Dienstboten, der vielleicht noch da war (gewöhnlich war keiner mehr da), gut aus, war noch bei unmöglichen Leuten taktvoll, besänftigte Gewohnheitstrinker und konnte großartig mit Hunden umgehen.»

Miss Marple engagierte sie einmal, um in einem bestimmten Haus zu arbeiten. «Sie wurden von einer alten Dame beauftragt, sich um diesen Posten hier zu bewerben und Haus und Grundstück nach einem *Leichnam* abzusuchen?» fragte ein fassungsloser Inspektor Bacon in *16 Uhr 50 ab Paddington.* Ja, so war es gewesen, und sie hatte die Anweisungen befolgt. Das gehörte für Lucy einfach zum Service.

Das Glück, eine Lucy Eyelesbarrow einstellen zu können, hatte man nur ein- oder zweimal im Leben, dann mußte man wieder auf die Gelegenheitshilfen zurückgreifen, die Aupair-Mädchen oder die Putzfrauen. Es spricht viel für Miss Marples Anpassungsfähigkeit im Alter, daß sie, im Gegensatz zu vielen ihrer Zeitgenossinnen, dem Übergang von im Haus wohnenden kleinen Dienstmädchen zu Gelegenheitshilfen mit beträchtlichem Elan trotzte, was uns zum Gegenstand ihres letzten und größten Triumphes in der häuslichen Arena bringt, zu Cherry Baker.

Es war ein Sieg, der dem Rachen der Niederlage entrissen wurde, denn Cherry trat in *Mord im Spiegel* zu einer äußerst schwierigen Zeit in Miss Marples Leben. Wegen ihres Rheumas war der Garten der Gnade des alten Laycock ausgeliefert, eines Aushilfsgärtners, der zahllose Tassen Tee trank, statt die Gartenwicken ordentlich zu gießen, und in ihrem Alltagsleben war Miss Marple wegen eines Anfalls von Bronchitis Miss Knights Wohlwollen ausgeliefert, einer im Haus wohnenden Haushälterin und Gesellschafterin (für die natürlich der liebe

Raymond gesorgt hatte). Allein deren Stimme genügte schon, Miss Marple die Zähne zusammenbeißen zu lassen.

«‹Da wären wir!› rief sie mit einer Art freudigem Ungestüm, dazu bestimmt, die Alten in ihrem traurigen Dämmerzustand aufzuheitern und zu beleben. ‹Ich hoffe, wir haben unser Nickerchen gemacht?›»

Diese Demütigungen im Alter! Sich behandeln lassen zu müssen wie ein leicht zurückgebliebenes Kind! Wehmütig erinnerte man sich an die kleinen Dienstmädchen vergangener Jahre mit ihrem respektvollen «Ma'am».

Auftritt von Cherry Baker, einem Tagesmädchen mit kühner Plastikschürze und dem Glauben, daß aller Hausputz mit einem Staubsauger erledigt werden konnte («Was, mit Schaufel und Handfeger in die Knie gehen?») – auf den ersten Blick hätte man sich keine weniger geeignete Nachfolgerin für die kleinen Amys und Clares vorstellen können. Sie wohnte in der Siedlung, jener unheilvollen neuen Beeinträchtigung des alten St. Mary Mead, und war die Repräsentantin einer weiteren neuen Welle häuslicher Hilfe, dem Heer der jungen verheirateten Frauen: «Dank der hinterhältigen Fallstricke der Kreditkäufe brauchten sie immer Bares, obwohl ihre Männer alle gut verdienten. Und deshalb kamen sie und machten die Hausarbeit und kochten.»

Es war eine neue Art, die Hausarbeit zu erledigen, und Miss Marple war so klug, die nichtgewendeten Matratzen zu übersehen, die hastig gemachten Betten und den bestürzenden Anblick ihres in Reinigungsmitteln weichenden Worcester-Geschirrs (sie erwarb stillschweigend ein modernes Teeservice ohne Goldrand). Als Lohn für dieses Wohlwollen gewann sie in Cherry einen Menschen, der schnell und intelligent war, telefonische Nachrichten korrekt übermittelte, sofort das monatliche Abrechnungssystem mit den Geschäften begriff, über die Neuigkeiten im Dorf berichtete, mit melodischer Stimme bei der Arbeit sang und Miss Knight insgeheim «altes Seihtuch» titulierte. Es war ein großes Vergnügen, sie im Haus zu haben.

Gemeinsam landeten sie einen großen Coup – sie vertrieben Miss Knight, die drohte, endlos dazubleiben (obwohl Miss Marples Bronchitis, während sie die Morde auf «Gossington Hall» aufgeklärt hatte, recht ordentlich ausgeheilt war), weil Dr. Haydock ärgerlicherweise verkündet hatte, daß Miss Marple nachts nicht länger allein bleiben durfte. «Es hat keinen Zweck, daß Sie mich einzuschüchtern versuchen ... Sie sind eine alte Dame und müssen in der richtigen Weise betreut werden.» Die düstere Aussicht, die Zukunft mit Krankenschwestern zu verbringen, die auch als Gesellschafterinnen fungieren, wurde durch Cherrys unerwarteten Vorschlag abgewendet, daß sie und ihr Mann ihre langweilige und teure Doppelhaushälfte verkaufen und zu Miss Marple ziehen würden, wo sie in den alten Dienstbotenräumen über der Küche wohnen könnten.

«Jim könnte jederzeit alles mögliche reparieren – Sie wissen schon, ein Abflußrohr oder ein Stück Teppich. Und ich würde mich um Sie kümmern, ganz genauso gut wie Ihre Miss Knight. Ich weiß, Sie finden mich ein wenig zu stürmisch – aber ich werde mich bemühen und die Betten ordentlich machen und den Abwasch auch – und im Kochen bin ich auch schon Experte. Gestern abend habe ich Bœuf Stroganoff gemacht, es ist ganz einfach, wirklich!»

So wurde der Handel beschlossen, und es war ein sehr guter, denn neun Jahre später, in *Das Schicksal in Person,* wohnen Cherry und ihr Mann noch immer bei Miss Marple.

«‹Sie kümmern sich wirklich sehr fürsorglich um mich, Cherry›, sagte Miss Marple.

‹Muß ich auch›, erwiderte Cherry in der für sie charakteristischen Sprechweise. ‹Gute Menschen sind selten.›»

Auf diese Art fand die kluge Miss Marple auf ihre alten Tage, während sie noch immer kleine Pullover für die Kinder – und vermutlich auch für die Enkel – der vielen kleinen Dienstmädchen strickte, wie Lord Peter Wimsey, Albert Campion und Hercule Poirot die häusliche Hilfe, die ihr vollkommen zusagte.

13

Miss Marple als Spürnase

«Sie haben eine Theorie», fragte Inspektor Neele,
«wer das Taxin in Mr. Fortescues Marmelade tat?»
«Es ist keine Theorie», erwiderte Miss Marple.
«Ich weiß es.»

Das Geheimnis der Goldmine

In *Das Schicksal in Person,* Miss Marples letztem Fall, kann es sich ein honoriger Anwalt, der ein Testament vollstrecken soll, in dem Miss Marple beauftragt wird, ein nicht genauer definiertes Verbrechen aufzuklären, nicht verkneifen zu fragen: «Hatten Sie je – hm, wie soll ich mich ausdrücken? Hatten Sie je irgendeine Beziehung zu Verbrechen oder der Aufklärung von Verbrechen?» Es war, als frage man Jacques Cousteau, ob er mit dem Leben unter Wasser vertraut sei, oder Yehudi Menuhin, ob er sich mit der Violine auskenne. Schließlich hatte sie Dutzende von Morden aufgeklärt, ganz zu schweigen von unzähligen Einbruchsdiebstählen, Erpressungen, Betrügereien und anderen ähnlichen Unerfreulichkeiten. Trotzdem konnte man Mr. Broadribb diese Frage verzeihen, wenn man bedachte, daß er sich einer sehr alten Dame vom Land gegenübersah, gekleidet in ein Tweedkostüm, auf dem Kopf ein Samtbarett. Wie konnte sie überhaupt etwas über die Aufklärung von Verbrechen wissen?

Es war ziemlich einfach, sagte sie, wieder und wieder. Sie besaß ein feines Gespür für das Böse, und wenn es ruchbar wurde, akzeptierte sie nichts, was ihr irgend jemand an Interessantem oder Wichtigem erzählte, ohne erhärtende Beweise.

«Das Problem bei diesem Fall ist, daß alle zu vertrauensselig und gutgläubig gewesen sind. Man kann es sich einfach nicht leisten, alles zu glauben, was einem die Leute erzählen. Wenn an der Sache irgend etwas faul ist, glaube ich überhaupt keinem mehr.»

Denn ihre Kenntnis der menschlichen Natur bezog sie aus jenem fabelhaften Mikrokosmos namens St. Mary Mead.

Aber diese Haltung hätte sie niemals über die Ebene des gewöhnlichen Dorfklatsches hinausgehoben, der immer das Schlimmste vermutete, und zu der superben Detektivin gemacht, die sie wurde. Zwei andere Faktoren spielten noch eine Rolle: ihre große Intelligenz und die inspirierten Verbrechen, die Agatha Christie sie lösen ließ.

Die Leute, vor allem Verbrecher und Polizeibeamte, unterschätzten ihre Intelligenz. Da sie so eine verhuschte alte Dame vom Land war, neigten sie leicht dazu, ihre Erfolge ihrer weiblichen Intuition zuzuschreiben – einer Art glücklichem Quantensprung zur richtigen Antwort, basierend auf Vermutungen und Vorahnungen. In dieser Beziehung täuschte man sich gründlich. Miss Marples Verstand arbeitete ausgezeichnet. Wenn sie in eine andere Zeit oder Gesellschaftsklasse geboren worden wäre, hätte Miss Marple mit ihrem logischen und forschenden Verstand eine erstklassige Wissenschaftlerin abgegeben. Erst sammelte sie die Fakten, dann stellte sie ihre Hypothese auf. «Wenn man eine Theorie hat, die zu allen Fakten paßt – nun, dann muß es die richtige sein», sagte sie. Zu ihrem und unserem großen Vergnügen neigte Miss Marple dazu, während ihrer Nachforschungen alles wie ein einziges Durcheinander aussehen zu lassen – eine kluge Waffe in ihrem Arsenal.

Sie liebte es, Mordfälle zu lösen. Bei ihr war es Berufung. Raymond bemerkte einmal: «Es gibt Leute, die begehen einen Mord, manche werden in einen Mord verwickelt, anderen wieder drängt sich ein Mord richtiggehend auf. Meine Tante Jane gehört zur dritten Kategorie.» Doch er hatte nur zum Teil recht. Obwohl Morde häufig dort geschahen, wo Miss Marple zufällig gerade war, suchte sie das Verbrechen ebenso häufig, sobald ihr durch die Gerüchteküche ihrer Verwandten und Freunde auch nur der leiseste Hauch davon zugetragen wurde. Manchmal legte sie beträchtliche Entfernungen zurück, manchmal schob sie eine Krankheit vor oder ein ungewöhnliches Zusammentreffen, um, eingeladen oder nicht, auf der Szene zu erscheinen. Sie genoß es, Probleme zu lösen, und sie fing gern Verbrecher. «Ich bin», sagte sie einmal, «auf meine Weise eine Abgesandte der Gerechtigkeit.»

Der Gerechtigkeit überlieferte sie tatsächlich einige äußerst gemeine und gerissene Mörder – gewöhnlich Mörder der Mittelklasse, die rücksichtslos und geschickt töteten, häufig öfter als einmal und meistens aus Habgier. Sie erschossen, erwürgten, erdolchten oder vergifteten ihre Opfer und verbargen sie an den unerwartetsten Orten oder ließen sie dort zurück – zum Beispiel im Arbeitszimmer eines Pfarrers oder in einem griechischen Sarkophag oder vergraben in einem gepflegten Garten. Wäre Miss Marple nicht gewesen, würden sie mit ihrem Verbrechen davongekommen sein, und in vielen Fällen hätte man statt der wahren Täter unschuldige Menschen verurteilt. Wie machte sie es? Worin bestand ihre Methode?

Zunächst einmal verfügte sie über eine gute Tarnung. Wie unverschämt harmlos sie war! Kein Notizbuch, kein Wagen, keine Assistenten, keine offizielle Funktion – sie schien nichts weiter zu sein als eine reizende alte Dame, manchmal sogar eine spinnerte alte Dame, die «in einer kindlichen und geschwätzigen Art sprach». Es war wirklich eine wunderbare Tarnung. Beobachten wir, wie sie sich in *Das Geheimnis der Goldmine* Zugang zum Tatort verschafft, dem Haus der Fortescues, das hermetisch abgeriegelt worden war:

«Eine Armee von Reportern und Fotografen

wurde von der Polizei in Schach gehalten, doch Miss Marple durfte, ohne weiter gefragt zu werden, hineinfahren, so unvorstellbar wäre es gewesen zu glauben, daß sie etwas anderes war als eine ältliche Verwandte der Familie.»

Wenn ihr «Kredit» als harmlose alte Dame überzeugt hatte, konnte sie darangehen, ihre Energie Gesprächen und Beobachtungen zuzuwenden: «Drei rechts, zwei links, eine fallen lassen, zwei zusammenstricken ... Und Ihr zweiter Mann, meine Liebe?»

Sie hörte zu:

«Es durfte kein besonderes Interesse in ihren Augen aufblitzen, wenn sie von einem Tod hörte. Absolut keines. Fast schon automatisch würde sie, wie sie wußte, mit der richtigen Antwort reagieren, wie zum Beispiel: ‹Ach, meine Liebe, wie *schrecklich* traurig!› Sie würde Näheres über die Verhältnisse herausfinden müssen, über Begebenheiten, Lebensgeschichten, und sehen, ob irgendwelche vielsagenden Zwischenfälle passierten – etwas, von dem sie wissen konnten, über das sie reden konnten oder sicherlich reden würden. Jedenfalls würde *irgend etwas* hier zu finden sein, ein Anhaltspunkt, ein Hinweis.

Und sie beobachtete:

«Ihr Gesicht blieb ausdruckslos, während die scharfen Augen hinter den Brillengläsern drei Leute gleichzeitig beobachteten, wie sie sich das seit Jahren antrainiert hatte, um ihre Nachbarn entweder in der Kirche oder bei Mütterversammlungen oder anderen öffentlichen Treffen in St. Mary Mead beobachten zu können, wenn sie auf der Spur einer interessanten Neuigkeit oder von Klatsch war.»

Wie jeder gute Detektiv leistete sie auch Beinarbeit. Dinnerparty-Rätsel und das alltägliche Herumschnüffeln in St. Mary Mead («der zerstreute Postbeamte – der Gärtner, der am Pfingstmontag arbeitete, und die höchst seltsame Affäre um die Sommerhemdhose») hielten sie in Übung. Wenn dann ein richtiger Fall auftauchte, arbeitete sie schwer. Ein typischer Arbeitstag wie in *Ein Mord wird angekündigt* sah dann so aus: Kaffeetrinken im «Bluebird Café», Tee mit Miss Blacklock, Sherry mit Miss Hinchliffe und Miss Murgatroyd, und dann noch Mrs. Swettenhams Garten und Colonel Easterbrooks Raritätensammlung bewundern. Um Stimmen werben und für gute Zwecke sammeln waren weitere glaubwürdige Tarnmanöver. «Für welche wohltätigen Zwecke?» fragte eine verdächtige Platinblonde, als Miss Marple mit einem kleinen schwarzen Buch an ihrer Tür erschien.

Wie rein zufällig an jemandes Tür aufzutauchen oder wie absichtslos in jemanden hineinzulaufen erforderte genaue Planung. Damit Miss Marple Gwenda Reed in *Ruhe unsanft* ganz harmlos auf der Esplanade von Dillmouth begegnen konnte, mußte Dr. Haydock sie für krank erklären und ihr ein paar Wochen Seeluft verordnen. Um in *Das Schicksal in Person* mit Esther Walters genau vor dem Supermarkt in Alton zusammenstoßen zu können, war es notwendig, für einen halben Tag eines von Inchs Taxis und einen Fahrer zu mieten und eine Menge zu schwindeln.

Und das bringt uns zur Gerissenheit. Und auch hier – wer hätte glauben können, daß eine alte Dame zu so *vielen* Dingen fähig wäre? Sie schickte Miss Knight unter einem falschen Vorwand aus dem Haus. Sie nahm heimlich Miss Politts Maßband mit. Sie überredete ihre alte Freundin Elspeth McGillicuddy zu fragen, ob sie die Toilette benutzen könnte, obwohl es nicht notwendig war («Es ist sehr kalt draußen», erklärte ihr Miss Marple, «und schließlich hättest du auch etwas essen können, das dir nicht bekommen ist.») Und sie selbst, Miss Jane Marple, tat, als ersticke sie an einer Gräte. Gerissenheit war eine von Miss Marples Spezialitäten.

Wie jeder andere Detektiv machte sie auch ihre Hausaufgaben. Das heißt, sie *dachte*. Manchmal ging sie dabei spazieren: «Ich setzte einfach einen Fuß vor den anderen und dachte über verschiedenes nach.» Manchmal wurde sie dabei entdeckt, wie sie mit sich selbst sprach. Manchmal ließ sie sogar Maschen fallen. Manchmal stellte sie zusammenhanglose Listen auf: «Lampe. Veilchen. Wo ist das Fläschchen mit Aspirin?» Manchmal stand sie mitten in der Nacht auf, um sich Notizen zu machen. «Ich muß versuchen, mir einen möglichst logischen Überblick über die Sache zu verschaffen, die ich da in Angriff genommen habe», schrieb sie in *Das Schicksal in Person*.

Logik. Miss Marple löste ihre Morde mit Logik, obwohl das nicht das Wort ist, das man als erstes mit dem Bild einer geschwätzigen alten Jungfer in Verbindung bringen würde. In den Romanen und Geschichten mit Miss Marple werden die kleinen grauen Zellen nicht erwähnt, doch wenn der Knoten gelöst und der Mörder der Gerechtigkeit übergeben ist, wird klar, daß sie zuerst alle erreichbaren Fakten mit allen ihr zu Gebote stehenden Mitteln gesammelt, diese im Licht ihrer großen, im Ameisenhaufen von St. Mary Mead erworbenen Kenntnis der sündigen menschlichen Natur betrachtet und dann ihre Logik gebraucht hatte, um ihre Schlüsse zu ziehen. Mit dieser Methode konnte sie die kompliziertesten Täuschungsmanöver entlarven: falsche Identitäten, Verkleidungskünste, Bluffs, in die Irre führendes Zusammentreffen von Dingen oder Personen, unterschlagene Testamente, obskure Motive, Zaubertricks, widersprüchliche Fakten, hieb- und stichfeste Alibis und so weiter. Inspektor Craddock meinte einmal, daß bei ihr alles auf Vermutungen und Mutmaßungen beruhe.

«Nein, es ist keine Raterei», sagte Miss Marple. «Das steht schon bei Mark Twain: Der Junge, der das Pferd fand. Er stellte sich einfach vor, wohin er gehen würde, wenn er ein Pferd wäre, und dann ging er dorthin, und da war das Pferd.»

Wußte sie einmal, wer der Täter war, stellte sie häufig eine Falle, um die Beweise zu erhärten. Dabei war sie am allerbesten, ein inspirierter Bühnenregisseur, «und sah wachsamer aus denn je, ganz wie ein Foxterrier, der vor einem Rattenloch wartete».

Dieses Fallenstellen war immer sehr aufregend, manchmal mit Gewalt verbunden und endete gewöhnlich mit einem hysterischen Geständnis des erstaunten Mörders, der bis zum letzten Augenblick nicht im geringsten ahnte, daß ihn Miss Marple schon die ganze Zeit unter dem Mikroskop liegen hatte. «Sie ist ein völlig harmloses altes Geschöpf», sagte die sehr gefährliche Person, die unmöglich der Täter sein konnte, kurz bevor sie durch ein ausgeklügeltes Drehbuch als Mörder demaskiert wurde. «Sie teuflische alte Hexe!» schrie ein anderer Täter, der dazu verleitet wurde, die Tatszene noch einmal zu spielen. «Mein kleiner Plan», pflegte Miss Marple solche Anlässe zu bezeichnen.

Diese kleinen Pläne wurden gewöhnlich mit dem stillschweigenden Einverständnis einer etwas ratlosen Polizei ausgeführt. Es war offensichtlich, daß *irgend jemand* am Ende auf der Szene erscheinen mußte, um den Verbrecher zu verhaften. Miss Marple war eine gesetzestreue Bürgerin und sah sich keinesfalls als eine Vertreterin der Selbstjustiz. Im allgemeinen arbeitete sie während des ganzen Falles mit dem die Ermittlung führenden Beamten zusammen – ob ihm das paßte oder nicht –, und diese Beziehung folgte gewöhnlich einem bestimmten Muster: anfängliche Herablassung gegenüber einer komischen alten Dame, die aus irgendwelchen Gründen im Laufe der Untersuchungen immer wieder auftauchte, dann ein Zwischenstadium des aufkeimenden Verdachts, daß sie sehr viel intelligenter und gefährlicher sein konnte, als anfangs zu vermuten war, und am Ende die Kapitulation und das Eingeständnis, daß sie es eben einfach besser wußte. Das war eine bittere Pille, doch das Schlucken wurde stets durch tantenhaftes Gurren und Ermunterungen seitens Miss Marple erleichtert, denn wer konnte wissen, ob sie diesen oder jenen Beamten nicht noch einmal brauchte. «Man muß unbedingt vermeiden, in irgendeiner Weise zu vertrauensvoll zu sein», belehrte sie einmal einen erfahrenen Inspektor von Scotland Yard. «Miss Marple kann es mit jedem Polizeibeamten, mit jedem Polizeichef der Welt aufnehmen», stellte der Pfarrer fest.

Und schließlich die Lösung des Knotens, der herrliche Augenblick bei jedem Fall, wenn Miss Marple verriet und rekonstruierte, wer es tat, wie er es tat und warum. «Das war wirklich ganz einfach», pflegte sie zu sagen, sich für ihre Geschichte erwärmend, «aber zu dem Zeitpunkt war kein Arsen im Curry», oder «Mir fiel die Palme im Topf beim Fenster auf», oder «Es erinnert mich ein ganz klein wenig an die alte Mrs. Trout». Auf diese Weise machte sie weiter und enthüllte vor den verblüfften Augen ihrer Zuhörer ein erstaunliches und stattliches Sortiment von Anhaltspunkten, Motiven, Dorfparallelen und Fakten, die man nie zuvor unter diesem bestimmten Blickwinkel betrachtet hatte – und die alle zusammen zur allgemeinen Fassungslosigkeit die Lösung ergaben.

Passenderweise fand das beeindruckendste Finale – in *Das Schicksal in Person,* ihrem letzten Fall – auch vor ihrem bemerkenswertesten Publikum statt. Es waren anwesend: ein Beamter des Büros der Anklagevertretung, der stellvertretende Polizeichef von Scotland Yard, der Direktor des Manstone Prison und der Innenminister. Nachdem der Innenminister sich alles angehört hatte, wurde er nach seiner Meinung über diese alte Dame aus St. Mary Mead gefragt: «Noch nie hat mich eine Frau so in Angst und Schrecken versetzt wie sie», erwiderte er.

So endete Miss Marples Karriere, und es gibt keine bessere Möglichkeit, diese Biographie einer hervorragenden Detektivin abzuschließen, als Pfarrer Leonard Clement zu Wort kommen zu lassen: «Ich mochte Miss Marple nie lieber als in diesem Augenblick.»

14

Aus dem wahren Leben von Miss Marple
Drei Kurzgeschichten:

Miss Marple erzählt eine Geschichte

«Ich glaube nicht, meine Lieben, daß ich euch je die ziemlich seltsame Geschichte erzählt habe, die vor ein paar Jahren passiert ist. Weder dir, Raymond, noch dir, Joan. Ich möchte auf keinen Fall eingebildet erscheinen ... Natürlich weiß ich, daß ich im Vergleich mit euch jungen Leuten überhaupt nicht clever bin ... Raymond schreibt so moderne Bücher über ziemlich unsympathische junge Männer und Frauen, und Joan malt bemerkenswerte Bilder, alles darauf ist eckig oder weist seltsame Rundungen auf – wirklich, sie sind sehr gelungen, meine Liebe! Doch was sagt Raymond immer von mir? Natürlich auf nette Art, denn er ist der netteste Neffe, den man sich vorstellen kann … daß ich hoffnungslos altmodisch bin. Wovon sprach ich doch gerade? Ja, natürlich, ich möchte nicht eingebildet erscheinen, obwohl ich ein ganz klein wenig stolz auf mich bin, denn ich habe mit etwas gesundem Menschenverstand ein Problem gelöst, das wesentlich klügeren Köpfen als meinem zu schaffen machte. Zwar lag die Lösung von Anfang an auf der Hand …

Also, ich werde euch meine kleine Geschichte erzählen, und wenn ihr meint, daß ich mir zu viel darauf einbilde, denkt daran, ich habe einem Menschen geholfen, der sich in großen Schwierigkeiten befand.

Ich erinnere mich, daß Gwen eines Abends um neun Uhr – ihr erinnert euch doch noch an Gwen, mein nettes rothaariges Dienstmädchen? – also, Gwen kam und sagte mir, Mr. Petherick und ein anderer Herr wünschten mich zu sprechen. Sie saßen im Wohnzimmer, während ich mich im Eßzimmer aufhielt; ich finde es so verschwenderisch, im Frühling zwei Kamine brennen zu lassen.

Ich wies Gwen an, Cherry Brandy und Gläser zu bringen, und ging ins Wohnzimmer. Ich weiß nicht, ob ihr euch an Mr. Petherick erinnert? Er starb vor zwei Jahren, doch viele Jahre lang war er sowohl ein persönlicher Freund als auch ein guter Rechtsberater für mich. Ein sehr gewissenhafter und auch kluger Rechtsanwalt. Jetzt kümmert sich sein Sohn um meine Angelegenheiten – auch ein fähiger Kopf –, doch irgendwie habe ich nicht dasselbe Vertrauen zu ihm.

Ich entschuldigte mich bei Mr. Petherick, daß kein Feuer im Kamin brenne, und dann stellte er mich seinem Freund vor, einem Mr. Rhodes. Einem noch jungen Mann, etwas über vierzig. Ich merkte sofort, daß etwas mit ihm nicht stimmte. Er benahm sich *sehr* seltsam. Man hätte ihn für unhöflich halten können, doch er stand unter einem großen Druck, wie ich gleich merkte.

Nachdem wir uns im Eßzimmer niedergelassen hatten, jeder ein Gläschen Cherry Brandy vor sich, erklärte Mr. Petherick den Grund seines Kommens.

‹Miss Marple›, sagte er, ‹bitte entschuldigen Sie meinen unerwarteten Besuch. Aber ich brauche Ihren Rat.›

Ich wußte nicht, was er mit seinen Worten sagen wollte, doch er fuhr fort: ‹Wenn jemand schwer erkrankt ist, möchte man immer zwei Diagnosen haben. Die des Hausarztes und die eines Spezialisten. Allgemein wird angenommen, daß die Diagnose des Spezialisten kompetenter ist, doch der Meinung bin ich nicht. Ein Spezialist kennt nur sein eigenes Fachgebiet, der Hausarzt aber hat – vielleicht – weniger Fachwissen, dafür um so mehr Erfahrung.›

Ich wußte, was er damit sagen wollte. Erst vor kurzem hatte eine meiner jungen Nichten ihr Kind von einem bekannten Dermatologen behandeln lassen, ohne vorher ihren Hausarzt zu konsultieren. Der Dermatologe verordnete eine ziemlich teure Behandlung, und schließlich stellte es sich heraus, daß das Kind einfach die Masern hatte.

Ich führe das nur an, denn ich *hasse* es, vom Thema

abzuschweifen –, um zu erkären, daß ich verstand, was Mr. Petherick meinte. Doch ich wußte immer noch nicht, worauf er hinauswollte.

‹Falls Mr. Rhodes krank sein sollte ...›, sagte ich, unterbrach mich jedoch sofort, denn der arme Mann lachte verbittert.

Er meinte: ‹Wahrscheinlich werde ich innerhalb von ein paar Monaten tot sein.›

Und dann wurde die ganze Geschichte klarer. Vor kurzem war in Barnchester ein Mord geschehen. Es ist eine kleine Stadt, etwa zwanzig Meilen von hier entfernt. Ich hatte dem damals nicht viel Aufmerksamkeit geschenkt, denn hier bei uns im Ort passiert immer allerlei. Doch ich konnte mich erinnern, daß ich über eine Frau gelesen hatte, die in einem Hotel erstochen aufgefunden wurde. Ihren Namen wußte ich nicht mehr. Und jetzt stellte sich heraus, daß diese Frau Mr. Rhodes' Gattin gewesen war und er unter Mordverdacht stand.

Das alles erzählte mir Mr. Petherick und betonte die Tatsache, daß, obwohl Anklage gegen Unbekannt erhoben worden war, Mr. Rhodes in Kürze mit einer Mordanklage rechnen müsse. Deshalb habe er Mr. Petherick aufgesucht und um seinen Beistand gebeten. Mr. Petherick fügte noch hinzu, daß sie beide am Nachmittag Sir Malcolm Olde aufgesucht hätten, der im Fall einer Anklage Mr. Rhodes verteidigen würde.

Sir Malcolm sei ein junger, dynamischer Mann, sagte Mr. Petherick, sehr modern in seinen Methoden, und er habe schon eine gewisse Verteidigungstaktik für diesen Fall entwickelt. Doch mit dieser Verteidigungstaktik war Mr. Petherick ganz und gar nicht einverstanden.

‹Liebe Miss Marple›, sagte er, ‹sie sieht mir zu sehr nach dem Standpunkt eines Spezialisten aus. Wenn Sie Sir Malcolm einen Fall übertragen, legt er sich auf einen Punkt fest, was für einen Verteidiger vernünftig ist. Doch dabei kann selbst der beste Verteidiger den wesentlichen Punkt übersehen, einfach das, was wirklich geschah.›

Dann sagte er noch ein paar nette Dinge über meinen gesunden Menschenverstand, meine Kenntnis der menschlichen Natur und mein Urteilsvermögen und bat mich, mir den Fall vortragen zu dürfen. Vielleicht wüßte ich eine Lösung.

Mr. Rhodes war es gar nicht recht, hier bei mir zu sitzen, und außerdem zweifelte er daran, daß ich ihm helfen könnte. Doch Mr. Petherick beachtete ihn nicht und erzählte mir, was in jener Nacht des achten März geschehen war.

Mr. und Mrs. Rhodes hatten sich im Crown Hotel in Barnchester aufgehalten. Mrs. Rhodes, die, so entnahm ich Mr. Pethericks vorsichtiger Ausdrucksweise, vielleicht etwas hypochondrisch veranlagt war, war unmittelbar nach dem Abendessen zu Bett gegangen. Sie und ihr Mann bewohnten zwei nebeneinanderliegende Zimmer, die durch eine Tür verbunden waren. Mr. Rhodes, der an einem Buch über prähistorische Feuersteine arbeitete, setzte sich zum Schreiben in sein Zimmer. Um elf Uhr ordnete er sein Manuskript und wollte ins Bett gehen. Doch vorher warf er noch einen Blick in das Zimmer seiner Frau, um sicherzugehen, daß ihr nichts fehle. Das Licht brannte, und sie lag erstochen in ihrem Bett. Sie war seit etwa einer Stunde tot, wahrscheinlich schon länger. Folgendes wurde festgestellt: Es gab noch eine zweite Tür in Mrs. Rhodes' Zimmer, die auf den Flur führte. Diese Tür war von innen verriegelt. Das einzige Fenster des Raumes war ebenfalls verschlossen. Nach Mr. Rhodes' Aussage hatte niemand, außer dem Zimmermädchen, das die Wärmflaschen brachte, die Räume betreten. Mrs. Rhodes wurde mit einem Stilett getötet, das auf ihrer Frisierkommode lag und das sie als Brieföffner zu benutzen pflegte. Es wurden keine Fingerabdrücke auf der Waffe gefunden.

Also hatten nur Mr. Rhodes und das Zimmermädchen den Raum des Opfers betreten.

Ich erkundigte mich näher nach dem Mädchen.

‹Auch wir nahmen sie als erste unter die Lupe›, antwortete Mr. Petherick. ‹Mary Hill stammt aus dem Ort und arbeitete schon seit zehn Jahren im Hotel als Zimmermädchen. Es gab absolut keinen Grund, warum sie plötzlich einen Gast des Hauses hätte töten sollen. Sie ist nicht sehr intelligent, doch ihre Version der Geschehnisse blieb immer dieselbe. Sie brachte Mrs. Rhodes eine Wärmflasche und sagte, daß die Dame zu diesem Zeitpunkt schon sehr müde gewesen sei. Meiner Meinung nach kann sie den Mord nicht begangen haben.›

Mr. Petherick fügte weitere Einzelheiten hinzu. Am Ende der Treppe im Crown Hotel ist ein kleiner

Aufenthaltsraum, wo manchmal Gäste sitzen und Kaffee trinken. Ein Gang führt nach rechts, und die letzte Tür am Ende dieses Gangs ist die Tür zu Mr. Rhodes' Zimmer. Dann macht der Gang wieder eine scharfe Rechtsbiegung, und die erste Tür nach der Biegung führt in Mrs. Rhodes' Zimmer. Zufällig waren Zeugen anwesend, die beide Zimmertüren sehen konnten. Die erste Tür, die zu Mr. Rhodes' Zimmer – ich möchte sie A nennen –, konnte von vier Personen gesehen werden, zwei Handelsvertretern und einem älteren Ehepaar, die dort Kaffee tranken. Nach ihren Aussagen gingen nur Mr. Rhodes und das Zimmermädchen durch Tür A. Tür B wurde von einem Elektriker, der dort eine Leitung reparierte, beobachtet, und er sagt, er habe nur das Zimmermädchen dort ein- und ausgehen sehen.

Das war ein sehr seltsamer und interessanter Fall. Es sah aus, als ob Mr. Rhodes der Mörder seiner Frau sein mußte. Doch Mr. Petherick war von der Unschuld seines Klienten überzeugt. Und Mr. Petherick war ein sehr erfahrener Anwalt.

Bei der Voruntersuchung hatte Mr. Rhodes eine verworrene Geschichte über eine Frau erzählt, die Mrs. Rhodes Drohbriefe geschrieben hatte. Diese Geschichte schien höchst unglaubhaft. Von Mr. Petherick ermuntert, sagte er: ‹Offen gestanden, ich habe nie so recht daran geglaubt. Ich dachte, Amy hätte das alles nur erfunden.› Ich nahm an, daß Mrs. Rhodes eine jener Frauen gewesen ist, die das Leben auf unangenehme Art und Weise komplizieren. Ständig passiert ihnen etwas, und wenn sie auf einer

Bananenschale ausrutschen, klingt es, als wären sie mit knapper Not dem Tode entronnen. Und so hatte ihr Mann die Gewohnheit angenommen, ihren Erzählungen keinen Glauben mehr zu schenken. Die Geschichte, daß die Mutter eines Kindes, das sie bei einem Autounfall getötet hatte, ihr Rache geschworen hatte – nun, Mr. Rhodes nahm sie einfach nicht zur Kenntnis. Der Unfall war vor ihrer Heirat passiert, und obwohl sie ihm die Drohbriefe vorgelesen hatte, war er davon überzeugt, seine Frau schriebe sie selbst. Das war vorher schon ein- oder zweimal vorgekommen. Sie neigte zur Hysterie und inszenierte ständig Zwischenfälle dieser Art.

Ich kenne solche Menschen. Hier im Dorf lebt eine junge Frau, die sich ganz ähnlich verhält. Nur, das Schlimme mit diesen Menschen ist, passiert ihnen wirklich etwas, so glaubt ihnen niemand mehr. Und so schien es in diesem Fall auch zu sein. Wahrscheinlich glaubte die Polizei, daß Mr. Rhodes die Geschichte nur erfunden habe, um den Verdacht von sich abzulenken.

Ich fragte, ob es während ihres Aufenthalts im Hotel noch andere weibliche Gäste gegeben habe. Zwei Damen, lautete die Antwort, eine Mrs. Granby, eine Witwe, und eine Miss Carruthers, eine alte Jungfer, die mit näselnder Stimme sprach. Mr. Petherick fügte hinzu, daß die Untersuchung ergeben hätte, daß weder Mrs. Granby noch Miss Carruthers in der Nähe des Tatorts gesehen worden wären noch irgendwie mit der Tat in Zusammenhang gebracht werden könnten. Ich bat ihn, mir die beiden Frauen zu beschreiben. Mrs. Granby hatte ziemlich unordentlich frisierte rötliche Haare, einen blassen Teint und war etwa fünfzig. Sie kleidete sich in auffallende indische Seidengewänder. Miss Carruthers hingegen war etwa vierzig, trug einen Kneifer und das Haar kurz. Ihre Kleidung war von männlichem Zuschnitt.

‹Du meine Güte›, sagte ich. ‹Das macht die Sache eher schwierig.› Mr. Petherick sah mich fragend an, doch ich wollte ihm zu diesem Zeitpunkt nicht mehr sagen, und so fragte ich ihn, wie Sir Malcolm Olde den Fall betrachte. Sir Malcolm, so schien es, wollte auf Selbstmord plädieren, obwohl der Autopsiebericht sowie das Fehlen von Fingerabdrücken auf der Waffe dagegen sprachen. Doch diese Schwierigkeiten schienen Sir Malcolm wenig zu beeindrucken. Ich fragte Mr. Rhodes, wie er über die Sache denke, und er gab zur Antwort, daß er nicht an einen Selbstmord seiner Frau glaube. ‹Sie gehörte nicht zu den Menschen, die sich umbringen›, sagte er, und ich glaubte ihm. Hysteriker begehen gewöhnlich nicht Selbstmord.

Ich dachte eine Weile nach und fragte dann, ob die Tür von Mr. Rhodes' Zimmer direkt auf den Korridor geführt habe. ‹Nein›, antwortete er, ‹es gab noch eine Tür, zu einem kleinen Vorraum mit angrenzendem Bad. Und diese Tür zwischen Schlafzimmer und Vestibül war von innen verschlossen.›

‹In diesem Fall ist die ganze Geschichte außerordentlich einfach›, sagte ich.

Und wirklich, es *war* einfach ... Die einfachste Sache von der Welt. Doch schien niemand sie unter diesem Blickwinkel betrachtet zu haben.

Beide, Mr. Petherick und Mr. Rhodes, starrten mich an, daß ich mich ein wenig unbehaglich fühlte.

‹Vielleicht hat Miss Marple den Fall nicht ganz erfaßt›, sagte Mr. Rhodes.

‹O doch›, antwortete ich. ‹Es gibt vier Möglichkeiten. Entweder wurde Mrs. Rhodes von ihrem Mann getötet oder von dem Zimmermädchen, oder sie beging Selbstmord, oder ein Unbekannter, den niemand kommen und gehen sah, brachte sie um.›

‹Und das ist einfach unmöglich›, unterbrach mich Mr. Rhodes. ‹Niemand konnte mein Zimmer betreten, ohne daß ich ihn gesehen hätte. Selbst wenn jemand ungesehen in das Zimmer meiner Frau gekommen wäre, wie hätte er es verlassen? Die Tür war doch von innen verriegelt.›

Mr. Petherick sah mich fragend an. ‹Nun, Miss Marple?›

‹Ich möchte Ihnen eine Frage stellen, Mr. Rhodes›, sagte ich. ‹Wie sah das Zimmermädchen aus?›

Er antwortete, daß er es nicht genau wüßte. Er glaubte, sie sei groß, konnte sich aber nicht erinnern, ob sie dunkles oder helles Haar gehabt habe. Dann stellte ich Mr. Petherick dieselbe Frage.

Er antwortete, sie sei mittelgroß gewesen und habe blondes Haar und blaue Augen gehabt.

Mr. Rhodes sagte: ‹Sie sind ein besserer Beobachter als ich, Petherick.› Diese Meinung teilte ich nicht. Dann fragte ich Mr. Rhodes, ob er mein Hausmädchen beschreiben könne. Weder er noch Mr. Petherick konnten es.

‹Verstehen Sie denn nicht, was das bedeutet?› sagte ich. ‹Sie kamen beide hierher und waren mit Ihren Sorgen beschäftigt. Die Person, die Ihnen die Tür öffnete, war nur ein Hausmädchen. Das gleiche trifft auf Mr. Rhodes im Hotel zu. Er sah nur ein Zimmermädchen. Er bemerkte ihre Uniform und ihre Schürze. Er konzentrierte sich auf seine Arbeit. Mr. Petherick hingegen sprach aus einem ganz anderen Grund mit ihr. Er nahm sie als *Person* wahr. Und darauf baute die Frau, die den Mord beging, ihren Plan auf.›

Da sie immer noch nicht begriffen, mußte ich es ihnen erklären: ‹Ich glaube, daß die Ereignisse sich so zutrugen›, sagte ich. ‹Das Zimmermädchen kam durch die Tür A, ging durch Mr. Rhodes' Zimmer in Mrs. Rhodes' Zimmer mit der Wärmflasche und verließ den Raum durch Tür B. X, so will ich die Mörderin nennen, ging durch Tür B in den kleinen Vorraum, versteckte sich dort und wartete, bis das Zimmermädchen gegangen war. Dann betrat sie Mrs. Rhodes' Zimmer, nahm das Stilett von der Frisierkommode (zweifellos hatte sie sich vorher mit den Örtlichkeiten vertraut gemacht), ging zum Bett und erstach die Schlafende. Dann wischte sie die Fingerabdrücke von der Waffe, verriegelte die Tür, durch die sie gekommen war, und ging durch Mr. Rhodes' Zimmer nach draußen.› Mr. Rhodes sagte erregt: ‹Aber ich müßte sie gesehen haben! Und der Elektriker hätte sie in das Zimmer meiner Frau gehen sehen müssen.›

‹Nein›, erwiderte ich. ‹Da liegt der Fehler. Sie hätten sie beide nicht bemerkt – nicht, wenn sie wie ein Zimmermädchen gekleidet war.› Ich wartete, bis sie den Satz verdaut hatten, und fuhr dann fort: ‹Sie waren mit Ihrer Arbeit beschäftigt. Nur aus dem Augenwinkel sahen Sie ein Zimmermädchen kommen und gehen. Es war dieselbe *Kleidung*, aber nicht dieselbe Frau. Deshalb sahen die Zeugen auch nur ein Zimmermädchen. Das gleiche gilt für den Elektriker. Ich wage zu behaupten, daß ein sehr hübsches Zimmermädchen vielleicht von einem Mann auch als Frau gesehen wird. Das liegt nun einmal in der menschlichen Natur. Aber hier handelte es sich um eine ganz gewöhnliche ältere Frau. Also achtet man nur auf die Kleidung, aber nie auf den Menschen.›

Mr. Rhodes fragte aufgeregt: ‹Und wer war sie?›

‹Nun›, antwortete ich, ‹das ist etwas schwierig. Entweder Mrs. Granby oder Miss Carruthers. Die Beschreibung von Mrs. Granby klingt, als trüge sie eine Perücke, sie hätte also in ihrer Verkleidung als Zimmermädchen ihr eigenes Haar lassen können. Auf der anderen Seite hätte Miss Carruthers bei ihrem kurzgeschnittenen Haar durchaus eine Perücke aufsetzen können. Das wird leicht herauszufinden sein. Ich tippe auf Miss Carruthers.›

Und wirklich, meine Lieben, das ist das Ende der Geschichte: Carruthers war ein falscher Name, sie war die Mörderin. In ihrer Familie hatte es schon Fälle von Geisteskrankheit gegeben. Mrs. Rhodes, eine rücksichtslose Autofahrerin, hatte ihr kleines

Mädchen bei einem Unfall getötet, und die arme Frau war darüber wahnsinnig geworden. Doch sie verbarg ihren Wahnsinn sehr geschickt, außer daß sie ihrem späteren Opfer jene häßlichen Drohbriefe schrieb. Sie war Mrs. Rhodes schon eine Weile gefolgt und hatte ihren Plan sorgfältig vorbereitet. Die Perücke und die Verkleidung hatte sie am nächsten Tag mit der Post weggeschickt. Als man sie mit der Wahrheit konfrontierte, brach sie zusammen und gestand alles. Jetzt ist sie in einer Heilanstalt.

Mr. Petherick besuchte mich später und brachte mir einen ganz reizenden Brief von Mr. Rhodes, der mich ganz verlegen machte. Dann sagte mein alter Freund zu mir: ‹Nur eins möchte ich noch wissen. Warum dachten Sie eher an Miss Carruthers als an Mrs. Granby. Sie kannten doch beide nicht.›

‹Nein›, antwortete ich. ‹Sie sagten, daß sie mit näselnder Stimme sprach. Das tun viele Leute in Büchern, doch in Wirklichkeit trifft man kaum solche Menschen. Und dieses Näseln ließ mich an jemand denken, der eine Rolle spielt und zuviel des Guten tut.›

Ich werde euch Mr. Pethericks Antwort darauf ersparen – sie war sehr schmeichelhaft –, ich war ein bißchen stolz auf mich.

Und es ist wirklich schön, wie sich die Dinge manchmal zum Guten wenden. Mr. Rhodes hat wieder geheiratet. Ein so nettes Mädchen, und sie haben ein Baby. Und was soll ich euch sagen? Sie haben mich gebeten, Patin für das Kind zu sein. Ist das nicht nett von ihnen?

Nun, ich hoffe, ihr denkt nicht, daß ich zuviel geredet habe.»

Das Asyl

Die Arme voller Chrysanthemen, kam die Frau des Vikars um die Ecke des Pfarrhauses. Schwarze Gartenerde haftete an ihren derben Schuhen, und ein paar Erdkrumen klebten an ihrer Nasenspitze, doch sie merkte nichts davon.

Es machte ihr etwas Mühe, das Tor zur Pfarrei zu öffnen, denn es hing, verrostet, schon halb aus den Angeln. Ein Windstoß ließ ihren ramponierten Filzhut verrutschen, so daß er noch kühner saß als zuvor.

«Verdammt!» zischte Bunch.

Von ihren optimistischen Eltern auf den Namen Diana getauft, wurde Mrs. Harmon schon in frühen Jahren, wohl aus offensichtlichen Gründen, Bunch (Bündel) genannt, und der Name war ihr geblieben. Sie preßte die Chrysanthemen an sich und ging über den Friedhof bis zur Kirchentür.

Die Novemberluft war mild und feucht. Wolken fegten über den Himmel und ließen nur hier und dort ein Stückchen Blau frei. Im Innern der Kirche war es dämmerig und kalt, es wurde nicht geheizt, wenn keine Messe war.

«Brrr!» sagte Bunch ausdrucksvoll. «Ich beeile mich lieber. Ich will mir ja nicht den Tod holen.»

Mit der Schnelligkeit, die aus langer Übung resultiert, trug sie alles nötige Drum und Dran zusammen: Vasen, Wasser, Blumenhalter. Ich wünschte, wir hätten Lilien, dachte Bunch. Ich habe diese zerrupften Chrysanthemen so satt. Ihre schlanken Finger arrangierten die Blumenstengel auf den Haltern.

Es war nichts besonders Originelles oder Künstlerisches an diesen Dekorationen, denn Bunch Harmon selbst war weder originell noch künstlerisch, aber sie gaben dem Raum eine anheimelnde freundliche Atmosphäre. Bunch trug gerade vorsichtig die Vasen die unteren Stufen zum Altar hinauf, als die Sonne durchbrach.

Sie schien durch die grellbunten Glasscheiben des Ostfensters, die, blau und rot, das Geschenk eines wohlhabenden viktorianischen Kirchgängers waren. Die Wirkung war fast überwältigend in ihrem plötzlichen Reichtum an Farben. Wie Juwelen, dachte Bunch. Plötzlich blieb sie wie angewurzelt stehen. Auf den oberen Altarstufen lag eine dunkle, in sich zusammengesunkene Gestalt.

Bunch setzte behutsam die Vasen ab und eilte darauf zu. Es war ein Mann, der dort zusammengekrümmt lag. Bunch beugte sich über ihn, kniete nieder und langsam, vorsichtig, drehte sie ihn um. Ihre Finger fühlten nach seinem Puls. Einem Puls, der so schwach und flatternd ging, daß er seine eigene Geschichte erzählte, genauso wie die grünliche Blässe des Gesichts. Kein Zweifel, dachte Bunch, er stirbt.

Der Mann mochte fünfundvierzig Jahre alt sein, er trug einen dunklen, schäbigen Mantel. Sie legte die Hand, die sie aufgehoben hatte, behutsam nieder. Die andere Hand war, zu einer Faust geballt, fest auf die Brust gepreßt. Die Finger hielten ein Taschentuch umklammert, das eine rostige Farbe angenommen hatte. Und rund um diese verkrampfte Hand bemerkte sie Flecken, die sie für Blut hielt. Bunch hockte sich auf ihre Fersen und überlegte fieberhaft und mit gerunzelter Stirn.

Die Augen des Mannes waren geschlossen, doch jetzt öffnete er sie plötzlich und sah Bunch mit klarem Blick an. Er schien weder bewußtlos noch verwundert zu sein. Sein Blick schien sehr lebhaft und intelligent. Nun bewegte er die Lippen, und Bunch beugte sich vor, um ihn verstehen zu können. Er sagte nur die Worte:

«Kirchliches Asyl.»

Ihr schien es, als ob ein schwaches Lächeln über seine Züge huschte, während er die Worte aussprach. Ein Mißverständnis war nicht möglich, denn nach einem Augenblick wiederholte er: «Kirchliches Asyl . . .»

«Bleiben Sie still liegen», sagte sie. «Versuchen Sie nicht, sich zu bewegen. Ich hole Hilfe.»

Wieder öffnete der Mann die Augen, doch diesmal schien seine Aufmerksamkeit auf das bunte Licht, das durch das Ostfenster hereinfloß, gerichtet zu sein. Er murmelte etwas, das Bunch nicht verstand. Sie dachte verwundert nach, ob es der Name ihres Mannes gewesen sein konnte.

«Julian?» sagte sie. «Kamen Sie hierher, um Julian zu treffen?»

Aber der Mann gab keine Antwort. Er lag da mit geschlossenen Augen, sein Atem kam in langsamen, schwachen Stößen.

Bunch wandte sich ab und verließ schnell die Kirche. Sie warf einen Blick auf ihre Uhr und nickte erleichtert. Dr. Griffiths würde noch in seiner Praxis sein. Es war ein Weg von nur wenigen Minuten. Ohne zu klopfen, durchschritt sie das Wartezimmer und betrat die Praxis.

«Sie müssen sofort kommen», sagte Bunch. «In der Kirche liegt ein Mann im Sterben.»

Nach kurzer Untersuchung erhob sich Dr. Griffiths von den Knien.

«Können wir ihn ins Pfarrhaus hinüberbringen? Da könnte ich mich besser um ihn kümmern – wir müssen alles versuchen.»

«Natürlich», sagte Bunch. «Ich gehe voraus und richte alles her. Soll ich Harper und Jones schicken? Sie könnten ihn tragen helfen.»

«Danke. Ich kann vom Pfarrhaus aus einen Ambulanzwagen rufen, aber ich fürchte, bis der kommt . . .»

Bunch fragte: «Innere Blutungen?»

Dr. Griffiths nickte. Er sagte: «Wie, um alles in der Welt, kam er hierher?»

«Er muß die ganze Nacht hier gelegen haben», sagte Bunch nachdenklich. «Harper schließt zwar morgens, wenn er mit der Arbeit beginnt, die Kirche auf, aber gewöhnlich geht er nicht hinein.»

Fünf Minuten später legte Dr. Griffiths den Telefonhörer auf und kam in die Halle, wo der verwundete Mann auf das Sofa gebettet lag. Bunch brachte eine Schüssel mit Wasser, und der Arzt reinigte die Wunde.

«So, das wäre erledigt», sagte Griffiths. «Ich habe den Krankenwagen gerufen und die Polizei benachrichtigt.» Er schaute mit gerunzelter Stirn auf den Patienten hinab, der mit geschlossenen Augen dalag. Seine linke Hand zuckte nervös und tastend, als ob er nach etwas greifen wollte.

«Man hat auf ihn geschossen», sagte Griffiths. «Der Schuß ging dicht am Herzen vorbei. Er hat sein Taschentuch auf die Wunde gepreßt, um die Blutung zu stillen.»

«Kann er weit gekommen sein, nachdem das passiert ist?» fragte Bunch.

«Doch, ja, das ist möglich. Ein tödlich verwundeter Mann ist bekanntlich einmal aufgestanden und die Straße hinuntergegangen, so als ob nichts geschehen wäre, und erst nach fünf oder zehn Minuten ist er zusammengebrochen. Es muß also nicht unbedingt in der Kirche auf ihn geschossen worden sein. Es kann natürlich auch Selbstmord sein. Er hat den Revolver weggeworfen und sich dann in die Kirche geschleppt. Ich versteh nur nicht, warum er in die Kirche ging und nicht ins Pfarrhaus.»

«Doch, das weiß ich», sagte Bunch. «Er sagte es: ‹Kirchliches Asyl.›»

Der Doktor sah sie an. «Kirchliches Asyl?»

«Da ist ja Julian», sagte Bunch und wandte den Kopf ihrem Mann zu, als sie seine Schritte hörte. «Julian! Komm doch bitte mal.»

Der Vikar, Julian Harmon, betrat die Vorhalle. Seine zerstreute Gelehrtenart ließ ihn sehr viel älter erscheinen, als er wirklich war. «Du liebe Güte», sagte Julian Harmon und blickte milde verwundert auf die medizinischen Instrumente und auf die lang hingestreckte Gestalt auf dem Sofa.

Bunch erklärte mit knappen Worten, was vorgefallen war.

«Ich fand ihn schwerverletzt in der Kirche. Man hat auf ihn geschossen. Kennst du ihn, Julian? Ich glaube, er hat deinen Namen gesagt.»

Der Vikar trat an das Sofa und betrachtete den sterbenden Mann.

«Armer Teufel», sagte er und schüttelte den Kopf. «Nein, ich kenne ihn nicht. Ich bin sicher, daß ich ihn niemals vorher gesehen habe.»

In diesem Moment schlug der Sterbende noch einmal die Augen auf. Sei Blick wanderte vom Arzt zu Julian Harmon und weiter zu dessen Frau. Seine Augen verweilten auf ihr, sie klammerten sich an Bunchs Gesicht fest. Griffiths trat näher.

«Wenn Sie uns sagen könnten . . .», fragte er eindringlich.

Doch der Mann schien ihn nicht zu hören, sein Blick blieb auf Bunch geheftet, und er sagte mit schwacher Stimme: «Bitte – bitte –.» Dann fiel sein Kopf zur Seite.

Sergeant Hayes schlug sein Notizbuch auf.

«Ist das alles, was Sie mir dazu sagen können, Mrs. Harmon?»

«Das ist alles», erwiderte Bunch. «Und hier sind die Sachen aus seiner Manteltasche.»

Auf dem Tisch neben Sergeant Hayes' Ellbogen lagen eine Brieftasche, eine ziemlich zerkratzte alte Uhr mit den Initialen W. S. und eine Rückfahrkarte nach London. Sonst nichts.

«Wissen Sie schon, wer er ist?» fragte Bunch.

«Ein Mr. und eine Mrs. Eccles haben uns im Revier angerufen. Wie es scheint, ist er ihr Bruder. Mit Namen Sandbourne. Seine Gesundheit und sein Nervenzustand sind schon einige Zeit lang schlecht gewesen, und es wurde in letzter Zeit immer schlimmer. Vorgestern ist er fortgegangen und kehrte nicht mehr nach Hause zurück. Er hatte einen Revolver mitgenommen.»

«Und er kam hierher, um sich zu erschießen?» fragte Bunch. «Warum?»

«Na ja, sehen Sie, er hatte Depressionen . . .»

Bunch unterbrach ihn. «*Das* meine ich nicht. Ich frage mich, warum ausgerechnet *hier*?»

Da Sergeant Hayes darauf offensichtlich keine Antwort wußte, erwiderte er indirekt: «Hierhergekommen ist er mit dem Bus um siebzehn Uhr zehn.»

«Ja», erwiderte Bunch. «Aber warum?»

«Ich weiß es nicht, Mrs. Harmon», gestand Sergeant Hayes. «Da gibt es keinen Anhaltspunkt. Wenn einmal das seelische Gleichgewicht gestört ist –»

Bunch beendete den Satz für ihn. «Dann kann man sich überall umbringen. Aber es scheint mir doch absurd, mit einem Bus ausgerechnet hierherzufahren ohne Grund. Kannte er hier jemanden?»

«Soweit ich unterrichtet bin, nicht.» Sergeant Hayes hüstelte und sagte, indem er aufstand: «Möglicherweise kommen Mr. und Mrs. Eccles zu Ihnen, um mit Ihnen zu sprechen, Madam, das heißt – wenn es Ihnen nichts ausmacht.»

«Natürlich macht es mir nichts aus», versicherte Bunch. «Das ist doch verständlich. Ich wünschte nur, ich könnte Ihnen etwas sagen.»

«Ich muß jetzt gehen», verabschiedete sich Sergeant Hayes.

«Ich bin nur froh, daß es kein Mord war», meinte Bunch, während sie ihn zur Tür brachte.

Vor dem Tor der Pfarrei hatte ein Wagen geparkt. Sergeant Hayes bemerkte nach einem Blick darauf: «Sieht so aus, als ob Mr. und Mrs. Eccles schon da sind, Madam.»

Bunch straffte sich, sie war bereit, den Besuchern in ihrem Leid beizustehen. Und sie dachte: Ich kann ja immer Julian zu Hilfe holen. Ein Geistlicher ist da genau der Richtige, wenn Menschen Trost brauchen.

Bunch hätte nicht sagen können, wie sie sich Mr. und Mrs. Eccles vorgestellt hatte, doch ihre eigene Überraschung wurde ihr bewußt, als sie sie begrüßte. Mr. Eccles war ein massiger, blühend aussehender Mensch, dessen Wesen normalerweise wohl gutgelaunt und witzig sein mochte. Mrs. Eccles war übertrieben aufgedonnert und zu grell geschminkt. Sie hatte einen kleinen, gemeinen Schmollmund, und ihre Stimme war dünn und schrill.

«Das war ein fürchterlicher Schock, Mrs. Harmon, wie Sie sich ja vorstellen können», sagte sie.

«O ja», erwiderte Bunch. «Ich weiß. Es muß sehr schwer für Sie sein. Bitte nehmen Sie Platz. Darf ich Ihnen etwas anbieten? Vielleicht ist es für Tee noch ein wenig früh –»

Mr. Eccles fuchtelte ablehnend mit den Händen in der Luft herum. «Nein, nein, nichts für uns», sagte er. «Es ist sehr nett von Ihnen, sicher. Wir wollten nur – nun – tja – hören, was der arme William zuletzt gesagt hat und all das, wissen Sie?»

«Er war lange Zeit drüben in Amerika», erklärte Mrs. Eccles. «Und ich glaube, er hat ein paar häßliche Erfahrungen machen müssen. Er war so still und deprimiert, seit er wieder da war. Er meinte, die Welt sei nicht gemacht, um darin zu leben, und er hätte keine Zukunft. Armer Bill, er litt sehr unter diesen Stimmungen.»

Bunch blickte die beiden schweigend an.

«Hat er doch tatsächlich meinem Mann den Revolver weggenommen, jawohl», fuhr Mrs. Eccles fort. «Ohne daß wir es ahnten. Und dann ist er, wie es scheint, mit dem Bus hierhergefahren. Ich glaube, das war Rücksicht auf uns.»

«Armer, armer Kerl», seufzte Mr. Eccles. «Man darf ihn nicht verurteilen.»

Es folgte eine weitere kurze Pause, und Mrs. Eccles fragte: «Hat er keine Nachricht für uns hinterlassen? Irgendein letztes Wort, nichts dergleichen?»

Ihre leuchtenden Schweinsäugelchen beobachteten Bunch genau. Auch Mr. Eccles beugte sich vor, so, als ob er begierig auf die Antwort wäre.

«Nein», sagte Bunch ruhig. «Er war in der Kirche, als er starb. Er sagte nur die Worte: Kirchliches Asyl.»

Mrs. Eccles wiederholte mit erstaunter Stimme: «Kirchliches Asyl? Ich glaube, ich weiß nicht recht, was das . . .»

Mr. Eccles unterbrach sie ungeduldig. «Geheiligter Ort, meine Liebe. Das ist es, was die Frau des Vikars meint. Es ist eine Sünde – Selbstmord, weißt du. Ich nehme an, er wollte hier dafür um Verzeihung bitten.»

«Er wollte etwas sagen, bevor er starb», sagte Bunch. «Er begann mit ‹bitte›, aber weiter kam er nicht mehr.» Mrs. Eccles führte ihr Taschentuch an die Augen und schniefte.

«Ach, Liebling», sagte sie. «Es ist so fürchterlich traurig, nicht wahr?»

«Na, na, schon gut», meinte ihr Mann. «Nimm dich zusammen. Daran ist nichts mehr zu ändern. Armer Willie. Jetzt hat er seinen Frieden. Nun, herzlichen Dank, Mrs. Harmon. Ich hoffe, wir haben Sie nicht aufgehalten.»

Sie reichten ihr die Hände. Dann wandte sich plötzlich Eccles noch einmal um und sagte: «Ach ja, noch etwas. Ich hätte es fast vergessen. Ich glaube, Sie haben seinen Mantel noch hier, nicht wahr?»

«Seinen Mantel?» Bunch runzelte die Stirn.

Mrs. Eccles erklärte: «Wir möchten all seine Sachen gern haben, wissen Sie, vielleicht ist das ein wenig sentimental, aber . . .»

«Er hatte eine Uhr, eine Brieftasche und eine Fahrkarte», sagte Bunch. «Ich habe alles Sergeant Hayes gegeben.»

«Dann ist ja alles in Ordnung», meinte Mr. Eccles.

«Er wird uns die Sachen schon aushändigen, nehme ich an. Seine privaten Papiere werden wohl in der Brieftasche gewesen sein.»

«Es war nur eine Pfundnote darin, sonst nichts», sagte Bunch.

«Keine Briefe? Nichts dergleichen?»

Bunch schüttelte den Kopf.

«Nun, nochmals herzlichen Dank, Mrs. Harmon. Den Mantel, den er anhatte – hat den der Sergeant auch mitgenommen, ja?»

Bunch zog die Stirn in Falten und strengte ihr Gedächtnis an.

«Nein», kam es schließlich. «Ich glaube nicht, lassen Sie mich nachdenken. Der Arzt und ich haben ihm den Mantel ausgezogen, um ihn untersuchen zu können und die Wunde zu behandeln.» Sie sah sich nachdenklich im Raum um. «Ich muß ihn mit hinaufgenommen haben mit den Tüchern und der Waschschüssel.»

«Ach, Mrs. Harmon, wenn es Ihnen nichts ausmachte ... Wir hätten gern seinen Mantel, wissen Sie, das letzte, was er trug. Nun ja, meine Frau hat ihn eben sehr gern gehabt.»

«Natürlich, ich verstehe», sagte Bunch. »Soll ich ihn nicht zuerst reinigen lassen? Ich fürchte, er ist ziemlich – nun ja – von Blut durchtränkt.»

«O nein, nein, nein, das macht gar nichts. Das ist doch nicht nötig», bemerkte er hastig.

Bunch runzelte die Stirn. «Wenn ich nur wüßte, wo ich ihn hingelegt habe. Entschuldigen Sie mich einen Augenblick.» Sie eilte hinauf, und es vergingen etliche Minuten, bis sie mit dem Mantel über dem Arm zurückkehrte.

«Es tut mir leid, daß Sie warten mußten», sagte sie atemlos. «Meine Zugehfrau hat ihn mit anderen Kleidern, die in die Reinigung sollten, beiseite gelegt. Ich mußte ihn erst suchen. Hier ist der Mantel.»

Mr. und Mrs. Eccles nahmen ihn in Empfang und verabschiedeten sich dann endlich von ihr.

Bunch ging langsam durch die Vorhalle und betrat das Arbeitszimmer ihres Mannes. Der Vikar Julian Harmon blickte hoch, und sein Gesicht hellte sich auf. Er schrieb gerade an seiner Predigt und fürchtete, daß er sich von seinem Interesse an den politischen Beziehungen zwischen Judäa und Persien während der Regierungszeit des Cyrus hatte verleiten lassen, vom Thema abzuschweifen.

«Ja, meine Liebe?» fragte er sanft.

«Julian», sagte Bunch. «Was bedeutet eigentlich ‹Kirchliches Asyl› genau?»

Julian schob, dankbar für die Unterbrechung, seine Predigt beiseite.

«Nun», begann er, «das Asylrecht galt in römischen und griechischen Tempeln für die ‹cella›, in der die Statue der Gottheit aufbewahrt wurde. Das lateinische Wort für Altar, ‹ara›, bedeutet auch Schutz.» Er fuhr gelehrt fort: «399 nach Christus wurde das Asylrecht schließilch endgültig in christlichen Kirchen anerkannt. Die früheste Erwähnung dieses Asylrechts ...»

Er fuhr noch eine Zeitlang mit seinem Vortrag fort, wurde aber, wie so oft, durch die Art verwirrt, in der seine Frau den wissenschaftlichen Vortrag aufnahm.

«Liebling», sagte sie. «Du bist zauberhaft.»

Sie beugte sich über den Schreibtisch und küßte ihn auf die Nasenspitze. Julian fühlte sich wie ein Hund, den man für ein brav vorgeführtes Kunststück lobt.

«Die Eccles waren hier», berichtete Bunch.

Das Gesicht des Vikars verfinsterte sich wieder. «Die Eccles? Wer soll denn das sein?»

«Du kennst sie nicht. Die Frau ist die Schwester des Mannes in der Kirche.»

«Meine Liebe, du hättest mich rufen sollen.»

«Das war gar nicht nötig», beruhigte Bunch ihn. «Sie brauchten keine Tröstung. Ich möchte dich etwas fragen.» Sie sah ihn zärtlich an. «Wenn ich für morgen alles herrichte und in den Backofen stelle, meinst du, du kommst dann alleine zurecht, Julian? Ich glaube, ich muß für meine Einkäufe nach London fahren.»

«Einkäufe?» fragte ihr Mann verwundert. «Was denn für Einkäufe?»

Bunch lachte etwas verlegen. «Ach, Liebling, weißt du, da gibt es einen Ausverkauf bei Burrows und Portmans. Du weißt doch, Laken, Tischtücher, Handtücher und so. Ich verstehe gar nicht, was immer mit unsern Handtüchern los ist. Alle naselang sind sie kaputt. Übrigens», fügte sie hinzu, «sollte ich auch mal wieder Tante Jane besuchen.»

Diese reizende alte Dame, Miss Jane Marple, genoß jetzt zwei Wochen lang die Freuden der Großstadt, da ihr Neffe ihr seine komfortable Wohnung überlassen hatte.

«Ja, das ist wirklich nett von Raymond», murmelte Miss Marple. «Er ist mit Joan für zwei Wochen nach Amerika geflogen und bestand darauf, daß ich in dieser Zeit hier wohne. Und jetzt, liebe Bunch, erzähl mir, was dich bedrückt.»

Bunch war Miss Marples Lieblingspatenkind, und die alte Dame blickte sie voller Zuneigung an, als sie nun ihren besten Filzhut fest auf den Hinterkopf drückte und dann ihre Geschichte erzählte.

Bunchs Bericht war knapp und klar. Miss Marple nickte, als Bunch geendet hatte. «Ich verstehe», sagte sie. «Ja, ich verstehe.»

«Und darum meinte ich, müßte ich mit dir sprechen», fuhr Bunch fort. «Siehst du, wenn ich es nicht klug anstelle –»

«Aber du bist doch klug, mein Liebes.»

«Nein, sicher nicht. Nicht so klug wie Julian.»

«Julian, natürlich, der hat ein großes Wissen und Intellekt», versicherte Miss Marple.

«Ja, das hat er», meinte Bunch. «Julian hat den Intellekt, und ich, ich habe dafür das Gefühl.»

«Ja, und du hast einen gesunden Menschenverstand, Bunch, und überdies bist du auch noch intelligent.»

«Trotzdem weiß ich nicht genau, was ich jetzt tun muß. Julian kann ich nicht fragen, weil – nun, ich meine, Julian ist so ganz die Rechtschaffenheit selbst . . .»

Diese Charakterisierung schien Miss Marple durchaus zu teilen. Sie meinte: «Ich verstehe, was du sagen willst, Liebes. Wir Frauen – nun ja, das ist etwas ganz anderes.» Dann fuhr sie fort: «Du hast mir erzählt, was geschehen ist, Bunch, aber jetzt möchte ich hören, wie du darüber denkst.»

«Ich denke, daß alles nicht stimmt», sagte Bunch. «Der Mann, der da in der Kirche lag und starb, wußte genau, was ‹Kirchliches Asyl› bedeutet. Er sprach es aus, wie Julian es getan haben würde. Ich meine, er war belesen, ein gebildeter Mensch. Und wenn er auf sich selbst geschossen hätte, hätte er sich nicht hinterher in eine Kirche geschleppt und ‹Kirchliches Asyl› gesagt. Ich finde, es ist eindeutig, daß er verfolgt wurde und sich in die Kirche rettete, wo er sicher war. Da durften seine Verfolger ihm nichts mehr anhaben. Es gab einmal eine Zeit, da nicht einmal das Gesetz dort jemanden fassen durfte.»

Sie sah Miss Marple fragend an. Die nickte. Bunch fuhr fort:

«Diese Leute, diese Eccles, waren so ganz anders. Ungebildet und grob. Und dann ist da noch etwas. Die Uhr des Toten. Sie trug die Initialen W. S. auf der Rückseite. Aber innen, ich habe sie aufgemacht, stand in sehr kleinen Buchstaben ‹Für Walter von seinem Vater› und das Datum. Walter. Aber die Eccles redeten immer nur von ihm als William oder Bill.»

Miss Marple wollte etwas sagen, aber Bunch war in Fahrt gekommen und sprach hastig weiter. «O ja, ich weiß, man wird nicht immer mit dem Namen gerufen, auf den man getauft wurde. Ich meine, ich kann verstehen, daß man auf den Namen William getauft wurde und ‹Häschen› oder ‹Dickerchen› genannt wird oder sonst was. Aber seine Schwester würde ihn nicht William oder Bill nennen, wenn sein richtiger Name Walter wäre.»

«Du glaubst also, sie ist gar nicht seine Schwester?»

«Da bin ich sogar ziemlich sicher. Sie waren greulich – alle beide. Sie kamen in die Pfarrei, um seine Sachen zu holen und um herauszubekommen, ob er irgend etwas gesprochen hat, bevor er starb. Als ich ihnen berichtete, er habe nichts gesagt, sah ich ihren Gesichtern an, wie erleichtert sie waren. Ich glaube», schloß Bunch, «das es Eccles war, der ihn erschossen hat.»

«Also Mord?» fragte Miss Marple.

«Ja», bekräftigte Bunch. «Mord. Und das ist der Grund, warum ich zu dir gekommen bin, liebe Tante.»

Miss Marple überlegte ein Weilchen, und dann kam sie auf einen Punkt, der auch Bunch schon so oft durch den Kopf gegangen war. «Aber warum ist er überhaupt nach Chipping Cleghorn gekommen?» fragte sie.

«Du meinst, wenn er des Asylrechts bedurfte, hätte er in jede x-beliebige Kirche gehen können. Er hätte es nicht nötig gehabt, einen Bus zu nehmen, der nur viermal am Tage fährt, um in unseren kleinen, verlassenen Ort zu kommen.»

«Er muß einen Grund dafür gehabt haben», dachte Miss Marple laut. «Er muß dorthin gefahren sein, um jemanden zu treffen. Chipping Cleghorn ist doch keine große Stadt. Vielleicht fällt dir jemand ein, den er hätte treffen wollen?»

Bunch ließ die Einwohner des Ortes an ihrem geistigen Auge vorüberziehen, dann schüttelte sie entmutigt den Kopf. «Da ich den Grund nicht weiß, könnte es jeder sein», sagte sie.

«Hat er nicht einen Namen genannt?»

«Doch, ja, er sagte Julian, oder so ähnlich. Es könnte auch Julia gewesen sein. Aber soweit ich weiß, gibt es keine Julia in Chipping Cleghorn.»

Sie schloß die Augen, um sich intensiver an die Szene erinnern zu können. Da lag der Mann auf den Altarstufen, die Sonne schien durch das Fenster, dessen rotes und blaues Glas wie Juwelen leuchteten.

«Juwel», sagte Bunch plötzlich. «Vielleicht war es das, was er gesagt hatte. Das Licht, das durch das bunte Fenster floß, glänzte wie Juwelen.»

«Juwel», wiederholte Miss Marple nachdenklich.

«Jetzt komme ich auf das Allerwichtigste überhaupt», sagte Bunch. «Weißt du, weswegen ich hauptsächlich zu dir gekommen bin? Die Eccles wollten unbedingt den Mantel haben. Wir hatten ihn ihm ausgezogen, als der Arzt ihn untersuchte. Es war ein alter, schäbiger Mantel, und es war unverständlich, warum sie so sehr darauf bstanden. Sie gaben vor, es seien sentimentale Gründe, aber das ist Unsinn.

Jedenfalls ging ich, um ihn zu holen, und als ich die Treppe hinaufging, fiel mir wieder ein, daß der Mann sterbend Bewegungen machte, als ob er etwas aus dem Mantel herausholen wollte. Als ich dann den Mantel in der Hand hatte, untersuchte ich ihn sehr sorgfältig und bemerkte, daß an einer Stelle die

Naht mit einem anderen Faden genäht worden war. Ich trennte sie also auf und fand ein kleines Stück Papier. Dann nähte ich alles wieder sauber zu. Ich war vorsichtig und glaube nicht, daß die Eccles etwas bemerkt haben. Aber ich *glaube* es nur, ich weiß es nicht. Und dann brachte ich ihnen den Mantel mit irgendeiner Entschuldigung für mein langes Wegbleiben.»

«Und das Stück Papier?» fragte Miss Marple.

Bunch öffnete ihre Handtasche. «Julian weiß nichts davon», erklärte sie, «denn er hätte bestimmt gesagt, ich müßte das den Eccles geben. Aber ich hielt es für besser, es zunächst dir zu zeigen.»

«Ein Gepäckaufbewahrungsschein», sagte Miss Marple, und nach genauerem Hinsehen: «Vom Bahnhof Paddington.»

«Er hatte eine Rückfahrkarte von London nach Paddington in der Tasche», sagte Bunch.

Die Blicke der beiden Frauen trafen sich.

«Da muß etwas geschehen.» Miss Marple wurde ganz lebhaft. «Aber es ist wohl ratsam, vorsichtig vorzugehen. Hättest du überhaupt gemerkt, wenn du heute in London verfolgt worden wärest, liebe Bunch?«

«Verfolgt?» rief Bunch aus. «Du glaubst doch nicht im Ernst –»

«Doch, ich halte es für durchaus möglich», meinte Miss Marple. «Und deshalb sollten wir Vorsichtsmaßnahmen treffen.» Sie stand flink auf. «Angeblich bist du doch hierhergekommen, um Besorgungen zu machen. Darum halte ich es für das beste, wenn wir jetzt gemeinsam diese Einkäufe erledigen. Aber bevor wir das Haus verlassen, möchte ich ein, zwei kleine Vorbereitungen treffen. Ich schätze», fuhr sie geheimnisvoll fort, «daß ich den alten Tweedmantel mit dem Biberkragen vorläufig nicht brauche.»

Eineinhalb Stunden danach ließen sich die beiden Damen, völlig erschöpft, bepackt mit Päckchen und Paketen voller mühsam erkämpfter Wäschestücke, in einem kleinen und abgelegenen Gasthaus mit dem Namen «Apple Bough» nieder, um ihre Kräfte bei Steak und Nierenpastete, gefolgt von Apfeltorte und Eiscreme, wiederherzustellen.

«Wirklich eine feine Qualität, diese Handtücher», japste Miss Marple außer Atem. «Auch noch mit einem J als Monogramm. Welches Glück, daß Raymonds Frau Joan heißt. Dann wird sie sie auch noch gebrauchen können, falls ich eher sterbe, als ich erwarte.»

«Ich brauche die Handtücher wirklich», sagte Bunch. «Und sie waren billig, obwohl nicht so billig wie die, die die Frau mit den roten Haaren mir vor der Nase weggeschnappt hat.»

Eine hübsche junge Frau mit verschwenderisch aufgetragenem Rouge und Lippenstift betrat in diesem Moment das «Apple Bough». Nachdem sie sich suchend umgeblickt hatte, eilte sie auf den Tisch der beiden zu. Sie legte ein Kuvert neben Miss Marples Ellbogen.

«Da ist es, Miss», sagte sie munter.

«Oh, danke, Gladys», erwiderte Miss Marple. «Vielen herzlichen Dank. Sehr lieb von Ihnen.»

«Es macht mir Freude, wenn ich Ihnen helfen kann», sagte Gladys. «Ernie sagt immer ‹Alles Gute hast du von dieser Miss Marple gelernt, als du in ihrem Dienst warst›, und ich bin immer froh, wenn ich Ihnen mal gefällig sein kann, Miss.»

«Ein liebes Mädchen», meinte Miss Marple, als Gladys gegangen war. «Immer hilfsbereit und freundlich.»

Sie blickte in das Kuvert und reichte es Bunch. «Jetzt sei sehr vorsichtig, Liebes», erklärte sie. «Übrigens, ist der nette junge Inspektor in Melchester noch da?»

«Ich weiß nicht», antwortete Bunch. «Ich nehme es aber an.»

«Gut, wenn nicht, kann ich immer noch den Hauptwachtmeister anrufen. Ich denke, der erinnert sich noch an mich», sagte Miss Marple.

«Sicher erinnert er sich», bekräftigte Bunch. «Niemand kann dich vergessen. Du bist einmalig.» Und sie verabschiedete sich.

In Paddington angekommen, ging Bunch zur Gepäckaufbewahrung und gab ihren Gepäckschein ab. Man brachte ihr einen häßlichen alten Koffer, mit dem sie auf den Bahnsteig trat.

Während der Reise nach Hause ereignete sich nichts. Bunch stand auf, als der Zug sich Chipping Cleghorn näherte, und nahm den alten Koffer auf. Sie hatte gerade den Wagen verlassen, als ein Mann den Bahnsteig entlang auf sie zulief, ihr blitzschnell den Koffer aus der Hand riß und damit davonrannte.

«Halt!» schrie Bunch. «Haltet ihn. Er hat meinen Koffer gestohlen.»

Der Beamte am Ausgangsschalter, ein behäbiger,

langsamer Mensch auf dieser ländlichen Station, hatte gerade angesetzt mit: «Aber, sehen Sie, so was dürfen Sie doch nicht tun», als ein wohlgezielter Schlag auf die Brust ihn beiseite stieß, und der Dieb an ihm vorbei aus dem Bahnhof eilte. Er warf den Koffer in ein dort wartendes Auto und wollte gerade einsteigen, als eine schwere Hand auf seine Schulter fiel, und Hauptwachtmeister Abel sagte: «Na, na, was soll das?»

Bunch kam aus dem Bahnhof gelaufen. «Er hat mir den Koffer aus der Hand gerissen», sagte sie.

«Unsinn, ich weiß gar nicht, wovon diese Dame spricht. Das ist mein Koffer. Ich bin gerade damit aus dem Zug gestiegen.»

«Das wollen wir erst einmal klären.»

Er sah Bunch mit einem gleichgültigen Blick an. Niemand hätte daraus schließen können, daß der Hauptwachtmeister Abel und Mrs. Harmon lange Stunden in seinem Büro damit verbrachten, die Vorzüge der Düngung von Rosenbüschen mit Knochenmehl zu erörtern.

«Madam, Sie behaupten, das sei Ihr Koffer?» sagte der Hauptwachtmeister Abel streng.

«Ja», erwiderte Bunch. «Das ist meiner.»

«Und Sie, Sir?»

«Ich sage, der Koffer gehört mir.»

Der Mann war groß, dunkel und gut gekleidet, er hatte eine affektierte Sprache und ein hochmütiges Gehabe. Eine weibliche Stimme aus dem Innern des Wagens sagte: «Natürlich ist das dein Koffer, Edwin. Ich verstehe nicht, was diese Frau will.»

«Das werden wir gleich haben», erklärte Hauptwachtmeister Abel. «Wenn das Ihr Koffer ist, Madam, schildern Sie bitte, was darin ist.»

«Kleider», sagte Bunch. «Ein langer Tweedmantel mit einem Biberkragen, zwei Wollpullover und ein Paar Schuhe.»

«Das ist deutlich genug», meinte der Hauptwachtmeister. Er wandte sich fragend an den anderen.

«Ich bin Kostümschneider», erklärte der dunkle Mann wichtig. «Dieser Koffer enthält Theaterkostüme, die ich für eine Laienaufführung mitgebracht habe.»

«Gut, Sir», erwiderte der Hauptwachtmeister Abel. «Jetzt werden wir einmal einen Blick in den Koffer werfen. Sie gestatten?» Und damit hatte er den Koffer schon in der Hand. «Wir können auf die Polizeiwache gehen, oder, wenn Sie in Eile sind, werden wir ihn gleich hier auf dem Bahnhof öffnen.»

«Das ist mir recht», sagte der dunkle Mann. «Mein Name ist übrigens Moss, Edwin Moss.»

Der Hauptwachtmeister ging mit dem Koffer zum Bahnhof zurück. «Ich gehe nur rasch in die Gepäckabfertigung, George», sagte er zu dem Beamten an der Sperre.

Hauptwachtmeister Abel legte den Koffer auf das Bord der Gepäckabfertigung und ließ die beiden Schlösser aufschnappen, die nicht verschlossen waren. Bunch und Edwin Moss standen neben ihm und warfen sich giftige Blicke zu.

«Also!» erklärte der Hauptwachtmeister Abel, als er den Deckel hochhob.

Säuberlich gefaltet lag ein langer Tweedmantel

mit einem Biberkragen darin, zwei wollene Pullover und ein Paar abgetragene Schuhe.

«Genau wie Sie sagten», bemerkte der Hauptwachtmeister.

Niemand hätte Mr. Edwin Moss nachsagen können, daß er mit seinen Gefühlen hinter dem Berge hielt, seine Enttäuschung und seine Verwunderung waren echt und groß.

«Ich muß mich entschuldigen», begann er. «Ich muß mich wirklich entschuldigen. Bitte, glauben Sie mir, meine liebe Dame, wenn ich Ihnen versichere, wie leid es mir tut. Mein Benehmen war unverzeihlich – ganz unverzeihlich.» Er sah auf seine Uhr. «Ich muß mich beeilen. Wahrscheinlich ist mein Koffer im Zug geblieben.» Indem er noch einmal seinen Hut zog, sagte er mit schmelzender Stimme zu Bunch: «Verzeihen Sie mir, ach, bitte, verzeihen Sie mir», und er eilte davon.

«Lassen Sie ihn denn so einfach laufen?» fragte Bunch in verschwörerischem Flüsterton den Hauptwachtmeister.

Der kniff langsam eines seiner Ochsenaugen zu.

«Er wird nicht weit kommen, Madam, wenn Sie meine Meinung wissen wollen.»

«Oh!» Bunch war offensichtlich erleichtert.

Der Hauptwachtmeister fuhr fort: «Diese alte Dame hat mich angerufen, die vor ein paar Jahren einmal hier war. Eine großartige Frau, nicht? Den ganzen Tag über hat sich hier allerhand getan. Würde mich nicht wundern, wenn morgen früh der Inspektor oder der Sergeant zu Ihnen käme.»

Es war der Inspektor, der kam, Inspektor Craddock, an den sich Miss Marple so gut erinnerte. Er begrüßte Bunch mit einem Lächeln wie ein alter Freund.

«Wieder mal ein Verbrechen in Chipping Cleghorn», sagte er munter. «Es mangelt Ihnen hier nicht an Sensationen, was, Mrs. Harmon?»

«Mir wäre weniger noch lieber», meinte Bunch. «Sind Sie gekommen, um mir Fragen zu stellen, oder wollen Sie mir zur Abwechslung einmal etwas erzählen?»

«Zuerst werde ich Ihnen etwas erzählen», verkündete der Inspektor. «Um es Ihnen gleich vorweg zu sagen: Auf Mr. und Mrs. Eccles haben wir schon eine ganze Zeitlang ein Auge geworfen. Wir haben Grund zu der Annahme, daß sie in verschiedene Raubüberfälle verwickelt sind. Übrigens hat Mrs. Eccles wirklich einen Bruder mit Namen Sandbourne, der erst kürzlich aus Amerika zurückgekommen ist. Dieser Mann, den Sie sterbend auf den Altarstufen gefunden haben, ist allerdings nicht Sandbourne.»

«Ich wußte, daß er es nicht war», sagte Bunch. «Sein Vorname war Walter, nicht William, wie die Eccles ihn immer nannten.»

Der Inspektor nickte. «Sein Name war Walter St. John, und er war gerade vor achtundvierzig Stunden aus dem Gefängnis in Charington entflohen.»

«Ja, natürlich», meinte Bunch leise zu sich selbst. «Er wurde von Gesetzes wegen verfolgt, und er suchte hier Schutz, darum seine Worte ‹Kirchliches Asyl›.» Dann fragte sie: «Was hat er denn getan?»

«Dazu muß ich weiter ausholen. Die Geschichte ist ziemlich kompliziert. Vor einigen Jahren gab es eine gewisse Tänzerin, die in der Music Hall engagiert war. Ich nehme nicht an, daß Sie jemals von ihr gehört haben, aber sie trat als orientalische Tänzerin auf, und zwar nannte sich ihre Nummer ‹Aladin im Juwelen-Keller›. Dazu trug sie kleine Glasperlengehänge und nicht viel mehr.

Ich glaube, sie war keine besonders gute Tänzerin, aber sie war sehr anziehend. Jedenfalls lief ihr eine asiatische königliche Hoheit über den Weg. Unter anderem schenkte dieser Mann ihr ein prachtvolles Smaragdkollier.»

«Etwa die historischen Juwelen eines Radscha?» flüsterte Bunch.

Inspektor Craddock hüstelte: «Nun ja, vielleicht eine etwas modernere Version, Mrs. Harmon. Die Affäre dauerte nicht sehr lange. Sie endete, als die Aufmerksamkeit unseres Potentaten von einem gewissen Filmstar in Anspruch genommen wurde, der nicht ganz so bescheiden war.

Zobeida, um die Tänzerin bei ihrem Künstlernamen zu nennen, trug das Kollier, und nach kurzer Zeit wurde es ihr gestohlen. Es verschwand aus der Garderobe des Theaters, und die Behörden hatten den Verdacht, sie selbst könnte das Verschwinden arrangiert haben. Solche Sachen kommen vor zur Förderung der Publicity oder aus noch unerfreulicheren Motiven.

Das Kollier ist nie wieder aufgetaucht, doch im Verlauf der Verhandlungen wurde die Aufmerksamkeit der Polizei auf diesen Mann gelenkt, Walter St. John. Ein wohlerzogener und gebildeter Mann, der aber heruntergekommen war und nun bei einer ziemlich obskuren Firma als Juwelier arbeitete. Die Firma wurde der Hehlerei bei vielen Juwelenraubüberfällen verdächtigt.

Es konnte ihm ziemlich einwandfrei nachgewiesen werden, daß das Kollier durch seine Hände gegangen war. Allerdings wurde er wegen eines anderen Juwelendiebstahls vor Gericht gebracht und ins Gefängnis geschickt. Seine Haftzeit war fast abgelaufen, daher war seine Flucht eine Überraschung.»

«Aber warum kam er hierher?» fragte Bunch.

«Das möchten wir auch sehr gerne wissen, Mrs. Harmon. Wir sind seinen Spuren nachgegangen. Demnach scheint er zuerst in London gewesen zu sein. Er besuchte keinen seiner alten Komplicen, sondern eine alte Frau, eine Mrs. Jacobs, die vorher Kostümschneiderin bei einem Theater gewesen war. Sie sagte nicht, warum er zu ihr kam, aber nach den Aussagen anderer Bewohner verließ er das Haus mit einem Koffer.»

«Ich verstehe», sagte Bunch. «Er hinterließ den Koffer in der Gepäckaufbewahrung von Paddington, und dann kam er hierher.»

«Zu dieser Zeit», fuhr Inspektor Craddock fort, «waren ihm die Eccles und ein Mann, der sich Edwin Moss nennt, auf der Spur. Sie wollten diesen Koffer. Sie beobachteten, wie er in den Bus stieg, und müssen in einem Auto vorausgefahren sein und gewartet haben, bis er ausstieg.»

«Und dann wurde er ermordet?» fragte Bunch.

«Ja. Er wurde erschossen. Es war Eccles' Revolver, aber ich glaube eher, es war Moss, der den Schuß abgab. Und nun möchten wir wissen, Mrs. Harmon, wo jetzt der Koffer ist, den Walter St. John am Bahnhof von Paddington aufgegeben hat?»

Bunch grinste. «Tante Jane hat ihn, ich meine Miss Marple. Es war ganz einfach. Sie schickte ein ehemaliges Dienstmädchen mit einem Koffer, in dem alte Kleidungsstücke waren, zur Gepäckaufbewahrung in Paddington, und wir tauschten die Scheine aus. Ich holte ihren Koffer ab und brachte ihn im Zug hierher. Sie schien erwartet zu haben, daß man ihn mir wegnehmen würde.»

Jetzt lachte Inspektor Craddock. «Das sagte sie, als sie anrief. Ich fahre jetzt nach London. Möchten Sie nicht mitkommen, Mrs. Harmon?»

«Tja», Bunch überlegte. «Eigentlich trifft es sich gut. Ich hatte in der vergangenen Nacht starke Zahnschmerzen, ich müßte unbedingt nach London zu meinem Zahnarzt, finden Sie nicht auch?»

«Ganz sicher», stimmte Inspektor Craddock zu ...

Miss Marple sah abwechselnd auf Inspektor Craddock, dann wieder auf Bunchs neugieriges Gesicht. Der Koffer lag auf dem Tisch. «Natürlich habe ich ihn noch nicht geöffnet», erklärte Miss Marple. «Ich dächte nicht im Traum daran, so etwas zu tun, bis ein Beamter der Polizei dabei wäre. Übrigens», fügte sie mit einem spitzbübischen Lächeln hinzu, «ist er verschlossen.»

«Haben Sie eine Vermutung, was darin ist, Miss Marple?» fragte der Inspektor.

«Ich denke mir, Sie wissen es», erwiderte Miss Marple. «Ich schätze, Zobeidas Theaterkostüm. Möchten Sie einen Meißel, Inspektor?»

Der Meißel hatte bald seine Arbeit getan. Beide Frauen stöhnten leicht auf, als der Koffer aufsprang. Das Sonnenlicht, das durch die Fenster fiel, brach sich in einem Schatz aus Tausendundeiner Nacht. Es funkelten Juwelen in Rot, Blau, Grün und Orange.

«Aladins Keller», sagte Miss Marple. «Die Juwelen, die das Mädchen beim Tanzen trug.»

«Ah», meinte Inspektor Craddock. «Jetzt frage ich mich, was ist so kostbar daran, daß ein Mann deswegen ermordet wurde?»

«Sie war ein schlaues Mädchen, nehme ich an», sagte Miss Marple in Gedanken. «Sie ist tot, nicht wahr, Inspektor?»

«Ja, sie starb vor drei Jahren.»

«Sie hatte doch dieses wertvolle Smaragdkollier», sagte Miss Marple sinnend. «Sie hat die echten Steine aus ihrer Fassung genommen und hier und da in ihr Kostüm eingenäht, wo jeder sie für Glasperlen halten mußte. Dann ließ sie sich eine Imitation von dem Kollier anfertigen, und die wurde gestohlen. Kein Wunder, daß es nie auf den Markt kam. Der Dieb mußte bald entdeckt haben, daß die Steine falsch waren.»

«Hier ist ein Kuvert», rief Bunch, indem sie die glitzernden Ketten etwas beiseite schob.

Inspektor Craddock hob es heraus und entnahm

ihm zwei Dokumente. Er las laut: «Heiratsurkunde von Walter Edmund St. John und Mary Moss. Das war Zobeidas bürgerlicher Name.»

«Sie waren also verheiratet», sagte Miss Marple. «Jetzt begreife ich.»

«Und was ist das andere?» fragte Bunch.

«Die Geburtsurkunde einer Tochter Juwel.»

«Juwel?» schrie Bunch. «Wieso? Natürlich, Juwel. Jill! Das ist es. Jetzt weiß ich, warum er nach Chipping Cleghorn kam. Das war es, was er mir sagen wollte. Juwel. Die Mundys, ja natürlich. Laburnam Cottage. Sie haben ein kleines Mädchen in Pflege. Sie behandeln es wie ihr Enkelkind. Ja, jetzt fällt mir ein, sein Name war Juwel, aber sie haben es Jill genannt.

Mrs. Mundy hatte vor einer Woche einen Schlaganfall, und auch der alte Mann ist sehr krank. Er hat eine Lungenentzündung. Sie sind beide ins Krankenhaus gekommen. Ich habe mich bemüht, Jill bei netten Leuten unterzubringen. Ich wollte nicht, daß man sie in ein Heim steckt.

Jetzt nehme ich an, daß ihr Vater im Gefängnis davon gehört hat und flüchtete. Er holte diesen Koffer von der alten Kostümschneiderin, wo er oder seine Frau ihn hinterlassen hatte. Ich nehme an, die Juwelen gehörten wirklich ihrer Mutter, so daß sie jetzt dem Kind gehören.»

«Das glaube ich auch, Mrs. Harmon. Wenn sie wirklich da sind, diese Juwelen.»

«Oh, sie werden da sein, ganz sicher», meinte Miss Marple fröhlich.

«Gott sei Dank, daß du wieder da bist, Liebes», begrüßte Vikar Julian Harmon seine Frau und umarmte sie mit einem Seufzer der Erleichterung. «Mrs. Burt versucht ja wohl, ihr Bestes zu tun, aber heute mittag hat sie mir Fisch vorgesetzt, der – nun ja – sehr eigentümlich schmeckte. Ich wollte sie nicht beleidigen und sagte nichts. Ich gab den Fisch Tiglatpileser, aber nicht einmal er hat ihn angerührt, und da habe ich alles zum Fenster rausgeworfen.»

«Tiglatpileser», sagte Bunch und streichelte den Kater, der sich schnurrend an ihrem Knie rieb. «Er ist auch sehr eigen mit Fisch. Ich sage ihm oft, er hätte einen verwöhnten Magen!»

«Und deine Zähne, Liebling? Hat der Arzt alles wieder gerichtet?»

«Ja», erwiderte Bunch. «Es tat gar nicht so sehr weh, und dann bin ich wieder zu Tante Jane gegangen ...»

«Liebe, alte Jane», sagte Julian. «Ich hoffe, es geht ihr gut.»

«O ja, es geht ihr sehr gut», bestätigte Bunch und grinste.

Am darauffolgenden Morgen brachte Bunch frische Chrysanthemen in die Kirche. Die Sonne schien durch das Ostfenster, und Bunch stand in dem wie Juwelen funkelnden Licht auf den Altarstufen. Sie sagte sehr leise: «Deinem kleinen Mädchen wird nichts geschehen, ich verspreche es.»

Dann stieg sie die Altarstufen hinunter und kniete in einer Bank nieder, um zu beten, bevor sie wieder in die Pfarrei zurückging, wo sie die Arbeit von drei Tagen aufzuholen hatte.

Die Perle

«Oh, bitte, Madam, könnte ich Sie einen Moment sprechen?»

Eigentlich war diese Frage in sich widersinnig, da Edna, Miss Marples junges Dienstmädchen, bereits mit ihrer Herrin sprach.

Miss Marple ging bereitwillig auf die Redewendung ein und sagte: «Natürlich, Edna, komm und schließ die Tür. Was gibt's?»

Gehorsam machte Edna die Tür zu und ging weiter ins Zimmer. Verlegen drehte sie den Zipfel ihrer Schürze zwischen den Fingern. Aufgeregt schluckte sie ein- oder zweimal.

«Na, was ist, Edna?» ermutigte sie Miss Marple.

«Oh, bitte, Ma'am, es geht um meine Cousine, Gladdie.»

«Du meine Güte!» Miss Marple dachte sogleich an die schlimmste – und leider meist zutreffende Möglichkeit. «Sie ist doch nicht . . .»

Hastig beteuerte Edna: «Oh, nein. Ma'am, nicht was Sie denken. Gladdie gehört nicht zu der Sorte Mädchen. Sie hat sich nur furchtbar aufgeregt. Sie hat ihre Stellung verloren.»

«Ach je, das tut mir leid. Sie hat in ‹Old Hall› gearbeitet, nicht wahr, bei Miss – den Schwestern – Skinner?»

«Ja, Ma'am, das ist richtig, Ma'am. Und Gladdie hat sich sehr darüber aufgeregt – sie ist ganz verstört.»

«Gladdie hat doch schon öfter die Stellung gewechselt?»

«Oh, ja, Ma'am. Sie hat gern Abwechslung und kann sich nicht dazu entschließen, sich irgendwo niederzulassen, wenn Sie verstehen, was ich meine. Aber sie hat immer von sich aus gekündigt.»

«Und diesmal war es umgekehrt?» fragte Miss Marple ungerührt.

«Ja, Ma'am, und darüber regt sich Gladdie furchtbar auf.»

Das überraschte Miss Marple. Sie hatte Gladdie als stämmiges, beherztes Mädchen in Erinnerung, mit einem ausgeglichenen, unerschütterlichen Naturell. Gladdie war wiederholt auf eine Tasse Tee in die Küche gekommen, wenn sie ihren freien Tag hatte.

Edna erzählte weiter. «Wissen Sie, Ma'am, es war so eigenartig – wie Miss Skinner aussah.»

«Wie», erkundigte sich Miss Marple geduldig, «hat denn Miss Skinner ausgesehen?»

Nun gab es kein Halten mehr für Edna, sie erzählte die ganze Geschichte. «Oh, Ma'am, es war so aufregend für Gladdie. Sehen Sie, Miss Emilys Brosche war verschwunden und alles wurde durchsucht, ein heilloses Durcheinander. So etwas ist unangenehm, das hat niemand gern. Und Gladdie hat eifrig mitgesucht. Miss Lavinia wollte die Polizei benachrichtigen, als die Brosche im hintersten Winkel einer

Schublade entdeckt wurde. Gladdie war sehr froh darüber.

Und dann hat sie am nächsten Tag einen Teller zerbrochen. Miss Lavinia hat kurzerhand Gladdie gekündigt. Aber Gladdie glaubt, daß es nur ein Vorwand war, weil Miss Lavinia glaubt, sie hätte die Brosche gestohlen, und als sie damit drohte, die Polizei zu benachrichtigen, hätte sie sie schnell zurückgelegt, so daß sie gefunden wurde. Aber Gladdie würde so etwas niemals tun – niemals, und jetzt hat sie Angst, daß es sich herumspricht und sie in Verruf kommt, und das ist schlimm für ein Mädchen, wie Sie wissen, Ma'am.»

Miss Marple nickte. Obwohl sie die vorlaute, sehr von sich eingenommene Gladdie nicht besonders mochte, war sie von ihrer Ehrlichkeit überzeugt und konnte sich gut vorstellen, daß das Mädchen zutiefst empört darüber war.

Verschämt fragte Edna: «Sie können ihr wohl nicht helfen, Ma'am? Gladdie ist ganz aus dem Häuschen.»

«Sag ihr, sie soll vernünftig bleiben», antwortete Miss Marple forsch. «Wenn sie die Brosche nicht genommen hat – davon bin ich überzeugt –, dann hat sie keinen Grund sich aufzuregen.»

«Es wird sich herumsprechen», gab Edna zu bedenken.

Miss Marple beruhigte sie: «Ich komme heute in die Gegend. Ich werde den Damen Skinner einen Besuch abstatten.»

«Oh, vielen Dank, Madam», sagte Edna.

«Old Hall» war ein großes, viktorianisches Haus, umgeben von einem Park und Wäldern. Da niemand es in seinem ursprünglichen Zustand mieten oder kaufen wollte, kam ein Spekulant auf die Idee, es in vier Wohnungen aufzuteilen, eine Zentralheizung einzubauen und den Grund und Boden zur Benützung durch die Mieter freizugeben. Das Experiment glückte. Eine Wohnung wurde von einer reichen, exzentrischen Dame mit ihrem Dienstmädchen bezogen. Die alte Dame hatte eine Vorliebe für Vögel und fütterte ihre gefiederten Gäste mehrmals täglich. Die zweite Wohnung nahm ein pensionierter indischer Richter mit seiner Frau. Ein sehr junges, frisch verheiratetes Paar lebte in der dritten Wohnung, und die vierte war erst vor zwei Monaten an zwei alleinstehende Damen namens Skinner vermietet worden. Die vier Mietparteien hatten nur wenig Verbindung miteinander, da es keinerlei gemeinsame Interessen gab.

Miss Marple kannte alle Mieter oberflächlich, hatte aber keinen näheren Kontakt zu ihnen. Die ältere Miss Skinner, Miss Lavinia, könnte man als die aktive Teilhaberin der Firma bezeichnen. Miss Emily, die jüngere Schwester, verbrachte ihre Tage fast ausschließlich im Bett. Sie hatte verschiedene chronische Leiden – in St. Mary Mead sprach man von eingebildeten Krankheiten. Nur Miss Lavinia glaubte unbeirrt an das unverdiente Martyrium ihrer Schwester und bewunderte die unendliche Geduld, mit der sie diese Heimsuchung ertrug.

In St. Mary Mead war man davon überzeugt, daß

Miss Emily längst nach Doktor Haydock geschickt hätte, wenn nur ein Teil ihrer Leiden echt gewesen wäre. Einer diesbezüglichen Andeutung begegnete Miss Emily nur mit einem überheblichen Anheben der Augenbrauen und einer leise gemurmelten Bemerkung, daß sie kein einfacher Fall wäre – die besten Spezialisten Londons hätten vor einem Rätsel gestanden – und nun behandelte eine Kapazität sie nach dem neuesten Stand der Wissenschaften.

«Und ich sage euch», meinte Miss Hartnell unverblümt, «sie tut gut daran, ihn nicht holen zu lassen. Unser lieber Doktor Haydock würde ihr auf seine direkte Art sagen, daß ihr nichts fehlt und sie gefälligst aufstehen und kein Theater machen soll! Das würde ihr guttun!»

Da ihr jedoch diese willkürlichen Maßnahmen versagt blieben, lag Miss Emily weiterhin auf Sofas, umgeben von merkwürdigen kleinen Pillendöschen und wies alle Speisen ab, die extra für sie gekocht wurden, nur um etwas zu verlangen, das meistens schwierig und umständlich zu beschaffen war.

Eine sehr bedrückte Gladdie öffnete Miss Marple die Tür. Im Wohnzimmer (der frühere Salon war unterteilt worden in ein Wohn-, ein Eß- und ein Empfangszimmer) wurde sie von Miss Lavinia erwartet.

Lavinia Skinner war eine große, hagere, knochige Frau um die Fünfzig, mit einer rauhen Stimme und schroffem Benehmen.

«Es freut mich, Sie zu sehen», sagte sie. «Emily hat sich hingelegt, die arme fühlt sich heute nicht wohl.

Ihr Besuch würde ihr guttun, aber meistens ist sie zu schwach, um jemanden zu empfangen. Die Arme, sie erträgt alles so geduldig.»

Miss Marple zeigte höfliches Verständnis. Da Dienstboten immer wieder ein beliebtes Gesprächsthema in St. Mary Mead waren, war es nicht schwierig, ihre Unterhaltung in diese Richtung zu lenken. Miss Marple bemerkte, daß sie gehört habe, Gladys Holmes, dieses nette Mädchen, wolle sie verlassen.

Miss Lavinia nickte. «Am Mittwoch in einer Woche. Sie hat Geschirr zerbrochen, das kann ich nicht dulden, verstehen Sie?»

Miss Marple seufzte und gab zu, daß man heutzutage gewisse Zugeständnisse machen müsse. Auf dem Land war es schwierig, Dienstmädchen zu bekommen. Ob es ein kluger Entschluß war, sich von Gladys zu trennen?

»Ich weiß selbst, wie schwierig es ist, Dienstboten zu finden», gab Miss Lavinia zu. «Die Devereuxs suchen vergeblich – was mich nicht wundert – ewig streiten sie und hören Jazz-Musik die halbe Nacht – es gibt keine geregelte Essenszeit – die junge Frau hat keine Ahnung vom Haushalt, der Ehemann tut mir leid! Das Dienstmädchen der Larkins hat auch erst kürzlich gekündigt, kein Wunder bei den sonderlichen Angewohnheiten des Richters – um sechs Uhr morgens hat er sein ‹chota hazri›, wie er es nennt, verlangt.»

«Könnte Sie das nicht veranlassen, Ihre Entscheidung bezüglich Gladys noch einmal zu überdenken? Sie ist wirklich ein nettes Mädchen. Ich kenne ihre Familie, ehrliche, anständige Leute.»

Miss Lavinia schüttelte den Kopf.

«Ich habe meine Gründe», sagte sie nachdrücklich.

Miss Marple murmelte: »Sie haben eine Brosche vermißt, habe ich gehört . . .»

«Wie haben Sie denn das erfahren? Von dem Mädchen wahrscheinlich. Ehrlich gesagt, ich bin mir zeimlich sicher, daß sie sie genommen hat. Dann bekam sie es mit der Angst zu tun und hat sie zurückgelegt. Aber ich kann nichts sagen, ich habe keine Beweise.» Sie wechselte das Thema. «Miss Marple, wollen wir zu Emily hineingehen? Es würde sie sicherlich aufmuntern.»

Gehorsam folgte Miss Marple ihr zu einer Tür. Miss Lavinia klopfte und begleitete sie in das schönste Zimmer der Wohnung. Die Vorhänge waren halb zugezogen. Miss Emily lag im Bett und genoß offensichtlich das Dämmerlicht und ihr eigenes grenzenloses Leid.

Im gedämpften Licht war ein schmales, unscheinbares Geschöpf zu erkennen, die grauen Haarsträhnen zu einem unordentlichen Nest aufgetürmt, dessen sich jeder Vogel geschämt hätte. Im Zimmer roch es nach Eau de Cologne, altbackenem Zwieback und Kampfer. Mit halb geschlossenen Augen und einer dünnen, matten Stimme erklärte Emily Skinner, daß heute einer ihrer «schlechten Tage» sei. «Das schlimmste für einen kranken Menschen», sagte Miss Emily schmerzlich, «ist zu wissen, daß man seinen Mitmenschen zur Last fällt. Lavinia ist so gut zu mir.

Liebe Lavvie, es widerstrebt mir so, dir Umstände zu machen. Wenn doch nur die Wärmflasche so gefüllt werden könnte, wie ich es gern habe – sie ist zu voll und dadurch zu schwer – ist aber nicht genügend Wasser drin, wird sie sofort kalt!»

«Das tut mir leid, meine Liebe. Gib sie mir.»

«Vielleicht könnte sie bei der Gelegenheit frisch gefüllt werden. Es ist wohl kein Sandgebäck im Haus – nein, nein, es macht nichts. Ich kann darauf verzichten. Etwas dünnen Tee und eine Scheibe Zitrone – keine Zitronen? Nein, wirklich nicht, ich kann Tee ohne Zitrone nicht trinken. Die Milch heute morgen war sauer, das hat mir den Appetit auf Tee mit Milch gründlich verdorben. Aber es macht nichts. Ich kann auf meinen Tee verzichten. Ich fühle mich nur so matt. Man sagt, Austern wären so nahrhaft. Ob mir einige Austern schmecken würden? Aber nein, das wäre zuviel verlangt, wo sollte man sie herbekommen zu dieser Tageszeit. Ich kann bis morgen damit warten.»

Lavinia murmelte etwas vor sich hin, das sich anhörte wie «mit dem Rad ins Dorf fahren».

Miss Emily schenkte ihrem Gast ein schwaches Lächeln und wiederholte, wie verhaßt es ihr sei, andere zu bemühen.

Miss Marple berichtete Edna am selben Abend von ihrer vergeblichen Mission.

Leider hatte sich das Gerücht über Gladys' vermeintliche Unehrlichkeit bereits wie ein Lauffeuer im Dorf verbreitet.

In der Post sprach Miss Wetherby davon. «Meine

liebe Jane, in ihrem Zeugnis steht, daß sie fleißig, umsichtig und anständig war, von Ehrlichkeit wurde nichts erwähnt. Das ist doch eindeutig! Ich habe gehört, es ging um eine Brosche. Es muß etwas Wahres daran sein, für nichts und wieder nichts trennt man sich heutzutage nicht von einem Dienstmädchen. Sie werden schwerlich Ersatz finden. Die Mädchen gehen nicht gern ins ‹Old Hall›. Wart's ab, die Skinners werden keine andere finden, und dann muß diese widerliche, hypochondrische Schwester vielleicht aufstehen und selbst was tun!»

Eine Welle der Empörung erfaßte das ganze Dorf, als bekannt wurde, daß die Misses Skinner durch die Vermittlung einer Agentur ein neues Dienstmädchen engagiert hatten. Nach allem, was man hörte, sollte es sich dabei um einen Ausbund von Tugend handeln.

«Sie hat ausgezeichnete Zeugnisse und Empfehlungsschreiben, liebt das Landleben und verlangt weniger Lohn als Gladys. Wir haben wirklich Glück gehabt.»

«Ja, tatsächlich», antwortete Miss Marple, als ihr Miss Lavinia diese Einzelheiten beim Fischhändler berichtete. «Fast zu schön, um wahr zu sein.»

In St. Mary Mead begann man zu hoffen, daß die Tugendhaftigkeit in Person in letzter Minute absagen würde.

Wie dem auch sei – keine der Prophezeiungen traf ein, und das ganze Dorf konnte die Ankunft der Perle namens Mary Higgins beobachten, wie sie sich in Reeds Taxi zum «Old Hall» fahren ließ. Man konnte nicht bestreiten, daß sie einen guten Eindruck machte. Sie war eine reespektabel aussehende Frau, sehr geschmackvoll gekleidet.

Als Miss Marple das nächste Mal «Old Hall» aufsuchte, um Mitwirkende für das bevorstehende Kirchenfest anzuwerben, öffnete ihr Mary Higgins die Tür. Sie war ohne Zweifel eine repräsentable Hausangestellte, ungefähr vierzig Jahre alt, mit gepflegtem schwarzem Haar, rosigen Wangen, einer rundlichen Figur, diskret in Schwarz gekleidet mit einer weißen Schürze und Haube – unverwechselbar der gute, altmodische Typ von Hausmädchen, wie Miss Marple sie später beschrieb. Dazu passend eine leise, wohlklingende Stimme, eine angenehme Abwechslung zu Gladys' lauter, nasaler Tonart.

Miss Lavinia machte einen wesentlich ruhigeren Eindruck, und obwohl sie es bedauerte, nicht aktiv am Kirchenfest mitwirken zu können – aus Rücksicht auf ihre Schwester –, beteiligte sie sich mit einer beachtlichen Summe.

Miss Marple gratulierte ihr zu ihrem guten Aussehen.

«Das habe ich größtenteils Mary zu verdanken. Ich bin so froh, daß ich mich dazu entschlossen habe, das andere Mädchen zu entlassen. Mary ist unschätzbar. Sie kocht gut, serviert perfekt und hält unsere kleine Wohnung peinlich sauber. Und sie kann so gut mit Emily umgehen!»

Miss Marple erkundigte sich hastig nach Emilys Wohlergehen.

«Oh, die Arme. Es ist ihr in letzter Zeit nicht sehr

gut gegangen. Sie kann natürlich nichts dafür, aber es ist oft recht schwierig. Sie hat Appetit auf ein bestimmtes Gericht, es wird für sie gekocht und dann mag sie nicht essen, bis sie plötzlich eine halbe Stunde später wieder danach verlangt. Da ist das Essen natürlich nicht mehr genießbar und muß erneut gekocht werden. Das macht sehr viel Arbeit, aber glücklicherweise scheint das Mary nichts auszumachen. Sie sagt, sie sei an den Umgang mit Kranken gewöhnt und verstehe ihre Bedürfnisse. Was für eine Hilfe sie ist!»

«Meine Liebe», entgegnete Miss Marple. «Welch ein Glück für Sie.»

«Ja, tatsächlich. Ich glaube fest daran, daß Mary uns als Antwort auf meine Bittgebete gesandt wurde.»

«Sie scheint mir fast zu perfekt zu sein», warnte Miss Marple. «Ich an Ihrer Stelle wäre etwas vorsichtig.»

Lavinia Skinner mißverstand diese Bemerkung völlig. Sie sagte: «Oh! Ich versichere Ihnen, ich tue alles, um ihr das Leben hier erträglich zu machen. Ich wüßte nicht, was ich anfangen sollte, wenn sie uns verlassen würde.»

«Ich bin davon überzeugt, sie wird gehen, wann sie es für richtig hält», betonte Miss Marple und schaute ihre Gastgeberin bedeutungsvoll an.

Miss Lavinia fuhr fort: «Es erleichtert das Leben sehr, wenn man keine häuslichen Probleme hat, nicht wahr? Wie kommen Sie mit Ihrer kleinen Edna zurecht?»

«Sie ist recht anstellig. Kein Vergleich zu Ihrer Mary natürlich. Doch weiß ich alles über Edna, weil sie ein Mädchen aus dem Dorf ist.»

Als sie auf den Gang hinaustrat, hörte sie die Kranke ärgerlich schimpfen. «Diese Kompresse ist völlig ausgetrocknet – Doktor Allerton hat ausdrücklich angeordnet, daß sie beständig feucht gehalten werden müssen. Jetzt lassen Sie schon. Ich möchte eine Tasse Tee und ein gekochtes Ei – dreieinhalb Minuten, denken Sie daran, und schicken Sie Miss Lavinia zu mir.»

Die tüchtige Mary trat aus dem Schlafzimmer, sagte zu Lavinia: «Miss Emily verlangt nach Ihnen, Madam», öffnete die Tür für Miss Marple, half ihr in den Mantel und reichte ihr den Schirm.

Miss Marple nahm den Schirm, ließ ihn fallen, wollte ihn aufheben, ließ ihre Handtasche fallen, deren Inhalt sich über den Fußboden verstreute. Höflich sammelte Mary verschiedene Gegenstände auf – ein Taschentuch, einen Terminkalender, eine altmodische Lederbörse, zwei Schillinge, drei Pennies und ein gestreiftes Pfefferminzbonbon.

Miss Marple betrachtete das letztere verwirrt.

»Oje, das stammt sicher von Mrs. Clements kleinem Jungen. Ich kann mich dran erinnern, daß er es gelutscht hat, als er meine Handtasche nahm, um damit zu spielen. Er muß es hineingetan haben. Es ist furchtbar klebrig, nicht wahr?»

«Soll ich es an mich nehmen, Madam?»

«Oh, würden Sie so freundlich sein. Vielen Dank.»

Mary bückte sich, um den letzten Gegenstand, einen kleinen Spiegel, aufzuheben. Miss Marple nahm ihn entgegen und rief freudig aus: «Welch ein Glück, daß er nicht zerbrochen ist.»

Daraufhin verließ sie das Haus und Mary, die höflich mit völlig ausdruckslosem Gesicht in der Tür stand, ein Pfefferminzbonbon in der Hand.

Zehn Tage lang mußte St. Mary Mead sich den Lobgesang auf Miss Lavinias und Miss Emilys Perle anhören.

Am elften Tag gab es ein böses Erwachen.

Mary war verschwunden! Ihr Bett war unberührt und die Haustür nur angelehnt. Leise hatte sie sich während der Nacht davongeschlichen.

Und nicht nur Mary wurde vermißt! Zwei Broschen und fünf Ringe von Miss Lavinia und drei Ringe, ein Anhänger, ein Armband und vier Broschen von Miss Emily waren ebenfalls verschwunden!

Doch das war erst der Anfang der Katastrophe.

Der jungen Mrs. Devereux waren ihre Diamanten gestohlen worden, die sie in einer unverschlossenen Schublade aufbewahrt hatte und einige kostbare Pelze, die sie zur Hochzeit geschenkt bekommen hatte. Dem Richter und seiner Frau fehlten ebenfalls Schmuck und Geld. Mrs. Carmichael war am schlimmsten geschädigt worden. Sie hatte in ihrer Wohnung nicht nur kostbaren Schmuck, sondern auch eine größere Summe Geld aufbewahrt, die gestohlen worden waren. Es war Janets freier Abend gewesen, und Mrs. Carmichael hatte die Angewohnheit, in der Dämmerung im Garten spazierenzugehen und ihre gefiederten Freunde zu füttern. Es war offensichtlich, daß Mary, das perfekte Hausmädchen, Schlüssel zu allen Wohnungen hatte!

Es muß zugegeben werden, daß die Schadenfreude groß war in St. Mary Mead. Miss Lavinia hatte so geprahlt mit ihrer fabelhaften Mary.

«Dabei war sie nur eine gewöhnliche Diebin!»

Es folgten weitere überraschende Entdeckungen. Mary hatte nicht nur das Weite gesucht, sondern auch, wie die Agentur, die sie vermittelt und sich für ihren Leumund verbürgt hatte, gar nicht existiert. Mary Higgins war der Name eines unbescholtenen Dienstmädchens, die bei der Schwester eines Dekans angestellt gewesen war. Die wirkliche Mary Higgins lebte friedlich in einem Ort in Cornwall.

«Verdammt schlau eingefädelt», mußte Inspektor Slack gezwungenermaßen zugeben. «Diese Frau gehört zu einer Bande. Es gab einen ähnlichen Fall vor einem Jahr in Northumberland. Das Diebesgut ist nie wieder aufgetaucht, und sie wurde nicht erwischt. Wie auch immer – uns wird sie nicht entkommen!»

Inspektor Slack war ein sehr zuversichtlicher Mann.

Aber die Wochen verstrichen, und Mary Higgins war immer noch auf freiem Fuß. Allen Anstrengungen zum Trotz gelang es Inspektor Slack nicht, sie aufzuspüren.

Miss Lavinia war verbittert. Miss Emily hatte sich so aufgeregt, daß sie aus Angst tatsächlich nach Doktor Haydock schickte.

Das ganze Dorf war begierig zu erfahren, was er von Miss Emilys vorgegebenen Krankheiten hielt. Da man ihn aber nicht direkt fragen konnte, wurde die Neugierde schließlich durch die Auskunft des Apothekergehilfen gestillt. Doktor Haydock hatte Miss Emily eine Mixtur aus Asafötida und Baldrian verschrieben – ein altbekanntes Heilmittel, das Simulanten in der Armee verabreicht wurde!

Bald darauf erfuhr man, daß Miss Emily, enttäuscht über die unzureichende ärztliche Behandlung, die ihr widerfahren war, es vorzog, in die Nähe eines Spezialisten nach London überzusiedeln. Sie gab vor, dies nur wegen Lavinia beschlossen zu haben.

Die Wohnung wurde zur Weitervermietung ausgeschrieben.

Einige Tage danach erschien eine aufgeregte Miss Marple im Polizeirevier von Much Benham und fragte nach Inspektor Slack.

Inspektor Slack mochte Miss Marple nicht. Aber er wußte, daß der Polizeipräsident, Colonel Melchett, seine Abneigung nicht teilte. Daher empfing er sie widerwillig.

«Guten Tag, Miss Marple, was kann ich für Sie tun?»

«Oh», sagte Miss Marple. «Sie scheinen wenig Zeit zu haben.»

«Ich habe viel zu tun», antwortete Inspektor Slack, «aber ich kann einige Minuten erübrigen.»

«Oje», erklärte Miss Marple. «Hoffentlich kann ich mich verständlich machen, es ist oft so schwierig, sich richtig auszudrücken, finden Sie nicht auch? Nein, Sie kennen diese Schwierigkeiten nicht. Aber verstehen Sie, für jemanden, der nicht modern erzogen worden ist – ich war nur Gouvernante, die etwas über die Könige von England erzählen konnte und ein bißchen Allgemeinwissen weitergeben konnte – zum Beispiel über die drei Karnkheiten von Weizen – Fäulnis, Mehltau – was war die dritte doch gleich – war es Getreidebrand?»

«Wollen Sie mir etwas über Getreidebrand erzählen?» fragte Inspektor Slack und errötete leicht.

«Oh, nein, nein», wehrte Miss Marple hastig ab. «Damit will ich nur veranschaulichen, wie leicht man abschweifen kann. Man lernt nicht, bei der Sache zu bleiben. Und genau das will ich tun. Es dreht sich um Miss Skinners Dienstmädchen, Gladys, verstehen Sie?»

«Mary Higgins», verbesserte Inspektor Slack.

«Ja, das zweite Mädchen. Aber ich meine Gladys Holmes – eine ziemlich forsche und etwas eingebildete Person – aber grundehrlich. Und es ist so wichtig, daß das anerkannt wird.»

«Es liegt keine Anzeige gegen sie vor», sagte der Inspektor.

«Natürlich, ich weiß, daß keine Anzeige vorliegt – um so schlimmer. Verstehen Sie, die Leute denken weiterhin daran. Oje – ich fürchte, ich drücke mich sehr umständlich aus. Was ich eigentlich sagen will, ist, daß es wichtig ist, Mary Higgins zu finden.»

«Nun», meinte Inspektor Slack, «was würden Sie vorschlagen?»

«Ich habe mir tatsächlich Gedanken darüber gemacht», gab Miss Marple zu. «Darf ich Sie etwas fragen? Würden Ihnen Fingerabdrücke weiterhelfen?»

«Ah», rief Inspektor Slack aus. «Sie ist sehr schlau vorgegangen. Sie hat anscheinend nur mit Handschuhen gearbeitet. Sie hat sorgfältig alle Fingerabdrücke abgewischt – in ihrem Schlafzimmer, am Waschbecken, überall. Wir haben im ganzen Haus keinen einzigen Fingerabdruck entdeckt!»

«Wäre es von Nutzen, wenn Sie ihre Fingerabdrücke hätten?»

«Möglicherweise, Madam. Sie könnten bei Scotland Yard registriert sein. Ich vermute, es war nicht ihr erstes Verbrechen!»

Miss Marple nickte lebhaft. Sie öffnete ihre Handtasche und nahm eine kleine Schachtel heraus. Darin lag, sorgfältig in Watte verpackt, ein kleiner Spiegel.

«Aus meiner Handtasche», erklärte Miss Marple. «Die Fingerabdrücke des Hausmädchens sind darauf. Sie dürften deutlich abgezeichnet sein, sie hatte kurz zuvor eine äußerst klebrige Masse berührt.»

Inspektor Slack starrte sie an. «Haben Sie sie den Spiegel vorsätzlich berühren lassen?»

«Natürlich.»

«Sie haben sie verdächtigt?»

«Ich war nur mißtrauisch, sie schien mir zu perfekt zu sein. Ich habe sogar Miss Lavinia darauf hingewiesen, aber sie wollte mich nicht verstehen. Herr Inspektor, ich muß Ihnen gestehen, daß ich leider nicht an Tugendbolde glauben kann. Wir haben alle unsere Fehler – und im häuslichen Bereich erkennt man sie sehr schnell!»

«Ich muß schon sagen», Inspektor Slack gewann mühsam die Fassung wieder, «ich bin Ihnen sehr zu Dank verpflichtet. Wir werden die Fingerabdrücke dem Yard einsenden und abwarten, was dabei herauskommt.»

Er verstummte. Miss Marple hatte den Kopf leicht zur Seite geneigt und sah ihn bedeutungsvoll an.

«Könnten Sie vielleicht in Betracht ziehen, der Sache hier auf den Grund zu gehen?»

«Was meinen Sie damit, Miss Marple?»

«Es ist schwierig, das zu erklären. Oft stören einen Kleinigkeiten, etwas kommt einem seltsam vor, obwohl es meist nichts zu bedeuten hat. Etwas war eigentümlich an der Geschichte mit Gladys und der Brosche. Sie ist ein ehrliches Mädchen; sie hat die Brosche nicht genommen. Warum hat Miss Skinner sie verdächtigt? Miss Skinner ist nicht dumm, im Gegenteil! Warum hat sie so darauf gedrängt, ein gutes Dienstmädchen loszuwerden, wenn Dienstboten so schwer zu bekommen sind? Das kam mir seltsam vor, verstehen Sie? Ich habe mich darüber gewundert und fing an nachzudenken. Es gab noch eine zweite Eigentümlichkeit, die mir keine Ruhe ließ! Miss Emily ist ein Hypochonder, aber sie ist der erste Hypochonder, der nicht sofort nach einem Doktor gerufen hat. Hypochonder lieben Ärzte. Miss Emily lehnte sie ab!»

«Was vermuten Sie, Miss Marple?»

«Miss Lavinia und Miss Emily kommen mir sehr verdächtig vor. Miss Emily verbringt ihre Zeit fast ausschließlich in einem abgedunkelten Zimmer. Und wenn sie nicht eine Perücke trug, dann will ich auf der Stelle meinen falschen Zopf aufessen! Ich behaupte, daß es durchaus möglich ist, daß eine schwache, blasse, grauhaarige, jammernde Frau identisch sein kann mit einer schwarzhaarigen, rotwangigen, rundlichen Frau. Es gibt niemanden, der Miss Emily und Mary Higgins jemals zusammen gesehen hat.

Sie hatte genügend Zeit, um sich Abdrücke von allen Schlüsseln zu besorgen, die Gewohnheiten der Mieter auszuforschen und sich dann ihres Dienstmädchens aus dem Ort zu entledigen. Miss Emily geht nachts zu Fuß zum Bahnhof, um sich von dort als Mary Higgins am nächsten Tag abholen zu lassen. Und dann, im geigneten Moment verschwindet Mary Higgins und zieht den Verdacht auf sich. Ich sage Ihnen, wo Sie sie finden können, Inspektor. Auf Miss Emily Skinners Sofa! Besorgen Sie sich ihre Fingerabdrücke, falls Sie mir nicht glauben, aber Sie werden sehen, daß ich recht habe! Die Skinners sind ein mit allen Wassern gewaschenes, raffiniertes Diebespärchen und stecken zweifelsohne mit anderen unter einer Decke. Aber diesmal kommen sie nicht ungeschoren davon! Ich werde es nicht zulassen, daß der Ruf eines der Mädchen aus dem Dorf darunter leidet. Gladys Holmes ist ein ehrlicher Mensch, und alle werden es erfahren! Guten Tag!»

Miss Marple war hinausstolziert, ehe Inspektor Slack sich von seinem Schock erholt hatte.

«Puh!» murmelte er. «Ob sie recht hat?»

Er mußte bald erkennen, daß Miss Marple wieder einmal richtig vermutet hatte.

Colonel Melchett gratulierte Slack und lobte ihn wegen seiner Tüchtigkeit, und Miss Marple redete Gladys ins Gewissen, als sie bei Edna zu Besuch war, sich endlich eine dauerhafte Stellung zu suchen.

Nachbemerkung

Es hat mir große Freude gemacht, diese Biographie über Agatha Christies beliebte und unverwüstliche Miss Marple zu schreiben, die bekannteste Figur einer bemerkenswerten Gruppe von Frauen, die im Kriminalroman eine führende Rolle spielt. Natürlich wäre nicht ein einziges Wort dieses Buches geschrieben worden, wenn nicht ein wohlwollender Genius Miss Marple erschaffen hätte, und so bin ich Rosalind Hicks, Agatha Christies Tochter, äußerst dankbar, daß sie mir freundlicherweise gestattet hat, die Arbeiten ihrer Mutter auf diese Art auszuwerten.

Im Gegensatz zu anderen Biographen kann ich nicht behaupten, neues Material ausgegraben zu haben. Alles, was wir über Miss Marple wissen, ist in den zwölf Romanen und zwanzig Kurzgeschichten enthalten, die ihrem beachtlichen detektivischen Talent gewidmet sind. In diesen Büchern nach Hinweisen auf Miss Marple zu suchen und nicht etwa nach einem Mörder – das ist das Ziel dieser Biographie. Ich hoffe, die Leser werden sie mit ebensoviel Vergnügen lesen, wie ich es beim Schreiben empfunden habe. Alle zusammen sind wir der unvergleichlichen Agatha Christie zu großem Dank verpflichtet.

Ich danke auch einer ganzen Reihe von Leuten, die mich bei meiner Arbeit immer wieder ermutigt haben. Vor allem möchte ich Susan Hart, Nancy Grenville, David Grenville und Percy Janes für ihre nützlichen Ratschläge hinsichtlich des Manuskripts danken, und June Mescia, meiner Lektorin bei Dodd, Mead, für ihre Anregungen und ihr unbestechliches Urteil.

Bibliographie

Verzeichnis aller auf deutsch erschienenen Kriminalromane und Stories von Agatha Christie mit Miss Marple

Bertrams Hotel – *At Bertram's Hotel*, 1965

Der Dienstagabend-Klub, Stories

Der Dienstagabend-Klub – *The Tuesday Nightclub*, 1932; Der Tempel der Astarte – *The Idol House of Astarte*, 1932; Die verschwundenen Goldbarren – *Ingots of Gold*, 1932; Der rote Badeanzug – *The Blood-Stained Pavement*, 1932; Die überlistete Spiritistin – *Motives vs. Opportunity*, 1932; Der Daumenabdruck des heiligen Petrus – *The Thumbmark of St. Peter*, 1932; Die blaue Geranie – *The Blue Geranium*, 1932; Die Gesellschafterin – *The Companion*, 1932; Die vier Verdächtigen – *Four Suspects*, 1932; Eine Weihnachtstragödie – *A Christmas Tragedy*, 1932; Das Todeskraut – *The Herb of Death*, 1932; Die seltsame Angelegenheit mit dem Bungalow – *The Affair at the Bungalow*, 1932; Der Fall von St. Mary Mead – *Death by Drowning*, 1932

Fata Morgana – *They Do It with Mirrors*, 1952

Das Geheimnis der Goldmine – *A Pocket Full of Rye*, 1953

Karibische Affäre – *A Caribbean Mystery*, 1964

Die Mausefalle und andere Fallen, enthält u. a. eine Story mit Miss Marple:

Das Asyl – *The Sanctuary*, 1961

Die Mörder-Maschen, Stories

Miss Marple erzählt eine Geschichte – *Miss Marple Tells a Story*, 1939; Ein seltsamer Scherz – *Strange Jest*, 1948; Die Stecknadel – *The Tape-Measure Murder*, 1948; Die Hausmeisterin – *The Case of the Caretaker*, 1948; Die Perle – *The Case of the Perfect Maid*, 1948

Mord im Pfarrhaus – *Murder at the Vicarage*, 1930

Mord im Spiegel oder Dummheit ist gefährlich – *The Mirror Crack'd from Side to Side*, 1962

Ein Mord wird angekündigt – *A Murder is Announced*, 1950

Ruhe unsanft – *Sleeping Murder*, 1976

Die Schattenhand – *The Moving Finger*, 1942

Das Schicksal in Person – *Nemesis*, 1971

16 Uhr 50 ab Paddington – *4.50 from Paddington*, 1957

Die Tote in der Bibliothek – *The Body in the Library*, 1942

Der Unfall und andere Fälle, enthält u. a. eine Story mit Miss Marple:

Greenshaws Monstrum – *Greenshaw's Folly*, 1960